깔때기 포트

김이수 장편소설

깔때기 포트

나무옆의자

차 례

1

오늘도 끔찍하게 더웠다. 기상이변으로 북극의 빙하가 녹고, 사하라 사막에 눈이 내린다던데, 이곳은 여전히 겨울은 지독하게 추웠고, 여름은 못 견디게 더웠다. 더위 때문인지 거리에 지나다니는 사람이 없었다. 끈적끈적하게 녹아내린 아스팔트 위로 창문을 꼭 닫은 자동차만 오갈 뿐이었다. 영민은 갈림길 앞에서 잠시 망설였다. 평소 같으면 스쿠터를 총판에 두고 걸어갔겠지만 오늘은 엄두가 나지 않았다. 어차피 빠진 미장원이 있어 내일 한 번 더 돌아야 했다. 총판 사장이 한마디 할 거라는 걸 알지만 그냥 집으로 스쿠터를 몰고 가기로 마음먹고 자취방 쪽으로 방향을 틀었다.

영민은 지하 자취방에 들어서자마자 옷부터 벗어던졌다. 종일 백 곳도 넘는 미장원에 잡지를 돌렸다. 온몸이 땀에 흠뻑 젖어 있었다. 특히 안장에 닿아 있던 사타구니는 습지처럼 질척댔다. 배달하는 내내 축축하게 젖은 사타구니를 씻어내고 싶은 마음뿐이었다. 시원하게 쏟아지는 샤워기의 물세례를 받고 있을 때 알루미늄 새시 문을 두들기는 소리가 났다. 택배기사 외에 누가 찾아오는 일은 드물었다. 집에서 반찬이라도 보낸 걸까? 영민은 새시 문 쪽으로 고개를 내밀었다. 우윳빛 창 너머로 사람의 그림자가 아른거렸다.

"누구세요?"

수건으로 아래만 가린 채 밖을 향해 소리쳤다.

"나야, 나. 상구."

백상구, 영민은 인상을 찌푸렸다. 며칠 전 북성사거리에서 신호를 기다리다 상구와 마주쳤다. 상구는 메시 재킷에 청바지를 입고 불꽃무늬가 새겨진 헬멧을 쓰고 있었다. 오토바이도 머플러가 빵빵 터지는 가와사키였다. 그에 비해 영민은 달달거리는 엔진 소리가 듣기에도 민망한 배달용 스쿠터를 타고 있었다.

"오랜만이야."

상구가 헬멧을 벗으며 말했다. 머리카락은 노랗게 물들어 있었고 귀에는 백금 귀고리가 달랑달랑 매달려 있었다. 중국집 배달부 수준인 영민의 차림새와는 현격하게 차이가 났다.

"오, 이게 누구야? 빽상구. 오랜만이다."

영민은 기죽지 않고 당당하게 맞섰다. 자신은 등록금을 마련하기 위해 아르바이트하는 대학생이다. 상구 같은 양아치에게 기죽을 이유가 전혀 없었다. 상구는 애초부터 내학과는 거리가 멀었다. 뒷자리에 앉아 시시껄렁한 농담이나 하다가 쉬는 시간이 되면 화장실에서 담배를 피우며 시간을 보냈다. 반면 영민은 3학년이 되던 해에

공부하기 위해 멤버 탈퇴를 선언했다. 태후와 중석은 진지하게 고개를 끄덕여주었지만 상구는 꼴값한다는 표정으로 그를 쳐다봤다. 그런 놈에게 굽실거릴 필요가 없었다. 영민은 원하던 대로 대학에 들어갔고, 상구는 원하던 대로 양아치가 됐는지 제법 티를 내고 나타난 것뿐이었다.

"짱깨 배달하냐? 주제비하고는. 쯧쯧쯧."

상구가 스쿠터를 내려다보더니 한심하다는 듯 혀를 찼다. 사람 기죽이는 버릇은 여전했다. 공부를 시작하면서 영민은 상구와 거리를 두고 지냈다. 그 때문인지 상구는 마주치기만 하면 비아냥거렸다. 그런다고 영민이 기죽을 사람이 아니었다. 자신에게는 나름의 인생 목표가 있었다. 한번 태어난 인생 사람답게 살고 싶다, 라고 하면 철든 사람처럼 보일지 모른다. 솔직히 말해 어머니 때문이라고 하는 게 더 그럴싸했다. 어쨌든 영민은 상구의 비아냥거림쯤 무시할 정도의 내공은 있었다. 상구 패거리와 거리를 두고 공부에 전념한 덕분에 대학생이 되었다. 내년에 복학해서 3년만 더 다니면 졸업장을 손에 쥐게 된다. 그래, 난 장래가 전도양양한 대학생이고, 저 새끼는 흔하디흔한 양아치일 뿐이야, 이렇게 자부하며 영민은 상구의 눈부신 오토바이를 힘겹게 극복하고 있었다.

"제대했다는 이야기는 들었다. 연락 한번 하지 그랬냐? 술이나 한잔하게."

상구가 여유만만하게 웃어 보이며 불꽃무늬 헬멧을 옆구리에 꼈다. 영민은 독일 병정의 군모 같은 자신의 헬멧이 신경 쓰였다. 땀이 줄줄 흘러내렸지만 벗고 싶은 마음은 눈곱만큼도 없었다.

"먹고사는 게 바빠서리. 할머니는 잘 계시냐?"

영민이 건너편 신호등을 주시하며 말했다. 어릴 적에 상구네와는 길 하나를 사이에 두고 살았다. 매일 보고 자랐기 때문에 상구 할머니를 친할머니처럼 따랐다. 지금은 뵌 지도 오래됐다.

"우리 할마시야 여전히 팔팔하지. 이제 곧 데모할 때가 됐으니 더 바빠지겠지. 몇 푼이나 보상받는다고……."

상구가 한심하다는 듯 혀를 찼다.

"할머니가 꼭 돈 때문에 그러겠냐? 억울해서 그러시는 거지."

상구 할머니는 팔십이 넘었는데도 월미도원주민귀향대책위원회에서 여전히 활동하고 있었다.

"그 얘긴 그만하자. 이젠 듣기만 해도 머리가 지끈거린다. 넌 지금 어디 사냐?"

"알아서 뭐 하게. 낮은 곳으로 흘러 다닌다."

대화가 슬슬 부담스러운 쪽으로 흘러갔다. 영민은 좀처럼 바뀌지 않는 신호등을 뚫어져라 바라봤다.

"새끼, 까칠하기는, 정혜는 졸업했냐?"

"걘 졸업한 지 1년이 넘었어. 담에 보자, 지금은 배달이 바빠서리."

마침 신호가 바뀌자 영민은 잽싸게 횡단보도를 건너 달아났다. 대학 입학 후 등록금을 마련하느라 정신없이 보냈다. 학기 초에는 상구와 몇 번 만났지만, 군대에 가고 나서는 아예 연락이 끊어졌다. 3년 만에 길에서 우연히 만나긴 했어도, 특별히 연락할 일이 없어 잊고 있었다.

"기다려봐. 나 옷 좀 입고."

자취방에는 욕실이 따로 없었다. 샤워를 하고 싶으면 세면대 옆에 있는 수도꼭지에 샤워기를 연결해 배수구 옆에서 해야 했다. 물에 젖은 속옷을 구석으로 밀어내고 허겁지겁 옷을 입었다. 문을 열자, 상구가 불꽃무늬 헬멧을 옆구리에 끼고 서 있었다. 계단 위에 삐딱하게 서 있는 폼이 그럴싸했다.

"웬일이냐? 이런 누추한 곳까지."

"온 김에 집 구경이나 좀 하자."

상구가 능글거리며 집 안으로 고개를 디밀었다.

"남자 혼자 사는 집은 구경해서 뭐 하게, 더운데 밖으로 나가자."

영민은 새시 문 안에 들어온 상구의 목을 잡아끌고 지상으로 나왔다.

"여긴 어떻게 찾았어?"

편의점 야외 테이블에 얼음이 반쯤 담긴 아메리카노를 놓고 상구와 마주 앉았다. 영민은 담배를 찾았지만 급히 나오느라 챙기지 못했는지 주머니에는 아무것도 없었다. 상구가 피식 웃으며 담배를 꺼내 테이블 위에 놓았다.

"중석이한테 물어봤지. 메뚜기처럼 잘도 뛰어다닌다. 자취방 옮긴 게 벌써 몇 번째냐? 내가 아는 것만 해도 세 번은 될 것 같은데."

상구가 모르는 것까지 합하면 정확히 다섯 번이었다. 고등학교 3년과 대학교 1년 동안 다섯 번 이사했으면 메뚜기라 불릴 만했다. 물론 영민이 이사하길 좋아해서 그런 것은 아니었다. 싼 집을 찾다 보니 두 번은 집이 헐려 쫓겨났고, 한 번은 장마철에 물이 무릎까지 차올라 도저히 살 수 없어 이사했다. 그나마 지금 살고 있는 집이 제일 나았다. 군대를 가지 않았다면 두 번 정도는 더 이사했을 것이다.

"복학할 거냐?"

"물론 해야지."

"그딴 데는 뭐 하러 다니냐? 돈만 아깝게시리."

상구가 한심하다는 눈빛으로 영민을 바라봤다. 상구 말이 틀린 건 아니었다. 영민은 그래서 기분이 더 상했다. 요즘 들어 자신도 회의감이 자주 들었다. 명문대를 졸업해도 취업이 어려운 마당에 대출까지 받아가며 지방대를 다니는 게 잘하는 짓일까? 때려치우고 돈이나 벌어야 하는 것은 아닐까? 의심이 들면 모든 게 삐딱하게 보인다. 그래서인지 요즘 잡지 배달 일이 정말 싫어졌다. 그렇지만 상구 말에 맞장구치며 동조하고 싶은 생각은 전혀 없었다.

"시발, 간만에 만나서 한다는 소리가 염장질이냐. 등록금 대줄 거 아니면 내 인생에 간섭 말라고 전해라."

"새끼, 형님 말씀하시는데 말본새하고는. 그래, 그만하자. 오늘은 비즈니스로 왔으니까, 쓸데없이 각 세우지 말자."

"비즈니스?"

"중석이가 그러던데, 잡지 배달한다며?"

상구 입가에 조소가 어렸다. 영민은 상구가 무슨 말을 하려는지 경계하며 그의 입이 떨어지길 기다렸다.

"얼마나 버냐?"

"뭘?"

"잡지 배달해서 얼마나 버냐고?"

"입에 풀칠한 정도는 된다."

"등록금은 나오냐?"

"입에 풀칠 안 하고 모으면."

"등록금도 안 나온다는 얘기네."

"너 지금, 내 재정상태 파악하러 왔냐? 지금부터 모으기 시작하면 내년 복학할 때쯤엔 등록금은 마련할 수 있고, 그다음에도 학기 중에 잡지 배달하고, 방학에는 알바 하나 더 뛰고, 그렇게 아등바등하며 살아갈 거다. 됐냐?"

영민은 자신이 필요 이상으로 목청을 높이고 있다는 걸 알고 있었다. 북성사거리에서 상구와 만날 때부터 마음이 편치 않았다. 상구와는 어릴 적부터 형제처럼 지냈다. 고등학교에 입학하던 해 잠시였지만 상구네 집에 얹혀살기도 했다. 상구 할머니는 자신과 여동생 정혜를 친손주처럼 귀여워해주셨다. 한때는 가족이나 다름없었다. 상구가 정혜를 좋아하는 것도 알고 있었다. 물론 정혜를 이런 양아치와 사귀게 할 마음은 눈곱만치도 없었다. 고3 때부터 조금씩 멀어졌고, 각자 원하는 길로 갔다. 스물네 살밖에 안 된 지금, 각자가 살고 있는 삶을 가지고 평가하기는 일렀다. 그것을 알고는 있지만 처지가 한심해서인지 기분이 좋지 않았다.

"새끼, 까칠한 건 여전하네. 너, 나 대신 총알 타지 않을래?"

상구가 깜짝 발표하듯 말했다. 영민은 무슨 소리인지 몰라 상구의 얼굴을 쳐다봤다.

"그러니까, 잡지 배달 그만두고 약 배달하자고. 이건 여름 한철만 뛰어도 등록금은 문제없어. 벌이가 짭짤하다고. 어때, 한번 해보지 않을래?"

상구가 하는 일은 중석에게 들어 알고 있었다. 불법이지만 대신 수입이 괜찮다고 했다. 게다가 배달용 오토바이가 가와사키 닌자라고 중석은 입에 침을 튀기며 말했다.

"중석이가 하고 싶어 하는 것 같던데."

영민은 앞에 세워놓은 상구의 오토바이를 쳐다봤다. 자신도 모르게 침이 넘어갔다. 제대로 된 오토바이를 타본 지 정말 오래됐다.

"걔는 안 돼. 오토바이도 제대로 탈 줄 몰라. 너 정도는 돼야지."

상구가 하얀 이를 보이며 씩 웃었다. 그의 신체 가운데 가장 매력적인 부분을 꼽으라면 하얀 치아였다. 정혜도 껄렁대는 상구를 싫어했지만 옥수수알갱이처럼 가지런한 치아만큼은 인정해주었다. 그런데 몇 년 못 본 사이 윗니 두 개가 깨져 있었다. 영민은 이유를 물어보려다 말았다. 양아치가 이가 깨졌다면 이유는 뻔했다. 정혜를 단속할 이유가 하나 더 늘었다.

"실력은 여전하지?"

상구가 엄지손가락을 추켜올렸다. 영민과 상구의 오토바이 실력은 인천 시내 고등학교를 통틀어 최고였다. 한때는 기술을 익힌다고 매일 축항로에서 밤을 새웠다. 소문을 듣고 구경하러 찾아오는 아이들도 많았다. 익수 때문에 다른 아이들은 오토바이에서 손을 뗐지만 상구와 영민은 계속 축항로에서 살다시피 했다.

"몸에 익은 기술인데 어디로 가겠어. 정말 내가 해도 괜찮을까?"

상구가 자신을 선택한 이유가 정혜 때문이 아니라 실력 때문이라고 말한 것은 매우 현명했다. 까칠했던 영민의 목소리가 다소곳해졌다. 그만큼 상구의 자리는 매력적이었다.

"문제없어. 일도 아주 쉬워. 조그마한 상자 몇 개만 가지고 다니면 되거든. 사장한테는 미리 이야기해놨어. 실은 내가 깔때기로 들어가게 됐거든."

상구가 자랑스러운 표정을 지으며 깨진 이를 드러냈다.

"깔때기?"

영민은 무슨 말인지 몰라 되물었다. 상구와 영민은 어릴 적에 깔때기에서 살았다. 깔때기에서 벗어났을 때가 인생에서 가장 행복한 순간이었다. 그런데 그 지긋지긋했던 곳에 다시 들어간다니.

"너 장바우라고 알지?"

영민은 고개를 끄덕였다. 장바우파에 대한 이야기는 귀에 못이 박히도록 들었다. 학교에서 껄렁대는 아이들의 롤 모델이 장바우였다. 그에 대한 무용담은 아이들 사이에 전설처럼 회자되었다.

"그러니까, 이 형님께서 장바우 회장님 밑으로 들어가게 됐다, 이 말이야."

"깔때기가 장바우 나와바리였어?"

"회장님이 선견지명이 있었던 거지. 거기가 재개발되면 회장님 땅이 노른자위가 될 거야. 나와는 상관없는 일이지만. 중요한 건, 이 형님이 진짜 조폭이 된다, 이 말씀이지."

"아하, 그러니까 양아치가 되고 싶다는 너의 위대한 꿈을 찾아간다, 이거냐?"

"관두자. 서로의 인생관이 다른 걸 어쩌겠냐. 암튼 나는 다른 일을 하게 돼서 너를 추천한 거니까, 내일 사장한테 같이 가보자. 인생 뭐 있니, 갑빠 있게 살자. 쪽팔리게 잡지 배달이 뭐냐?"

'인생 뭐 있니, 갑빠 있게 살자'는 영민은 가장 듣기 거북해하는 말이었다. 그걸 알면서도 이렇게 한 번씩 염장을 지르는 게 상구, 이 자식의 나쁜 버릇이었다.

"익수가 생각난다. 그 새끼 깔때기 앞바다에서 인어공주랑 빠구리 트며 잘 살고 있겠지?"

상구가 허공에 대고 담배연기를 내뿜었다. '인생 뭐 있니, 갑빠 있게 살자'는 익수의 좌우명이었다. 허세가 심했던 익수는 툭하면 '인생 뭐 있니, 갑빠 있게 살자'를 외치곤 했다. 남자란 모름지기 언행이 일치해야 한다며 자주 객기를 부렸다. 아스팔트 사건도 그의 무모한 객기에서 비롯된 것이라고 아이들은 말했다. 죽은 익수를 생각하자 영민은 자신도 모르게 풀이 죽었다. 익수의 죽음은 상구 책임이 제일 컸다. 그가 오토바이를 사지 않았더라면 애초에 그런 일은 벌어지지 않았다. 상구가 아르바이트해서 번 돈으로 중고 오토바이를 샀다. 저녁만 되면 아이들은 축항로에 모였다. 도로 끝이 바다여서 밤에는 차량통행이 없었다. 태후가 머플러에 구멍을 뚫어놓아 굉음이 났다. 중석이 바퀴에 사이키를 달아서 멀리서도 똥불이 보였다. 익수가 쇼바를 한껏 올려놓아 아스팔트로 곤두박질할 것만 같았다. 모두 담배를 꼬나물고 차례를 기다렸다. 상구가 '각기'를 털 때면 불 바퀴가 지그재그로 춤췄다. 익수가 자기도 각기를 한답시고 핸들을 틸다가 아스팔트 바닥에 그대로 꼬꾸라졌다. 아이들이 달려갔을 때 익수는 아스팔트에 대가리를 박고 있었다. 주위가 붉은 피로 흥건했다. 상구가 윗도리를 벗어 익수의 머리를 감쌌다.

119가 올 때까지 익수는 정신을 차리지 못했다. 의사는 출혈이 심해 손쓸 수 없다고 했다. 사흘 뒤 익수는 산소마스크를 뗐다. 병원에서 장례를 마치고 인천가족공원에서 화장했다. 익수의 뼛가루는 사기함에 담겨 고향인 깔때기로 갔다. 그리고 고깃배가 드나드는 깔때기 포구 앞바다에 뿌려졌다.

"나, 갈 테니까 내일 보자. 익수 새끼는 잊어버려. 지가 운이 없어 그렇게 된 거니까."

상구가 불꽃무늬 헬멧을 쓰고, 광채 나는 오토바이를 몰고 사라졌다. 영민은 상구가 놓고 간 담배를 집어 들고 일어섰다. 운 좋게 딱 두 개비가 빠진 새 갑이었다.

2

신호가 바뀌었다. 영민은 급브레이크를 밟았다. 시간도 없는데, 이런 날은 유난히 신호에 잘 걸렸다. 잠깐이지만 헬멧을 벗었다. 아스팔트에서 뿜어 나오는 뜨거운 열기가 얼굴을 덮쳤다. 숨을 돌리고 이전 신호에서 맞춰보려다가 만 로또를 꺼내 들었다. 용지 안에 있는 서른 개의 숫자 중 맞는 숫자는 딱 두 개뿐이었다. 매주 사는데도 5등 당첨조차 드물었다. 5천 원만 날렸다. 시원한 음료수나 사 먹는 게 나았다. 매번 그런 생각을 하지만 일주일간의 희망을 포기하긴 어려웠다. 지금으로서는 로또가 유일한 자신의 미래였다. 사이드 미러 안으로 경찰이 걸어오는 게 보였다. 영민은 재빨리 헬멧을 쓰고 사이드 미러를 힐끔거렸다. 형광 조끼를 입은 경찰은 그에게 곧장 다가오고 있었다. 걸릴 만한 게 있는지 머리를 굴려보았다. 딱히 흠 잡힐 만한 건 없었다. 경찰이 형식적으로 손을 이마께에 올렸다 내리고는 아스팔트 바닥을 가리켰다. 갈기갈기 찢긴 로또 용지가 보였다.

"아, 죄송합니다."

영민은 멋쩍은 웃음을 지어 보였다. 내려서 주우려 했지만 바람에 날려 대부분 흩어져버렸다.

"무단 투기는 과태료 대상입니다."

설마 했는데, 경찰이 단말기를 꺼내 들었다.

"아, 왜 이러세요. 제가 깜박하고 버린 모양인데, 좀 봐주세요."

영민이 헬멧을 다시 벗으며 말했다. 얼굴이 시커멓게 탄 경찰이 잠시 행색을 살피며 망설이는 기미를 보였다. 그새를 놓치지 않고 영민은 스쿠터에서 내려 몇 조각 남지 않은 종이쪼가리를 주웠다.

"뒤에 있는 건 뭡니까?"

로또쪼가리로 딱지를 끊기는 뭣했는지 경찰은 다른 꼬투리를 잡으려 했다.

"잡지책요. 미장원에 배달하는 겁니다. 필요하시면 한 권 가져가셔도 됩니다."

영민은 손에 잡힌 잡지책을 경찰에게 내밀었다. 경찰이 짜증스럽게 고개를 흔들었다.

"앞으로 조심하세요."

아쉬운 표정으로 돌아서는 경찰을 바라보며 영민은 안도의 한숨을 내쉬었다. 요즘은 세금이 부족한지 꼬투리만 잡히면 바로 딱지를 끊었다. 지난달에도 스쿠터를 도로에 잠깐 세워놓고 미장원에 들어갔다가 주차단속에 걸렸다. 아무리 사정해도 소용없었다. 더한 놈은 총판 사장이었다. 범칙금 고지서가 나오자 애매한 미소를 지으며 그에게 건네줬다. 직원은 가족이나 마찬가지라고 떠들지나 말든지, 하긴 알바생이 직원 범주에 들어간다고 생각한 자신이 바보였다. 사장이 말한 직원은 관리부장하고 경리를 보는 미스 조만 해당된다는 걸 미처 몰랐다.

한 집만 더 돌면 오늘 배달은 끝이다. 상구와 약속한 시간까지 자유공원에 도착하려면 서둘러야 했다. 영민은 샤넬미장원 앞에 스쿠터를 세웠다. 징부를 꺼내 확인해보니 책값이 두 달 치나 밀려 있었다. 『우먼센스』나 『레이디경향』같이 두꺼운 책만 요구하면서 결제는 매번 늦었다. 한 달 치라도 받아야 사장이 툴툴대지 않을 것이다.

"그것 말고 『엘르』 없어요?"

영민이 탁자 위에 있던 『레이디경향』을 수거하고 대신 『우먼센스』를 내려놓자, 손님과 잡담을 하던 미용사가 다가왔다.

"『엘르』는 지금 없는데요. 다음 주에 갖다드릴게요."

"K-뷰티 특집이 실렸다고 하던데, 이따가라도 갖다주면 안 될까?"

화장으로 떡칠한 미용사가 팔짱을 끼고 영민을 쳐다봤다. 욕이 목구멍까지 올라왔다. 하지만 얼굴 표정까지 그런 티를 내서는 곤란했다.

"총판까지 가서 잡지 받아 다시 오려면 너무 늦어서요."

영민은 최대한 비굴한 미소를 지으며 말했다.

"우린 저녁 아홉 시까지 문 여는데."

미용사가 물러날 기미를 보이지 않았다.

"죄송합니다. 다음 주에 올 때 꼭 갖다드릴게요. 어제 문이 닫혀 있어 오늘 또다시 온 건데……."

영민 또한 상구와 약속이 있어 물러날 수 없었다. 약속이 아니더라도 오늘 다시 올 생각은 없었다. 잡지 한 권 교체해주려고 이 구석까지 세 번씩이나 찾아올 수는 없는 노릇이었다.

"할 수 없죠. 그럼 결제도 다음 주에 해드릴게요."

미용사가 쌀쌀맞게 내뱉고, 『우먼센스』를 냉큼 집어 들더니 손님 쪽으로 가버렸다. 『엘르』를 달라고 한 건 처음부터 이런 수작을 부리려는 목적이었다. 영민은 손님과 다시 수다를 떨고 있는 미용사를 잠시 노려봤다. 손에 든 헬멧으로 년의 골통을 내리치면 원이 없을 것 같았다. 아무리 생각해도 자신보다 10년은 더 살았을 요물을 당해낼 재간이 없었다. 한숨만 내쉬고 밖으로 나왔다. 수금은 고사하고 타박만 듣고 말았다. 다행인 건 오늘 면접만 잘되면 이 짓도 끝낼 수 있다는 사실이었다. 영민은 서둘러 스쿠터에 시동을 걸고 전속력으로 자유공원을 향해 달렸다.

맥아더 장군 동상 옆에 시내로 내려가는 가파른 계단이 있었다. 상구가 계단 맨 위 칸에 앉아 있었다. 영민은 스쿠터를 상구 오토바이 옆에 세웠다.

"배달하다 바로 온 거냐?"

상구가 못마땅한 표정을 지으며 일어섰다.

"응, 늦을 것 같아서."

영민은 헬멧을 벗고 바지에 묻은 먼지를 털어냈다. 상구가 인상 쓰는 이유가 옷차림 때문이라는 걸 알았지만 신경 쓰지 않았다. 소개팅 나가는 것도 아니고, 기껏해야 배달 면접 보러 가는 자리였다. 사실 그에게는 마땅히 입을 만한 옷도 없었다.

"앉아, 담배나 한 대 피우고 가게."

상구가 다시 계단에 걸터앉았다. 영민도 그 옆에 쭈그려 앉았다. 여기에 앉아 담배를 피우기도 오랜만이었다. 고등학교 때 가끔 수업을 빼먹고 상구 패거리와 이 근처를 배회하며 지냈다. 당시에도 계단에 나란히 앉아 시내를 바라보며 담배를 피우곤 했다. 맥아더 장군이 굽어보는 가운데 크레인이 분주히 움직이는 부둣가를 바라보며 피우는 담배 맛은 그때나 지금이나 일품이었다.

"면접 말인데, 뭘 물어보냐?"

영민은 새로 꺼낸 담배에 불을 붙이며 물었다. 아르바이트 면접은 여러 번 봤지만 이번 건은 일반적인 아르바이트와 달랐다.

"걱정 안 해도 돼. 별것 안 물어볼 거야. 넌 그냥 솔직하게만 대답하면 돼."

상구는 편하게 말했지만 영민은 편치 못했다. 약 배달은 합법적인 일이 아니었다. 경우에 따라서는 위험해질 수도 있었다. 대학을 무사히 마치려면 경찰에 잡혀가는 일은 없어야 했다.

"너네 사장이라는 사람은 어때? 괜찮아? 꼴통 아냐?"

바보 같은 질문이지만 이런 일을 하는 사람은 여우 같은 총판 사장과는 다른 부류의 사람일 게 분명했다. 구미가 당기는 일이지만 여러 가지로 마음에 걸리는 게 많았다.

"우리 사장? 가끔 개드립을 쳐서 그렇지 괜찮은 사람이야. 옛날에는 장바우파 행동대장으로 날린 적도 있지만 은퇴하고 나선 약장사만 해. 그래도 회장님과는 아직 돈독한 사이야. 그래서 다른 약장수 들이 이쪽으론 얼씬도 못 해. 북성동 일대 술집에 들어가는 약은 모 누 우리 조직이 댄다고 보면 될 거야."

상구가 곧 입문하게 될 깡패 조직이 자랑스러운 듯 말했다. 불법 적인 일을 하는 것도 찜찜한 판에 장바우파와 연관 있다니, 영민은 이러다가 조폭 세계에 몸을 담그게 되는 건 아닌지 은근히 걱정이 됐다.

"걱정 마. 내가 미리 대학생이라고 말해놨어. 등록금 때문에 알바 뛴다고. 우리 쪽 사람들은 그런 데 약하잖아."

영민의 표정이 어둡게 변하자 상구가 그의 어깨를 두드리며 말했 다. 상구는 '우리 쪽 사람'이라는 말에 힘을 주었다. 자신은 오래전 에 '우리 쪽 사람'이 된 듯한 말투였다.

"니기미, 걱정은. 돈만 준다면야 똥구멍이라도 핥으라면 핥아야 지."

영민은 일부러 목소리를 높이며 세파에 시달려 볼 장 다 본 사람 처럼 말했다. 고등학교는 담임의 도움으로 항만노조 장학금을 받 아 그럭저럭 다녔다. 하지만 대학은 대충 다닐 수가 없었다. 그의 하 루 일과는 아르바이트로 시작해서 아르바이트로 끝났다. 돈 버는 게 생활의 중심이 되었다. 밥 한 끼, 담배 한 개비, 매달 내야 하는 방 세, 모두 자신이 벌어 해결해야 했다. 입학금 마련을 위해 학자금 대 출을 받았기 때문에 스무 살이 되자마자 제일 먼저 취득한 신분이 채무자였다. 청춘이라는 시퍼런 단어도 돈 앞에서는 무력하기만 했 다. 인간이 갖춰야 할 체면이나 품위도 돈 앞에서는 먼 나라 얘기에 지나지 않았다. 수업 받을 시간에 아르바이트를 하고 있다 보면 돈 버는 목적이 무엇인지 헷갈릴 때가 많았다. 대학생인지 알바생인지 모를 대학 생활을 1년 마치고 군대에 갔다. 시간이 지나면 변화가 있을 거라 기대했지만 제대 후에도 세상은 그대로였다. 대학 후반전 역시 고전할 게 뻔했다. 잡지 배달로 3년을 버티기는 무리였다. 좀 더 나은 일자리가 필요했다.

"중석이가 전화했는데, 상당히 섭섭해하는 눈치더라. 자리 나면 중석이 주기로 했다며? 나보다는 중석이한테 넘겨야 하는 거 아냐?"

영민은 자신이 마음에 없는 말을 하고 있다는 사실을 상구가 알아채길 바랐다. 익수가 남자란 언행이 일치해야 한다고 깝죽대다가 죽었듯이 언행을 일치하며 살기란 정말 어려운 일이었다. 그런 면에서 익수는 존경받을 만했다.

"그때야 하도 부탁하니까, 건성으로 대답한 거지. 너도 그 자식 알잖아. 머릿속에 든 게 없어서 안 돼. 영민아, 이거 정말 괜찮은 자리야. 여기 들어오려고 애들이 줄을 섰어. 나나 되니까 특별히 챙겨주는 거야."

상구가 대단한 특혜라도 주는 양 으스대며 말했다. 영민은 고개를 끄덕였다. 상구가 자신을 잘 챙겨준다는 사실은 인정해야 했다. 익수 사건이 터지자 상구는 영민을 빼자고 했다. 애들 입단속을 시킨 것도 상구였다. 익수 사건으로 모두 정학을 맞았지만 영민은 무사했다. 그 덕분에 항만노조 장학금을 계속 받을 수 있었다. 정학을 맞았다면 아마 장학금을 받지 못했을 것이다. 그 당시 영민은 경제적으로 매우 힘들었다. 어머니도 아버지가 남긴 빚을 갚느라 힘든 생활이 계속됐다. 만약 장학금을 받지 못했다면 고등학교도 졸업하지 못했을 것이다.

"연안부두 쪽으로 갈 거니까, 내 뒤만 따라와."

상구가 눈부신 피닉스를 몰고 앞장섰다. 영민은 적토마 뒤를 쫓아가는 당나귀새끼처럼 달달거리며 상구 뒤를 따라갔다.

상구가 연안부두 목재단지 쪽으로 방향을 꺾었다. 해면 저목장에서 관리하는 검붉은 통나무가 해안가를 따라 무더기로 쌓여 있다. 상구가 원목장 안으로 들어갔다. 입구에서 조금 떨어진 곳에 컨테이너가 보였다. 컨테이너에는 경비실이라는 나무 간판이 붙어 있었다. 상구는 컨테이너 옆에 오토바이를 세웠다.

"우리 사무실이야."

상구가 컨테이너를 가리켰다.

"경비실 아냐?"

"경비실은 무슨 얼어죽을 경비실이야. 원목장에 무슨 경비가 필요해."

"왜 필요 없어? 누가 원목을 훔쳐가면 어쩌려고?"

"누가, 어느 미친놈이 이걸 훔쳐가?"

상구가 밧줄로 단단히 고정해놓은 원목을 손바닥으로 탁탁 내리쳤다.

"이게 인도네시아에서 들여온 건데, 크기가 어머어마하지 않아? 이걸 가져가려면 집게차로 들어서 대형트럭에 실어야 하는데, 누가 요란하게 그 짓을 하겠어. 나 도둑놈이오, 하고 광고하는 편이 낫겠다. 경비실은 컨테이너를 설치하려고 구실로 붙인 거야. 우리 사장이 업자에게 올러댔겠지. 형씨, 경비 서줄 테니까, 우리 사이좋게 땅 좀 나눠 씁시다. 우린 깡패잖아."

상구가 영민의 어깨를 감싸며 과장된 목소리로 말했다.

"잠깐만 기다려봐, 사장한테 말하고 올게."

상구가 거들먹거리며 컨테이너를 향해 걸어갔다. 영민은 바로 옆에 있는 원목 더미에 등을 기댔다. 열기가 원목을 달궈놔서 등짝이 뜨거웠다. 나무 냄새도 진하게 풍겼다. 영민은 바다가 있는 쪽을 향해 고개를 돌렸다. 멀리 회색 굴뚝이 보였다. 어릴 적 할아버지와 함께 보았던 바닷가 모습이 떠올랐다. 영민은 할아버지 품에 안겨 원목이 가득 쌓인 곳으로 들어갔다. 새벽 공기를 가르며 원목 더미를 통과해 바다가 보이는 곳까지 갔다. 바다 건너편에 높다란 굴뚝이 보였다. 하늘 높이 솟은 굴뚝에서는 하얀 연기가 꾸역꾸역 쏟아져 나왔다. 그 옆에 거대한 철제 크레인이 외롭게 서 있었다. 영민은 할아버지 품에서 바다를 바라봤다. 생선 비늘처럼 반짝이는 바닷물과 거인의 손가락뼈 같은 크레인, 일직선으로 뻗어 올라가는 하얀 연기, 그리고 할아버지의 뺨을 타고 흘러내리던 눈물까지, 그때 본 장면은 정물처럼 각인되어 그의 뇌리에 그대로 남았다.

"뭐 해, 들어오라니까."

상구의 외침에 영민은 정신을 차렸다. 9월이 되면 깔때기에는 새벽 제사를 지내는 집이 많았다. 아마 할아버지도 새벽 제사를 지내고 나왔을 것이다.

"너, 무슨 과라고 했지?"

상구가 문을 열려다 말고 그를 쳐다보며 물었다.

"비즈니스 마케팅."

"뭐라고? 마케팅, 뭐 하는 건데?"

"나도 몰라."

상구가 어이없다는 표정을 지었다. 영민도 자신이 바보 같은 대답을 하고 있다는 걸 알았다. 하지만 어쩌겠는가, 정말 모르겠는데. 영어단어 두 개가 붙어 있으니 창조융합을 선도하는 과라는 정도만 알고 있었다.

"사장이 물어봐서……. 니가 알아서 잘 대답해. 법이나 경제 같은 걸 하지 그랬어. 그러면 대답하기도 좋잖아. 마케팅이라, 아, 다단계 판매 같은 거."

상구가 끝내 헛소리를 한번 내뱉고는 컨테이너 문을 열었다. 안은 영민이 생각한 것보다 넓었다. 정면에 간이침대가 보였다. 커튼이 있는 걸 봐서는 누군가가 잠자리로 사용하는 것 같았다. 우측에는 컴퓨터가 놓인 책상과 금고, 캐비닛이 나란히 있었다. 안쪽으로 냉장고와 휴대용 가스레인지가 놓인 싱크대가 보였다. 좌측은 기다란 소파와 탁자가 공간의 대부분을 차지했다. 텔레비전은 소파 맞은편 정면에 매달려 있었다. 사장이라고 생각되는 사내가 소파에 등을 기대고 있다가 상구와 영민이 들어오는 소리를 들었는지 고개를 돌렸다.

"어서 오게, 어서 와. 상구한테 얘기 많이 들었네."

너무 반겨주는 바람에 영민은 포옹이라도 해야 하나 하고 멈칫했다. 다행히 손을 내밀어 악수하는 것으로 인사가 끝났다.

"이쪽으로 앉게. 그래, 대학생이라며? 전공이 뭔가?"

상구 말대로 사장이 자신의 전공부터 물었다. 영민은 죄지은 것도 아닌데, 이런 질문을 받을 때마다 정말 난처했다. 전공을 설명하는 게 대학 들어가는 것보다 더 힘들었다.

"네, 비즈니스 마케팅입니다."

보충 설명으로 신제품 판매 전략이라든지, 유통 구조의 효율성을 분석하는 일이라고 말하고 싶은 걸 꾹 참았다. 자신도 그게 어떤 일인지 정확히 모를뿐더러 조폭이라는 사람에게 그런 말을 하는 자체가 커다란 실례라는 생각이 들었기 때문이다.

"비즈니스 마케팅?"

사장이 난감한 표정을 지었다. 영민은 가시방석에 앉은 기분이었다.

"다단계 판매나 기획 부동산, 그런 걸 공부하는 뎁니다."

상구가 얼굴색 하나 변하지 않고 엉뚱한 소리를 해댔다.

"그게 아니고, 판매 전략을 연구하는 겁니다."

상구가 더 헛소리를 해대기 전에 영민이 말을 끊었다. 사장이 고개를 끄덕였다. 누구 말에 수긍한다는 건지는 알 수 없었다.

"우리가 하는 일이 바로 그걸세. 판매와 전략. 판매는 물건을 잘 전달해주고 돈을 잘 챙겨오는 것. 전략은 손님에게 진품을 구입했다는 믿음을 주는 것. 방법은 쓸데없는 말을 지껄이지 않는 것."

사장이 사업의 판매 전략을 짧고 간략하게 설명했다. 간명하고 명확할 것. 교재에서 읽었던 판매 전략의 기본 원칙에 정확히 부합했다. 영민은 감동한 표정으로 사장을 쳐다봤다. 여기에는 자신의 전공에 대한 질문이 끝났다는 안도감도 포함됐다.

"이 일을 하려면 오토바이를 잘 타야 해. 우리 구역은 언덕이 많고, 길도 좁아서 자칫하면 사고 나기 십상이야. 게다가 손님이 급히 찾는 경우에는 속력도 좀 내야 하고. 상구 말로는 자네가 오토바이를 제법 탄다고 하던데?"

사장이 팔짱을 낀 채 진지한 표정으로 물었다. 오늘 면접에서 가장 중요한 질문이었다. 그리고 영민이 가장 자신 있는 대답이기도 했다.

"네. 고등학교 때부터 아르바이트를 해서 오토바이만큼은 자신 있습니다."

진짜 자신 있었기 때문에 영민은 커다란 목소리로 말했다. 당장이라도 시범을 보이고 싶었다.

"그래. 그럼, 앞으로 잘해보자고. 신분증 가져왔지?"

사장이 팔짱을 풀고 미소를 지었다. 영민이 예상했던 것과 달리 면접이 맥없이 끝나버렸다. 안도감보다는 허탈한 기분이 들었다. 미리 준비한 봉투를 사장에게 내밀었다. 그 안에는 주민등록증, 학생증, 아르바이트를 위해 일찌감치 따둔 운전면허증까지 자신이 가지고 있는 모든 증명서가 들어 있었다. 사장은 증명서를 꼼꼼히 살펴보더니 프린터로 스캔을 떴다.

"주민등록증은 내가 보관하고 있겠네. 자넬 못 믿어서가 아니라 그냥 요식행위일 뿐이야. 일을 그만두게 되면 그때 돌려주겠네."

사장이 주민등록증을 뺀 나머지 신분증을 돌려주었다. 면접이 끝나자, 영민은 마음의 여유가 생겼다. 주민등록증을 서랍에 넣고 있는 사장을 살펴보았다. 입가를 따라 피어난 미소가 둥근 얼굴과 잘 어울렸다. 눈도 동그래서 살만 좀 더 쪘다면 달마 대사와 닮아 보였다. 영민이 품고 있던 선입관이 완전히 빗나갔다. 이런 일을 하는 사람은 험악하게 생겼으리라 생각했다. 속까지는 모르겠지만 겉으로 봐서 사장은 마음씨 좋은 동네 아저씨 같았다. 장바우파 행동대장이었다는 상구의 말이 믿기지 않았다. 살이 통통하게 오른 팔뚝에는 그 흔한 문신조차 없었다.

"자네, 활 한번 쏴보게."

사장이 갑자기 엉뚱한 요구를 했다. 영민은 무슨 말인지 몰라 상구를 쳐다보았다. 상구가 웃으며 고개를 끄덕였다. 하는 수 없이 엉거주춤 활 쏘는 자세를 취했다.

"활시위를 당긴 손이 어디 있나 보게. 좀 더 당겨보게. 그래, 더 세게. 어떤가, 훨씬 많이 나가겠지? 가슴까지 잡아당기는 놈은 그 정도 인생밖에 못 살아. 당길 수 있는 만큼 힘껏 당겨보게. 자네 인생도 그만큼 멀리 나갈 걸세. 앞으로 기죽지 말고 당당하게 행동하게. 인사도 말도 절도 있게 하고 말이야. 사내는 자신감이 있어야 한다고."

사장이 영민의 어깨를 두어 번 두드리고 밖으로 나갔다. 상구가 우습다는 듯 킥킥댔다.

"내가 얘기했잖아, 가끔 개드립을 친다고. 인마, 니가 찌질이처럼 보여서 그래. 주제비가 그게 뭐냐, 이젠 좀 차려입고 다녀라. 동네 아줌마들 상대하는 잡지하고는 격이 달라. 대충 입고 다니면 고객이 깔본다고."

"배달꾼 주제에 격은 무슨 얼어죽을 격이야."

영민은 사장의 갑작스러운 드립에 툴툴거렸지만 상구 말이 맞았다. 지금 옷차림으로는 스쿠터라면 모를까, 가와사키에 대한 예의는 아니었다.

3

"누구야? 신입인가?"

두 사람은 동시에 뒤를 돌아봤다. 한 손에 반모를 든 사내가 문가에 서 있었다. 저런 타입의 헬멧은 멋은 있어도 보호라는 개념과는 거리가 멀었다. 검게 그을린 얼굴이 그 증거였다. 사내가 문을 거칠게 닫고 헬멧을 소파 위에 던졌다.

"네, 제 후임입니다. 인사해라, 조배 형님이셔."

상구가 긴장하는 모습을 보였기에 영민도 덩달아 몸이 굳었다. 영민은 정중하게 고개를 숙였다. 고개를 들다 시선이 마주치자 조배가 피식거렸다. 상대를 무시함으로써 자신의 존재를 드러내려는 비열한 웃음이었다.

"김영민이라고 합니다."

영민은 기분이 나빴지만 내색하지 않았다.

"그래. 니들 친구냐? 여기가 뭐 하는 덴지 알고 왔냐?"

"일에 대해서는 제가 대충 얘기했습니다."

상구가 끼어들었다. 조배의 표정이 일그러졌다.

"내가 너한테 물었냐? 너한테 물었냐고, 씹새야."

조배의 입에서 욕이 튀어나왔다. 상구의 얼굴이 굳었다.

"네, 약 배달하는 건 알고 왔습니다."

상구의 무안을 덜어주기 위해 영민이 재빨리 대답했다. 사장이 있을 때 좋았던 분위기는 사라지고 상황이 험악하게 변했다. 혹시 이런 새끼랑 같이 일하는 건 아닐까? 영민은 불길한 생각이 들었다. 그건 정말 최악이었다.

"오, 그래. 무슨 약인 줄도 알고?"

"비아그라나 시알리스 같은 발기부전 약 파는 거 아닙니까?"

조배가 담배에 불을 붙이며 소파 한가운데 앉았다. 한 팔을 소파 위에 걸치고 양다리를 거만하게 꼬았다.

"비알이라! 기집애 뿅 가게 하는 것도 있거든. 좆 꼴리게 하는 건 모두 있지. 뽕도 있고, 너 약 해봤냐?"

조배가 입술을 오므려서 허공에 하얀 도넛을 띄웠다. 작은 도넛 두 개가 커다랗게 부푼 도넛 사이로 연속해서 빨려들어갔다. 조배가 만족스러운 미소를 지었다. 담배를 문 입술 사이로 누렇게 변색된 이가 보였다. 마른 몸집에 설치류 같은 얼굴, 거들먹거리는 말투, 허세가 심한 놈이라는 걸 금세 알 수 있었다.

"아니요. 학교 다닐 때 본드는 해봤지만."

"본드라. 하하하, 장난하냐? 이런 일은 해봤냐?"

조배가 가소롭다는 표정을 지었다.

"약 배달은 아니지만 다른 배달은 많이 해봤습니다."

영민은 이게 진짜 면접이 아닐까 하는 생각이 들었다. 어쩐지 면접이 수월하게 끝난다 싶었다.

"얘는 대학생인데, 알바한대서 제가 사장님한테 소개시켜드렸습니다."

상구가 조배 눈치를 보며 말했다.

"대학생? 이젠 개나 소나 다 오네. 사장이 뭐래?"

조배가 인상을 찡그리자 좁은 미간에 주름이 잔뜩 끼었다.

"낼부터 인수인계해주라고 하셨습니다."

"니기미, 나한테는 말도 없이. 여기 일은 아무나 해도 되는 줄 아나 보지?"

영민은 조배의 말이 귀에 거슬렸다. 자신이 앞에 서 있는데도 조배는 대놓고 무시했다. 상대에 대한 배려라고는 눈곱만큼도 없는 놈이었다.

"고등학교 때부터 알바를 해서 배달 정도는 할 줄 압니다."

게다가 처음 보는데 반말을 했다. 목소리가 딱딱해지는 건 어쩔 수 없었다.

"오, 그래. 오토바이는 탈 줄 알고?"

"네, 조금 탑니다."

"그래? 그럼 솜씨 좀 볼까?"

조배가 심심하던 차에 잘됐다는 듯 건들거리면서 밖으로 나갔다. 영민은 상구와 함께 뒤를 따라갔다. 영민이 눈짓으로 뭐 하는 놈이냐고 물어보았지만 상구가 별거 아니라는 듯 고개를 흔들었다.

"이게 니 오토바이냐?"

조배가 원목 더미 앞에 세워놓은 스쿠터를 발로 툭툭 걷어찼다.

"이건 또 뭐야, 짱깨 배달하냐?"

이번에는 뒷좌석에 매달린 앵글박스를 흔들어댔다. 영민은 앵글박스를 손으로 잡아 스쿠터가 더 이상 흔들리지 않도록 했다. 자존심은 둘째 치고 기분이 정말 더러웠다.

"아뇨, 미장원에 잡지 배달하고 있습니다. 이건 잡지 실을 때 필요한 거고요. 자세는 안 나오지만 배달하기는 안성맞춤입니다."

"오호, 그래? 그럼, 이걸로 배달하시겠다?"

"아뇨, 그건 총판 거라 배달을 그만두면 반납해야 합니다."

"그래, 상구 너도 반납해야지. 니 걸 줘야 하는데, 제대로 탈 수나 있을지 모르겠다."

조배가 한심하다는 눈길로 영민을 쳐다봤다.

"저, 피닉스를 말하는 거라면 눈 감고도 탈 수 있습니다."

영민은 새빨간 불사조가 몸체를 감싸고 있는 상구의 오토바이를 쳐다봤다. 보는 것만으로도 침이 넘어갔다. 영민의 말대꾸가 기분 나빴는지 조배가 인상을 구겼다. 영민은 모른 척 피닉스만 쳐다봤다. 조배가 턱짓을 하자 상구가 오토바이 키를 그에게 넘겼다. 핸들에 걸려 있는 헬멧부터 썼다. 조배의 헬멧과는 달리 풀 페이스여서 매연으로 안면 마사지 당하는 걸 피할 수 있었다. 피닉스는 몸체가 앞으로 쏠린 레플리카였다. 안장에 오르자 몸에 착 달라붙었다. 그동안 탔던 스쿠터하고는 격이 달랐다. 이렇게 날렵하고 잘빠진 놈은 오랜만이었다. 안장에 앉은 것만으로도 가슴이 설렜다. 시동이 부드럽게 걸렸다. 기어를 중립에 놓고 후카시를 몇 번 매겨봤다. 은빛 배기통에서 경쾌한 소리가 터져 나왔다. 말발굽처럼 묵직하지는 않았지만 마음에 들었다. 상구가 그의 마음을 안다는 듯 부러진 윗니를 내보이며 씩 웃었다. 조배가 여전히 못 미덥다는 눈빛으로 그를 쳐다봤다.

영민은 피닉스를 몰고 원목장을 빠져나왔다. 아스팔트에 올라서자 달리고 싶은 욕망이 솟구쳤다. 조배와 상구를 힐끗 쳐다보고 핸들을 당겼다. 피닉스가 총알처럼 튀어나갔다. 머플러에서 삐져나온 굉음이 뒤를 따랐다. 한동안 제대로 된 오토바이를 타지 못했다. 기껏해야 배달용 스쿠터나 에스코트 정도였다. 피닉스는 그런 것과 차원이 달랐다. 귀밑을 치고 지나가는 바람이 살아 있었다. 연안대로 삼거리에서 좌회전을 해 축항대로로 빠졌다. 양옆으로 바다가 보였다. 주위에 아무도 없음을 확인하고 윌리를 시도해봤다. 몸의 균형이 잡히지 않아 불안했다. 다시 한 번 시도했다. 앞바퀴가 제대로 들렸다. 30미터쯤 달리다 착지했다. 축항로 끝에서 유턴했다. 이번에는 잭나이프를 시도해보기로 했다. 뒷바퀴를 들고 가는 게 윌리보다 어렵지만 그의 주특기였다. 첫 번째 시도는 실패했다. 오토바이에 적응이 안 됐는지 무게 균형 잡기가 어려웠다. 영민은 피닉스를 세우고 제자리에서 스텝을 추며 핸들을 조금씩 수정했다. 오토바이와 균형을 맞추고 다시 한 번 시도했다. 이번에는 문제없이 성공했다. 영민은 솜씨가 녹슬지 않았다는 생각에 마음이 흐뭇했다. 돌아올 때는 속력을 줄이고 피닉스의 엔진감을 느끼기 위해 천천히 몰았다.

조배와 상구가 원목장 앞에서 기다리고 있었다. 조배가 건들거리며 자신에게 모멸감을 주었다. 시발 새끼, 조배를 보자 영민은 자신도 모르게 욕이 튀어나왔다. 입을 굳게 다물고 액셀을 당겼다. 오토바이가 거침없이 조배를 향해 내달렸다. 조배의 얼굴이 확실히 눈에 들어올 때까지 그대로 돌진했다. 조배의 동공이 확대되는 게 보였다. 브레이크를 힘껏 밟으며 다른 발로 바닥을 짚어 축을 만들었다. 스핀을 먹은 오토바이가 날카로운 소리를 내면서 360도 회전했다. 바퀴에서 연기가 피어올랐다. 고무 타는 냄새가 진동했다. 조배가 뒤로 물러섰다. 뿌연 먼지 사이로 조배 얼굴이 보였다. 갑작스러운 백스핀에 조배도 상구도 놀란 표정이었다. 영민은 개의치 않았다. '솜씨 좀 볼까' 하고 유들거리며 건드린 건 조배였다. 스탠드를 차서 오토바이를 세웠다. 조배가 영민을 노려보았다.

"꽤 타는데. 잘 들어둬. 이건 배달용이야, 경주용이 아니라고 씹새야."

따귀라도 한 대 올라오는 건 아닌가 싶었다. 다행히 오토바이 키를 잡아채는 걸로 끝났다. 조배가 키를 상구 발밑에 집어던지고 사무실로 들어갔다.

"뭐야, 저 씹새끼는?"

"사장 후배야. 피곤한 놈이긴 하지만 적응하면 괜찮을 거야."

상구가 허리를 굽혀 땅에 떨어진 키를 주웠다. 영민은 조배가 들어간 컨테이너를 바라봤다. 첫 대면부터 기분이 더러웠다. 저런 놈하고 일할 생각을 하니 한숨이 나왔다. 역시 세상에는 쉬운 일이 없었다.

영민은 스쿠터를 몰고 원목장을 빠져나왔다. 사장이 내일부터 나오라고 했다. 총판에 가서 이 당나귀를 반납하고 그만둔다는 사실을 정확히 말할 필요가 있었다. 촉새 같은 총판 사장이 무슨 표정을 지을지 벌써부터 기대됐다.

4

영민이 사무실에 들어가자 소파에 상구가 앉아 있었다. 오늘은 자신의 환영회 겸 상구 송별회를 열기로 한 날이었다.

"어때, 할 만하냐?"

상구가 손을 들어 반겨주었다.

"잡지 배달보다 훨 낫다. 양은 적고, 질은 높고."

영민은 출입문 옆 선반에 헬멧을 올려놓았다. 농담조로 말했지만 진심이었다. 무엇보다 잡지 배달 때처럼 앵글박스를 달지 않아 좋았다. 잡지 배달을 할 때는 박스 안에 잡지를 가득 싣고 매주 한 번 씩 미장원을 돌아야 했다. 백 군데가 넘는 미장원을 돌다 보면 정기 휴일인 곳도 있고, 갑자기 쉬는 곳도 있었다. 빠뜨린 곳은 따로 시간을 내서 다시 한 번 돌아야 했다. 게다가 수금이 조금 밀린다 싶으면 총판 사장이 닦달하는 바람에 한 번 더 방문해야 했다. 말이 아르바이트지 일주일 내내 묶여 있었다. 그에 비해 약 배달은 블랙이글 배낭 하나면 충분했다. 배달도 서너 시간이면 끝났다. 수업시간만 잘 조정한다면 학기 중에도 가능했다. 영민은 공부보다 졸업이 우선이었다. 학자금 대출심사를 겨우 통과해 대학생이 되었다. 그 후로는 거친 가시밭길이었다. 충북 음성에 있는 어머니가 조금씩 보태준 덕분에 근근이 버틸 수 있었다. 1학년을 마치고 군대에 간 것도 돈 때문이었다. 남들처럼 스펙을 쌓고 학점을 올리는 것은 사치였다. 그저 졸업까지 무사히 버티는 게 목표였다.

"거기는 어때?"

영민은 블랙이글을 헬멧 옆에 내려놓으며 상구에게 물었다.

"아직은 가게만 지키고 있지만 조만간 일이 생길 거야."

"무슨 일? 이거?"

영민은 나이프로 상대방의 배를 찌르는 흉내를 냈다.

"아니, 이거."

상구가 야구배트를 휘두르는 시늉을 했다.

"이 새끼들이, 왔으면 사장님한테 보고부터 해야지, 어디서 장난질이야."

영민이 왼팔로 상구의 야구배트를 막고 오른손으로 상구의 아랫배를 찌르는 모션을 취하려는데, 소파에 앉아 있던 조배가 소리쳤다. 컴퓨터를 들여다보고 있던 사장이 고개를 들었다.

"그래, 수금은 다 했나?"

영민이 재빨리 사장한테 가서 수금한 돈을 건넸다.

"퍼펙트, 퍼펙트. 봐라 인마, 얘는 오늘도 다 소화했잖아. 넌 자식아, 두 건이나 놓쳤어. 또 쓸데없는 얘기 늘어놨지? 말을 많이 하면 의심한다니까, 그냥 입 닥치고 물건이나 팔면 오죽 좋겠냐."

사장이 돈다발로 손바닥을 치며 조배에게 말했다. 탁자 위에 발을 올려놓고 텔레비전을 보고 있던 조배의 표정이 일그러졌다. 영민을 잠시 노려보더니 컨테이너 문을 거칠게 닫고 밖으로 나가버렸다.

"새끼, 성질머리하고는. 쯧쯧쯧……."

사장이 혀를 차며 다시 컴퓨터 앞에 앉았다. 영민은 가볍게 한숨을 내쉬었다. 사장은 배달 첫날부터 영민을 칭찬하며 조배를 몰아세웠다. 특히, 입이 가벼운 조배가 거래를 성사시키지 못하고 돌아올 때마다 영민과 비교하며 노골적으로 비아냥거렸다. 그 때문인지 조배는 영민을 못마땅해했다. 그에게 던지는 말은 대부분 욕으로 시작해 욕으로 끝났다. 아무렇지 않은 듯 넘기고는 있지만 슬슬 짜증이 나기 시작했다. 아무 잘못도 하지 않았는데 바보처럼 그저 욕을 먹어야 하니 기분이 좋을 리 없었다. 영민은 사장이 고개를 숙이고 있는지 확인하고, 조배가 나간 문을 향해 빅 엿을 매겼다. 상구가 엄지손가락을 추켜올리며 킥킥댔다.

"어디 가는 거야?"

영민은 약간 뒤로 처져서 상구의 귀에 대고 물었다.

"어시장 뒷골목. 거기, 이게 있거든."

상구가 턱으로 조배를 가리키며 새끼손가락을 들어 올렸다. 영민은 알겠다는 듯 고개를 끄덕였다. 인항 갈빗집에서 열린 환영회 겸 송별회는 사장이 약속이 있다며 일어나는 바람에 일찍 끝나버렸다. 조배가 투덜대며 두 사람을 연안부두 뒷길로 끌고 갔다. 어시장을 벗어나자 꼬마전구와 네온으로 치장한 술집이 늘어서 있었다. 부둣가 사내들을 상대로 운영하는 싸구려 양줏집이 몰려 있는 거리였다. 조배가 '갈채'라고 적힌 빨간 간판 앞에서 걸음을 멈추었다. 검은 인조가죽으로 표면을 감싼 목제문을 조배가 익숙하게 밀고 안으로 들어갔다.

"어서 와. 그러지 않아도 언제 오나 했지. 다해가 눈이 빠지게 기다리고 있었다고."

몸집 좋은 마담이 호들갑을 떨며 반색했다. 선탠 된 유리창에는 고급 살롱이라고 붙여놓았지만 붉은 사이키가 돌고 있는 전형적인 변두리 살롱이었다. 아직 이차를 하기에는 이른 시간인지 손님이 아무도 없었다. 마담은 포마이카 테이블이 놓인 칸막이 안으로 조배를 안내했다.

"다해는 어디 있는데?"

조배가 자리에 앉기도 전에 여자부터 찾았다.

"급하기도 하셔라. 화장 고치러 잠깐 안에 들어갔어. 다해야, 조배 오라버니 오셨다. 빨리 나와봐라."

마담이 안을 향해 소리치고는 주방으로 들어갔다. 조배가 가운데 자릴 잡고 앉았다. 상구와 영민은 나란히 조배 앞에 앉았다. 밖을 내다봐야 할 창문은 모두 짙게 선탠을 해놔서 아무것도 보이지 않았다. 조배가 안을 향해 계속 고개를 기웃거렸다. 상구가 야릇한 표정으로 웃고 있었다. 영민이 쳐다보자 상구가 턱을 들어 안을 가리켰다. 긴 생머리에 미니스커트를 입은 여자가 은색 쟁반을 들고 홀을 가로질러 오고 있었다. 한눈에 보기에도 상당한 미인이라는 걸 알 수 있었다. 쥐새끼 같은 조배 얼굴이 활짝 펴졌다. 여자는 맥주와 마른안주를 테이블 위에 놓고 조배 옆에 앉았다.

"이 오빠는 처음 보네. 민다해라고 해요."

자신을 '민다해'라고 소개한 여자가 고개를 살짝 숙였다. 그러다 영민과 눈이 마주치자, 눈이 동그래지더니 하얀 치아를 드러내며 함박웃음을 지었다. 순간 영민은 입이 다물어지지 않았다. 그녀가 누군지 기억해냈다. 얼마 전 담배를 사 가지고 나오다 편의점 출입문에서 그녀와 부딪쳤다. 헬멧을 쓰고 있어 시야가 좁아진 탓이었다. 급히 헬멧을 벗고 땅에 떨어진 비닐가방을 주워 그녀에게 건넸다. 그녀가 웃으며 가방을 받았다. 방금 목욕을 마치고 나왔는지 얼굴은 빨갛게 상기됐고, 긴 머리카락은 물기가 가득했다. 그녀는 편의점 안으로 들어갔고 영민은 피닉스에 올라탔다. 영민은 출발을 미룬 채 편의점 유리창을 통해 그녀의 움직임을 지켜봤다. 그녀가 냉장고에서 찬 음료를 꺼내 카운터로 가는 걸 보고 시동을 걸었다. 그렇게 시간을 끄는 사이 그녀가 편의점에서 나왔다. 머뭇거리고 있는 영민을 보고 그녀가 활짝 웃었다. 영민은 얼른 고개를 돌리고 피닉스를 출발시켰다. 가슴이 두근거렸다. 뒤돌아보고 싶은 걸 간신히 참았다. 그 뒤로 담배는 그 편의점으로만 사러 다녔다. 그러나 그녀와 다시 마주치는 행운은 찾아오지 않았다.

"다해야, 너 아르바이트 안 할래?"

"뭔데요? 돈만 벌 수 있다면 뭔들 못 하겠어요."

그러니까, 자신의 가슴을 설레게 했던 여신께서 여기 변두리 살롱에 앉아 조배에게 술을 따르는 엿 같은 상황이 연출된 것이다.

"잘 들어봐. 내가 말이야, 한일 우호를 다지기 위해 야마구치 애들 초청으로 일본에 갔을 때 발견한 건데, 이거 확실히 돈 되는 거야."

맙소사! 어떻게 이런 일이 있을 수 있단 말인가. 영민은 갑작스럽게 펼쳐진 드라마 같은 상황에 잠시 넋이 나갔다. 영민이 어떤 심정인지 알 필요 없는 조배는 몸을 반쯤 다해에게 기울인 채 떠들기 시작했다. 다해는 이런 분위기에 익숙한지 열심히 고개를 끄덕이며 조배의 말을 경청했다.

"뭔데요? 진짜 돈 되는 거죠? 또 허풍치는 거 아니죠?"

이번에는 다해가 조배에게 바싹 다가갔다. 단추가 풀린 블라우스 사이로 가슴골이 반쯤 드러났다. 조배는 대놓고 다해의 가슴에 시선을 고정시켰다. 영민은 이맛살을 꾸길 수밖에 없었다. 가슴속에 품고 있던 환상이 쩍쩍 금 가는 소리가 났다.

"걔들이 나를 자기네 나와바리로 모신다고 해서 아키하바라 쪽으로 갔는데, 햐 물 좋더구만. 구치가 우리하고 다르다니까. 뒷골목에 들어갔더니, 성인용품점이 쭉 나라비로 서 있는 거야. 구경이나 좀 할까, 하고 들어갔는데, 별 게 다 있더라고. 우리나라 구멍가게는 게임이 안 돼. 그중에서 눈에 팍 꽂힌 건데, 요 맥주잔만 한 페트병에 여고생 빤스가 들어 있는 거야. 겉에는 얼라들 사진과 나이, 학교 그리고 그 빤스를 입은 여학생 사진이 붙어 있고. 진품 인증샷인 셈이지. 그걸 삼천 엔에 팔고 있는 거야. 그걸 보는 순간 머릿속에 팍, 떠오른 건데. 이걸 벤치마킹이라고 하는 거지."

다해 허벅지 위에서 놀고 있던 조배의 오른손이 산불이 번져가듯 빠르게 다해의 가슴을 향해 올라갔다. 영민은 환상을 내려놓고 잔인한 현실에 적응하기로 마음먹었다.

"설마 내 팬티 팔자는 건 아니겠죠?"

"누가 니 냄새나는 빤스를 사겠냐? 빤스가 아니라 대추를 파는 거야."

"대추? 약이 아니고 진짜 대추요?"

"그래, 그걸 특화해서 만 원에 뿌려버리는 거야. 판로는 걱정하덜 덜 말어. 우리가 누구냐, 약장사 아녀. 니가 상품만 제대로 만들어주면 돼."

조배가 다해를 향해 음흉한 미소를 지었다. 상구는 흥미진진한 표정으로 두 사람의 대화를 듣고 있었다. 이 상황이 못마땅한 사람은 영민밖에 없었다. 자신만 빠져준다면 모두에게 아주 즐거운 시간이 될 것 같았다.

"대추 한 알에 만 원이면 그걸 누가 사요? 사기만 한다면 금방 떼부자가 되겠지만."

"누가 그냥 대추를 판대? 내가 특화한다고 했지? 네가 특화만 제대로 시켜준다면 승산은 있어."

"어떻게요?"

다해가 눈을 동그랗게 뜨며 콧소리를 냈다. 조배가 명화를 감상하듯 고개를 뒤로 약간 빼고 다해를 훑어봤다.

"너, 크지? 저녁에 잘 때 거기다 한 열 알 넣고 자는 거야. 그리고 다음날 꺼내 파는 거지. 푹 절여진 대추가 남자들한테 그렇게 좋다는 거 알아?『동의보감』에도 나와 있어. 처녀 몸에서 열두 시간 숙성된 음양 대추, 한 알에 만 원. 거저다 거저."

조배가 시장통 장사치처럼 박수를 쳐댔다. 갈수록 태산이라더니, 영민은 아예 고개를 돌리고 선탠 된 창문을 쳐다보았다. 창틀에 두른 붉은 꼬마전구 불빛 탓에 정육점 냉장고 안에 들어앉은 기분이었다.

"미쳤어, 미쳤어."

다해가 작은 주먹으로 조배의 어깨를 여러 번 쥐어박았다. 조배가 유쾌한 웃음을 터뜨리며 다해의 가슴에 손을 얹었다.

"됐으니까, 양주나 한 병 까. 언니, 여기 스카치 큰 걸로 한 병 줘."

다해가 조배의 손을 제자리에 돌려놓으며 주방을 향해 소리쳤다.

"형님, 그거 허위광고 아냐? 요즘 처녀가 어딨어? 얘가 처녀면 내가 문화재청에 신고한다. 천연기념물 나왔다고."

상구가 키득거리며 맞장구쳤다. 영민은 가볍게 한숨을 내쉬었다. 로또 열 장이 모두 꽝 된 것보다 더 허탈한 느낌이었다.

"그거 내가 하면 안 될까? 난 한 번에 스무 개도 문제없는데."

갑자기 뒤에서 나타난 마담이 양주를 들고 영민의 옆에 앉았다.

"누님 건 질이 떨어져서 안 돼."

조배가 마담이 가져온 양주를 받아 뚜껑을 땄다.

"동생이 몰라서 그러는데, 애들 것보다 내 게 더 약효가 있다고. 오래된 게 약발도 더 받는다고. 흐물흐물해질 때까지 숙성시켜줄게. 한 알에 오천 원씩 해봐, 물건은 얼마든지 대줄 테니까."

몸집이 좋은 마담이 앉자 자리가 꽉 찼다. 파마한 머리카락에서 샴푸 냄새가 났다.

"언니, 오늘은 뉴 페이스도 있는데, 고만하자. 상구 씨 친구래. 대학생인데, 상구 씨가 깔때기로 올라가고 대신 사무실에 나오기로 했대. 완전 잘생겼지?"

다해가 생글거리며 말했다. 그런다고 갈라진 상처가 아물지는 않았다. 영민은 유체이탈을 꿈꾸며 맥주를 홀짝거렸다.

"그래, 웬 꽃미남인가 했네. 낼부터 아침은 우리 집으로 먹으러 와. 토스트에 계란 프라이 해줄게. 푹 절인 대추 하나 올려서. 호호호."

마담이 화장으로 떡칠한 얼굴을 영민에게 들이댔다. 샴푸와 화장품 냄새가 뒤엉켜 묘한 냄새를 풍기는 바람에 속이 울렁거렸다. 영민은 헛구역질을 참기 위해 얼른 맥주를 한 모금 들이켰다. 오늘은 진짜 일진이 사나웠다. 술이고 나발이고 빨리 집에 가고 싶다는 생각밖에 없었다.

"언니, 안 되겠다. 나랑 자리 바꿔. 언니 옆에 있다가는 날로 먹히겠어. 하여간 남자나 여자나 노친네들은 영계만 좋아한다니까."

다해가 마담을 밀어내고 영민의 옆에 앉았다. 덕분에 울렁거리던 속이 좀 가라앉았다. '시팔놈' 하고 다해가 자리에 앉는 척 수선을 떨며 영민의 귀에 대고 속삭였다. 이건 뭐지, 영민은 고개를 들었다. 조배가 인상을 꾸긴 채 이쪽을 노려보고 있었다. 그는 조배와 다해를 번갈아가며 쳐다봤다. 조배가 계속 다해를 노려봤지만 다해는 딴청을 피웠다. 삼각관계, 순간 그 단어가 머릿속에 떠올랐다. 성급한 자신의 상상력에 영민은 쓴웃음을 짓고 말았다. 이렇게 된 거 오랜만에 양주 맛이라도 봐야 사나운 일진을 제대로 보상받을 것 같았다. 영민은 조배가 모아들이는 잔들을 보며 입맛을 다셨다.

조배가 본격적인 폭탄 제조에 들어갔다. 에너자이저를 만든다며 맥주와 핫식스를 섞은 맥주잔을 테이블 위에 늘어놓고 그 위에 양주잔을 걸쳤다. 자고로 첫 잔은 국가를 위해 마셔야 한다며 조배는 이마를 문질러댔다. 그러고는 갑자기 '국가에 대하여 충성!'을 외치면서 이마를 그대로 테이블 위에 내리박았다. 그 충격으로 양주잔이 맥주잔 안으로 빠지면서 거품이 올라왔다. 한 번에 성공한 게 기뻤는지 조배가 함박웃음을 지으며 폭탄주를 한 잔씩 안겨줬다. 원샷이 끝나자 바로 걷어가 다시 폭탄주를 제조했다. 삼배가 기본이라며 연속으로 석 잔을 돌렸다. 다해는 눈도 깜짝하지 않고 세 잔을 모두 다 받아 마셨다. 한 순배가 돌자, 마담이 다해를 끌어다가 조배 옆에 앉히고 자리에서 빠졌다. 조배는 만족한 표정을 지으며 다시 음담패설을 늘어놓기 시작했다. 말하는 도중에도 손은 수시로 다해의 가슴과 넓적다리를 오가기 바빴다. 다해도 만만치 않았다. 조배의 손길이 올 때마다 인상 한 번 찡그리지 않고 기술 좋게 물리쳤다. 주거니 받거니 하는 사랑놀음을 안주 삼아 영민은 스트레이트로 잔을 들이켰다. 잔이 빌 때마다 상구가 양주를 따라주었다. 이제 다해와 조배가 무슨 짓을 하든 상관없었다. 편의점의 환상 같은 건 산산조각난 지 오래였다.

"아야!"

갑자기 다해가 소리를 질렀다. 안달이 난 조배가 다해의 팔뚝을 심하게 움켜쥔 것이다. 다해가 팔뚝을 쓰다듬는 사이 조배의 손이 이번에는 다해의 넓적다리 사이를 파고들었다. 다해는 조배의 손을 막으려고 안간힘을 썼다. 그걸 보고 있어야 하는 자신이 한심하다는 생각이 들어 영민은 자리에서 일어났다.

5

화장실에서 나온 영민은 테이블 위에 있던 담뱃갑을 집어 들었다. 그새 추가했는지 양주 한 병이 새로 놓여 있었다. 조배는 다해에게 열중하느라 영민을 쳐다보지도 않았다. 밖으로 나오자 도로 건너편에 다해와 처음 만났던 편의점이 보였다. 그동안 그토록 갈망했던 여신께서는 길 건너 술집에 있었다. 갈채 뒤편으로 가로등이 켜진 공원이 보였다. 회양목 울타리로 둘러싸여 있었지만 높이가 낮아 쉽게 넘어 다닐 수 있었다. 울타리 너머가 바로 놀이터였다. LED 가로등이 놀이터 양쪽에서 파란 불빛을 뿜어내고 있었다. 덕분에 놀이터는 동화책에 나오는 그림처럼 근사했다. 놀이터 가운데에는 빨간 그네와 노란 그네가 사이좋게 매여 있었다. 그네 우측에는 하늘색 시소 두 대가 나란히 놓여 있었다. 페인트 색깔이 깨끗한 걸로 봐서는 조성된 지 얼마 안 돼 보였다. 영민은 시소 옆 모래밭으로 가서 반쯤 파묻힌 타이어에 엉덩이를 걸쳤다. 담배를 꺼내 물고 오늘 벌어진 상황을 재생해봤다. 다해가 등장하리라고는 꿈에도 생각하지 못했다. 편의점에서 그녀를 본 이후 영민은 환상에 젖어 살았다. 그녀를 찾기 위해 편의점 근처를 여러 번 어슬렁거리기도 했다. 잠깐 스친 그녀를 상상력을 총동원해 프리마돈나로 변모시키기도 했다. 순정만화의 여주인공으로도 만들어봤다. 대학을 졸업하고 제대로 된 직장을 잡아 그녀와 결혼에 성공하는 꿈도 꾸었다. 그런데 환상의 그녀가 변두리 살롱에서 조배에게 술을 따르며 야한 농담이나 주고받는 막장 같은 드라마가 자신의 눈앞에서 벌어진 것이다. 이건 상상이 아니라 현실이었다. 신이라는 연출가에게 철저히 농락당한 기분이었다. 애꿎은 담배만 빡빡 피워대며 현실을 리셋할 방법이 없을까 고민하고 있는데 눈앞에서 그림자가 어른거렸다.

"거긴 내 고정석인데."

고개를 들어보니 다해가 팔짱을 끼고 서 있었다. 갑작스러운 출현에 영민은 멍하니 그녀의 하얀 다리만 쳐다보았다.

"합석 좀 하자고."

다해가 타이어 한쪽에 엉덩이를 디밀었다. 영민은 옆으로 조금 비켜 자리를 만들어줬다. 다해의 오른팔 위에 시퍼런 멍 자국이 보였다.

"괜찮아요?"

조배가 움켜쥐었던 손자국이었다.

"뭐, 하루이틀인가."

다해가 대수롭지 않다는 듯 말하며 영민의 입에 물려 있는 담배를 빼내 자연스럽게 자신의 입으로 가져갔다. 불을 붙이려 빌려가는 줄 알았던 영민은 기분이 묘했다. 다해의 옆모습을 슬쩍 쳐다보았다. 가로등 불빛이 그녀의 얼굴을 파랗게 물들였다. 초승달 모양의 은빛 귀고리가 반짝였다. 붉은 입술 사이로 푸른 연기가 마술처럼 피어났다. 가로등 조명 때문이라고 해도 너무 아름다웠다. 조금 전까지만 해도 가슴속에서 넘쳐났던 분노가 언제 그랬냐는 듯 사그라졌다. 인간은 약한 존재다. 조배에게 그런 천박한 농담을 들어야 했던 건 그녀 탓이 아니다. 로또에 운명을 맡기고 사는 자신처럼 그녀도 현실이 힘들어서 그랬을 것이다. 그래, 다 살자고 하는 일이겠지. 가난이 어떤 것인지 잘 알고 있는 영민은 아주 빠르게 그녀를 이해했다.

다해가 한 모금을 더 빨고 영민에게 담배를 넘겨줬다. 필터에 붉은 립스틱 자국이 선명하게 찍혔다. 영민은 난생처음 선물을 받은 아이처럼 소중하게 담배를 감아쥐었다. 심장이 몹시 쿵쿵거려 그녀가 들을까 겁이 났다. 좀 더 의연하고 멋있게 보이고 싶었다.

"나오니까 살 것 같네. 아휴 머리야, 괜찮아?"

"나보다는……."

다해를 부를 만한 호칭이 마땅치 않아 말을 잇지 못했다. 상구는 자연스럽게 다해라고 불렀지만 영민은 아직 이름 부르기가 어색했다. 고개를 숙이고 담배에 시선을 고정시켰다. 붉은 립스틱 자국을 바라보며 언제 입으로 가져가야 자연스러울지 고민했다.

"그냥 다해라고 불러. 다들 그렇게 부르는데 뭐. 상구 친구면 스물넷?"

영민은 고개를 끄덕였다. 스물넷밖에 안 됐다는 사실이 죄스럽게 느껴졌다. 조배처럼 서른이었다면 그녀를 대하기가 훨씬 편했을지 모른다. 손가락 사이에서 담배가 계속 연기를 흘리고 있었다. 이제 슬슬 한번 빨아도 괜찮지 않을까, 영민은 침을 삼키며 손을 들어 올렸다. 그런데 너무 긴장한 탓에 그만 담배를 놓치고 말았다. 담배가 손가락 사이에서 빠져나가 바닥으로 추락했다. 아, 시발. 욕이 입 밖으로 튀어나올 뻔했다. 영민은 바닥에 떨어진 담배를 쳐다봤다. 반이나 남은 담배가 그를 조롱하듯 연기를 배출시켰다. 존나 아깝네, 라는 생각을 하며 발끝으로 담배를 비벼 껐다.

"나보다 한 살 어리네. 기분 좋다, 여기서 나보다 어린 사람도 만나고. 여긴 노땅들이 많이 와. 요즘 이쪽으로 개발이 한창이잖아. 보상금 탄 놈들이 꽤 많다고. 언니가 물이 좋을 거라고 해서 왔는데 생각보다 별로네. 저런 피라미 새끼나 찝쩍대고."

다해가 입맛을 다셨다. 담배에 대한 미련을 정리한 영민은 다해를 다시 한 번 훔쳐봤다. 피부가 물빛처럼 환했다. 긴 속눈썹이 잠자리 날개처럼 파르르거렸다. 오뚝한 콧날은 완벽했다. 빨간 입술은 파란 얼굴빛 때문에 더 도드라져 보였다. 모든 게 완벽하게 조화를 이루고 있었다. 맙소사, 이건 꿈이 아니었다. 영민이 평소에 생각했던 이상형이 그대로 재림해 옆에 앉아 있었다. 술기운 탓도, 조명 탓도 아니었다. 그녀는 클림트의 여인처럼 정말 관능적이었고 아름다웠다. 산산이 부서졌던 환상의 조각들도 모두 제자리로 찾아와 단단히 결속을 다졌다. 영민의 환상이 또다시 깨지는 걸 막으려는 듯 다해가 그에게 몸을 살짝 기대왔다. 영민은 뻣뻣해지는 자신의 근육에게 욕을 하면서 어떡하면 부드럽고 자연스러운 자세가 나올지 고민했다. 고민도 잠시, 그녀의 머리카락에서 흘러나온 향기를 맡자 아무 생각도 할 수 없었다. 마담에게서 났던 냄새하고는 근본적으로 달랐다. 빨랫비누로 감았다고 해도 그보다 향기로울 것이다.

"내 동생이 올해 대학 들어갔거든. 등록금 마련하려면 부지런히 벌어야 한다고. 시팔, 돈이 뭔지, 저런 유치한 농담도 들어줘야 하고. 뭐 대추를 팔자고? 미친 새끼."

다해가 팔뚝에 난 멍을 쓰다듬었다. 영민은 멍 자국을 쳐다보며 고개를 끄덕였다. 그러고는 시선을 조금 밑으로 내렸다. 미니스커트가 넓적다리 위로 말려 올라가 있었다. 민망해서 고개를 들었는데 블라우스 사이 하얀 가슴에 시선이 꽂히고 말았다. 황급히 정면을 쳐다봤다. 연분이라도 났는지 빨간 그네하고 노란 그네가 사이좋게 까닥거렸다. 찬바람이 얼굴을 스치고 지나가자 영민은 마음이 조금 진정됐다. 그것도 잠시, 이번에는 다해가 그의 겨드랑이 사이로 팔을 집어넣었다. 팔꿈치 끝에 다해의 불룩한 가슴이 와 닿았다. 머릿속은 더 이상 아무것도 생각할 수 없었다. 믹서기만 사람의 뇌를 곤죽으로 만들 수 있는 게 아니었다.

"완전 재수 없는 새끼야. 술만 들어가면 사이코가 된다니까. 자기 형하고 이야기만 잘 되면 이 구역은 자기 나와바리가 될 거라나. 그럼 카페 하나 차려줄 테니까, 자기랑 살재. 시팔, 카페 차리는 데 한두 푼 들어가는 줄 아나. 하여간 뻥은 엄청 친다니까. 오늘 밤도 외박하자고 얼마나 설쳐댈지, 언니한테는 생리 중이라고 했어. 미쳤어, 내가 저런 사이코하고 자게? 자기 정도면 몰라도. 그래도 오늘은 자기 때문에 안구정화 좀 해서 다행이다."

자기가 말해놓고 뭐가 그리 우스운지 다해는 손바닥으로 그의 넓적다리를 마구 두들기며 웃어댔다. 타고난 성격인지, 물장사로 얻은 기술인지 모르지만 그녀는 삽시간에 영민의 마음을 사로잡았다. 영민은 그녀에게 홀딱 반했다. 홀딱이란 단어가 음란하고 경망스럽지만 아랫도리가 뻐근해지면서 사타구니 털이 꼬일 정도로 부풀어 올랐다는 점에서 그 단어는 정확했다. 알딸딸한 술기운에 곤죽이 된 머릿속까지 영민은 물뽕이라도 흡입한 듯 황홀감에 취했다.

"언니가 올해만 장사하고 내년에는 깔때기 근처로 가재. 거기가 재개발 들어가면 보상금이 나올 테니까, 물이 괜찮을 거래. 우리야 돈 보고 찾아다니는 불나방 같은 인생인데 어딘들 못 가겠어? 아! 나도 내 가게 하나 갖고 싶다. 그러면 떠돌이 인생도 정리할 수 있을 텐데."

한숨을 내쉬는 다해의 얼굴에 그늘이 드리워졌다. 그녀에게 흠뻑 빠진 영민도 따라서 한숨을 내쉬었다.

"깔때기야 여기서 얼마 안 머니까, 이사 가더라도 자주 놀러 와야 해?"

다해가 영민의 손을 잡아 손등을 토닥토닥 두들겼다. 영업을 뛰는 건지, 자신을 좋아해서 하는 행동인지 분간이 안 됐지만 상관없었다. 그녀는 자신의 프리마돈나였다. 지옥인들 못 따라갈까, 영민은 고개를 끄덕였다. 그러고 보니 자신은 한마디도 못 하고 있었다. 그녀가 뿜어대는 매력에 쫄보처럼 완전히 얼어 있었다. 제대한 지 반년도 안 된 육군병장 체면이 말이 아니었다.

"뭐 하냐? 조배 형이 찾아."

상구가 울타리 앞에 모습을 드러냈다. 영민은 잽싸게 일어나 바지 주머니에 손을 넣었다. 더 꼬이기 전에 상구가 나타난 게 정말 다행이었다.

"나?"

"아니, 다해 말이야. 빨리 들어가봐, 지랄하기 전에."

다해가 투덜대며 놀이터를 빠져나갔다. 대신 상구가 울타리를 타고 넘어왔다.

"저년하고 친하지 않는 게 좋을 거야."

다해가 앉았던 타이어에 이번에는 상구가 엉덩이를 디밀었다. 영민은 꼬인 털을 완벽하게 정리하고 상구 옆에 주저앉았다.

"조배 애인이거든. 조배 새긴, 저년한테 푹 빠져 있어. 하긴 조배뿐 아니라 이 근처에 있는 놈치고 저년한테 안 빠진 놈이 없지. 저년 보려고 노땅들이 송도에서까지 돈 싸들고 넘어온다니까. 조배도 돈 벌어서 여기에 다 쏟아부었을 거야. 매일 양주를 까니까. 그러니 마담이 조배만 보면 헤헤거릴밖에. 마담도 보통 능구렁이가 아냐. 돈이라면 지 동생도 팔아먹을 년이야. 이 동네가 다 그래."

상구가 덤덤하게 말했다. 이 동네가 아니라 이 세상이 다 그렇다고 해도 전혀 이상할 게 없었다. 마담이 대놓고 돈을 탐한다고 해서 탓할 이유는 못 됐다. 영민도 돈을 위해서라면 신뢰 정도는 가볍게 걷어찰 수 있었다. 그만두겠다는 영민의 말에 총판 사장의 얼굴이 벌겋게 변했다. 갑자기 그만두면 어떡하냐며 사람을 구할 때까지 며칠만 기다려달라고 사정했다. 나중에는 상도덕까지 언급해가며 목소리를 높였지만 영민은 매정하게 뿌리쳤다. 일주일에 이틀만 일하면 충분하다고 해서 시작했다. 그런데 잡지가 들어오는 날이면 표지를 싸야 하고, 빠뜨린 미장원은 다시 시간을 내서 돌아야 하고, 광고라도 들어오는 날에는 잡지 책장에 광고 용지를 끼워 넣어야 했다. 배달보다 가외로 하는 일이 더 많았다. 그런 주제에 툭하면 요즘같이 어려운 시기에 이만한 아르바이트가 어디 있냐며 나가려면 언제든지 나가라고 큰소리를 쳤다. 영민은 요즘 같은 어려운 시기에 자신만 한 사람이 없다는 걸 사장이 알았으면 했다. 지금쯤이면 충분히 깨달았을 것이다.

"정혜는 요즘 뭐 하나?"

상구가 멋쩍게 웃으며 영민을 쳐다봤다. 자신보다 세 살 어린 정혜는 삐쩍 말랐던 아버지를 닮아 날씬하고 얼굴도 예뻐서 그의 친구들 사이에서 인기가 높았다. 상구처럼 진지하게 대시하는 놈도 있지만 대개 시답잖은 농담거리로 삼았다가 그에게 얻어맞은 경우가 많았다. 특히 어딘가 모자라는 중석은 술에 취해, 정혜가 자기 마스터베이션의 이상형이라고 떠들다가 그에게 죽도록 얻어맞았다.

"요즘 걔 바빠. 친구랑 장사한다며 청주에 나가 살거든."

"뭔 소리야? 졸업한 지 얼마나 됐다고 집을 나가. 세상이 얼마나 험한데."

영민은 어처구니가 없었다. 세상이 험한 건 너 같은 양아치들이 껄렁대며 거리를 활보하기 때문이라고 쏘아붙이고 싶었다.

"니 말 그대로, 험한 세상에서 장사하겠다고 집을 나갔다고. 낮에 엄마하고 통화했는데, 너처럼 걱정이 줄줄 새고 있더라."

"넌 새끼야, 오빠라는 놈이 걱정도 안 되냐?"

"걱정이 너무 돼서 요즘 통 잠을 못 잔다. 너까지 보태주지 않아도 충분하니까, 걱정 말고 내 동생한테 신경 꺼라."

"어쩐지 내가 전화해도 안 받더라."

대체 이 자식은 상대가 무슨 말을 하는지 이해나 하면서 대화하는 걸까, 그럴 리가 없었다. 그냥 양아치나 하면 딱 어울리는 수준이었다.

"고만하자, 너랑 더 이야기하다가는 암 걸리겠다. 진지하게 충고하는데, 헛지랄 말고 훌륭한 깡패나 돼. 이제 갠 인천에 안 올 거야. 청주에 완전히 적응했거든."

"정혜 어릴 적 꿈이 선생이었잖아. 공부도 잘했고. 그런데 왜 대학은 안 가고 장사를 하겠다는 거야?"

누구보다 사정을 잘 알고 있으면서 태연하게 말하는 걸 보면, 상구 이 자식은 정말 사람 염장 지르는 데 일가견이 있었다. 자기 꿈을 다 이루고 사는 사람은 많지 않다. 빵을 팔든, 커피를 팔든, 남에게 신세지지 않고 살 수 있다면 성공한 인생이다. 영민은 정혜의 선택이 나쁘지 않다고 생각했다.

"사장하고 조배 사이가 별로인 것 같은데, 전부터 그랬냐?"

영민은 정혜가 계속 대화의 주제가 되는 게 부담스러워 화제를 돌렸다. 그에게는 아킬레스건이 너무 많았다. 돈도, 가족도, 게다가 이제 싹트기 시작한 사랑까지도. 믿을 만한 건 건장한 몸뚱이와 로또뿐이었다.

"처음부터 그러기야 했겠어? 조배가 슬슬 엉기니까, 사장도 화가

난 거지. 조배가 많이 컸어. 요즘 막나간다니까. 독립하고 싶다는 말을 눈치도 안 보고 막 질러대. 그런데도 가만있는 걸 보면 사장도 성질이 많이 죽긴 했나 봐."

조배를 대하는 사장의 태도가 차가웠다. 조배도 고분고분하지 않았다. 둘 사이에 보이지 않는 골이 형성되어 있었다. 영민은 그 사이에 끼여 팔자에 없는 삼각관계의 주인공 노릇을 하고 있었다.

"여기서 독립한다는 건 불가능한 일이야. 사장도 사장이지만 깔때기에서 허락하지 않을 거야. 북성동 일대는 우리 구역이니까, 회장님 허락 없인 이곳에서 아무것도 할 수 없어. 사장도 독립했다지만 회장님 그늘에서 벗어나지 못했어. 회장님이 부르면 만사를 제쳐놓고 올라온다니까. 조배가 독자적으로 일하려면 깔때기부터 설득해야 할 거야. 가망 없다는 건 본인이 더 잘 알 텐데 왜 저 지랄인지 모르겠어. 정신 차리는 게 좋을 텐데 말야. 사장이 겉보기에는 좋아 보여도 진짜 무서운 사람이거든. 저렇게 까불다가 한 방에 훅 가는 수가 있어. 너는 모른 척하고, 둘 사이에 관여하지 마. 괜히 끼어들면 피곤해져."

끼어들고 말고는 그의 의지와 상관없었다. 둘이 신경전을 벌이면 영민은 자연스럽게 말려들어갔다. 일은 어렵지 않았지만 조배 때문에 영 피곤했다. 걸레를 처 물고 자는지 입만 열었다 하면 욕이었다.

"마음에 들지 않으면 그냥 잘라버리면 되는 거 아냐?"

요즘 해고보다 쉬운 일이 있을까. 전화 한 통이면 되고, 그것도 귀찮으면 문자를 보내도 됐다. 정식 회사도 아닌 이런 바닥에서야 더 말할 나위도 없었다. 영민도 알바를 하면서 숱하게 잘렸다. 그래서

자신보다 갑의 위치에 있는 사람을 보면 자신도 모르게 목소리가
간사해졌다. 비굴하게 살다 보면 생존 본능이 저절로 몸에 배게 되
는 법이다.

"그게 쉬운 일이 아니란다. 이 바닥이 얽히고설켜 있어. 조배 큰형
이 항만노조 간부 출신이야. 아마 시의원도 한 번 했을걸. 지금은 깔
때기에서 철거 반대 운동을 하고 있는데, 꽤 골칫거리인 모양이야.
아무리 사장이라도 쉽게 자를 수 없을 거야. 처음에는 조배 큰형 때
문에 받아준 것 같아. 이런 장사를 하려면 연줄이 필요하잖아. 그런
데 연줄은 고사하고 이젠 애물단지가 된 거지. 조배가 꼬장 부리면
장난 아냐. 저런 놈은 상종하지 않고 그냥 피하는 게 상책이야."

상구가 바닥에 침을 뱉었다. 항만노조 간부 출신이면 아는 사람
일 수도 있었다. 담임선생의 주선으로 항만노조 장학금을 받았었
다. 6개월에 한 번씩 노조 장학생들이 연안부두에 있는 노조사무실
에 모였다. 위원장한테 장학금을 받고, 노조 간부들과 함께 저녁식
사를 했다. 졸업 때까지 여섯 번 나갔다. 이름은 몰라도 얼굴은 봤을
것이다.

"그만 들어가자. 조배 새끼 지랄하겠다."

상구가 영민의 어깨를 치며 일어났다. 영민은 내키지 않았지만
다해를 볼 수 있다는 사실을 위안 삼으며 상구 뒤를 따라갔다. 술자
리는 열두 시 넘어서까지 계속됐다. 조배는 양주를 다 비우고 나서
야 자리에서 일어났다. 다해가 자리를 비운 사이 조배가 마담을 데
리고 구석으로 갔다.

"시발년, 가랑이에 금테를 둘렀나, 팅기기는."

조배가 씩씩거리며 돌아왔다. 영민은 속으로 낄낄거리며 생수를 들이켰다.

"시팔, 안마나 받으러 가자. 간만에 목욕이나 시켜줘야지, 이러다 사리 생기겠다."

"죄송합니다. 저는 시골에서 어머니가 올라오셔서."

영민의 거짓말에 상구가 테이블 밑으로 정강이를 걷어찼다.

"가지가지 한다. 알아서 하고, 상구 너는 따라와."

조배는 돈이 굳었다고 생각했는지 굳이 영민을 붙잡지 않았다.

"왜 그래? 씹새야."

상구가 영민을 향해 인상을 썼지만 영민은 고개를 세게 흔들었다. 다해가 주방에서 듣고 있었다. 사리가 생길지언정 조배와 동급으로 취급받고 싶지 않았다.

6

영민이 집에 돌아온 시간은 새벽 한 시가 넘어서였다. 지하계단 위에 쓰레기가 어질러져 있었다. 사람들은 어두워지면 망설임 없이 쓰레기봉지를 던져버렸다. 그러면 기다렸다는 듯이 길고양이들이 봉지를 찢고 내용물을 헤집었다. 문제는 쓰레기 수거 장소가 지하계단 바로 옆이라는 거다. 헤쳐진 쓰레기가 바람에 날려 지하계단에 떨어졌다. 가끔은 피 묻은 생리대까지 계단에 널려 있곤 했다. 배고픈 고양이들은 끈끈이로 돌돌 말아놓은 생리대를 계단 밑으로 끌고 와 핥고는 그냥 가버렸다. 그럴 때마다 영민은 그걸 주워 쓰레기봉지 입구 사이로 밀어넣는 수고를 해야 했다. 하지만 집세가 쌌기 때문에 불평할 처지가 아니었다.

바닥에 흩어진 쓰레기를 옆으로 밀치고 문을 열었다. 문틈에 끼여 있던 봉투가 바닥으로 떨어졌다. 벽을 더듬어 스위치를 켰다. 바닥에 떨어진 우편물을 뜯어보니, 은행에서 보낸 안내문이었다. 입학 때 대출받은 학자금의 상환 거치 기간이 내년으로 만료된다는 내용이었다. 선거 때마다 등록금을 반으로 줄이겠다는 공약이 나왔다. 하늘이 두 쪽 나도 실행하겠다던 말에 혹시나 했다. 지금 생각하면 기대했던 자신만 바보였다.

자취방은 지하실을 개조해 만든 곳이라 낮이고 밤이고 불을 켜야만 했지만 대신 공간은 여유가 있었다. 회색 시멘트벽으로 둘러싸인 부엌에는 냉장고와 싱크대 외에도 세면대와 샤워기를 달 수 있는 수도가 있었다. 영민은 냉장고 안에서 물병을 꺼냈다. 바닥에는 얇은 리놀륨이 깔려 있어 시멘트 질감이 그대로 느껴졌다. 보일러가 들어오지 않는 주방은 겨울이면 얼음장처럼 차가웠다. 그 대신 여름에는 시멘트의 서늘한 기운을 느낄 수 있었다. 올해처럼 열대야가 계속되는 날에는 주로 주방 바닥에서 잠을 잤다. 아침에 일어나면 등골이 쑤셨지만 숨 막히는 더위보다는 나았다.

물병을 냉장고에 집어넣고 방으로 들어갔다. 방은 계단 한 칸만큼 밑으로 꺼져 있었다. 기역자로 꺾인 방은 혼자 지내기에 충분히 넓었다. 주방과 마찬가지로 불을 켜지 않으면 컴컴한 고래뱃속이었다. 수챗구멍만 한 창문은 주인집 보일러가 막고 있어 빛이 비집고 들어올 틈이 전혀 없었다. 바닥에는 금방 누울 수 있게 항상 얇은 요와 이불을 깔아두었다. 요와 이불에서는 눅눅한 기운이 가시지 않았다. 가끔 계단 사이에 철봉을 걸쳐놓고 햇볕에 말렸지만 하루만 지나면 도로 눅눅해지고 냄새가 났다. 제습제를 사다 놓으면 나을지 모르겠지만 그런 것에 신경 쓸 만큼 여유롭지 못했다.

기역자 끝에는 앉은뱅이 나무 책상이 있었다. 책상 위에는 토플 책과 전공 서적이 흩어져 있었다. 시간이 나면 보려 했지만 제대 이후 한 번도 펴보지 못했다. 그래도 막연하나마 등록금만 내면 졸업할 수 있을 거라는 자신감을 갖고 있었다. 대부분 학생들이 취업을 목표로 잡고 있는 반면 자신은 졸업이라는 다소 낮은 단계를 추구하고 있기 때문에 가능한 자신감이었다.

이 방의 가장 큰 특징은 크기가 서로 다른 배관 파이프가 천장을 가로지르고 있다는 사실이다. 주인집 주방과 목욕탕에서 버린 물이 천장의 파이프를 지나 하수구로 빠져나갔다. 그 덕분에 겨울에는 저절로 난방이 되는 효과를 누렸지만 그렇다고 해서 꼭 좋은 것만은 아니었다. 좋지 못한 점이 더 많이 상상되곤 했다. 이 방의 치명적인 약점이지만 경제적 관점에서 보면 용인할 수 있었다.

영민은 대충 씻고 자리에 누웠다. 오랜만에 양주를 마셔서인지 머리가 지끈거렸다. 오늘은 정말 긴 하루였다. 편의점에서 마주친 이후 오매불망하던 여신을 만났다. 구름 위에 있을 거라 여겼던 여신께선 술집에서 술을 따르고 계셨다. 처음에는 실망이 컸지만 잘 생각해보면 손이 닿지 않는 곳에 있는 것보다 나았다. 그녀의 체취도 흠뻑 느꼈고, 팔짱도 껴봤다. 구름 위의 여신이라면 어림없는 이야기였다. 아직도 그녀의 체취가 코끝에서 맴돌았다. 영민은 자신을 볼 때마다 환하게 웃던 그녀의 얼굴을 떠올렸다. 생각만으로도 기분이 좋아졌다. 아름다운 생각으로 긴 하루를 마감하며 눈을 감았다.

잠이 들려는 순간 물소리가 요란하게 났다. 젠장, 주인집에서 내린 변기 물소리였다. 변기에서 빠져나온 물이 계곡물처럼 촬촬거리며 파이프를 타고 흘러갔다. 조금 지나자 졸졸거리며 시냇물 소리로 변했다. 마지막으로 몇 방울 남은 물이 똑, 똑, 똑, 파이프를 때리며 마감을 알렸다. 아무리 좋게 상상하려 해도 좋은 이미지가 그려지지 않았다. 한동안은 겨울에는 난방의 대가고, 여름에는 비 내리는 소리라고 위로하며 지냈다. 그러나 실상을 잘 알고 있어 위로는 오래가지 못했다. 청각적 화음에는 익숙해졌지만 시각적 이미지에까지 익숙해지기란 쉬운 일이 아니었다.

물소리에 잠이 완전히 달아나버렸다. 눈이 말똥말똥해졌다. 방안은 한낮의 열기가 남아 있어 후텁지근했다. 영민은 주방으로 나갈까 하다가 움직이기 귀찮아 조금 더 견뎌보기로 했다. 폭탄주 탓에 머리가 계속 지끈거렸다. 다해도 독한 양주 폭탄을 연거푸 마셨다. 자신보다 더 마셨으면 마셨지 덜 마시지는 않았다. 다해는 어떤 앨까? 자기가 벌어 동생 공부시킨다는 걸 보면 형편이 어려운 건 확실했다. 하긴 형편이 괜찮다면 이런 변두리 술집에서 술을 팔고 있을 리 없다. 영민은 자신의 넓적다리를 마구 두들기며 웃던 다해 얼굴을 떠올렸다. 그녀는 무람없이 팔짱을 끼고 그에게 기대왔다. 머리를 어깨에 얹는 바람에 아찔한 체취를 흠뻑 들이켰다. 코끝에서는 아직도 그녀의 향기가 맴돌았다. 절반이나 드러난 하얀 가슴이 눈앞에 아른거렸다. 자신도 모르게 손이 아래로 내려갔다. 미니스커트 밑으로 드러난 하얀 넓적다리가 떠올랐다. 조배가 그 사이로 손을 집어넣었다. 시발놈, 영민은 손을 빼고 일어나 벽에 등을 기댔다. 조배의 음흉한 얼굴이 떠오르자 동했던 마음이 싸늘해졌다.

책상 위를 더듬어 담배를 찾았다. 하필 이 순간에 그 새끼 얼굴이 떠오를 게 뭐람. 영민은 담뱃갑 안에 끼워놓은 라이터를 잡아뺐다. 상구 말대로 다해가 조배 애인일까? 다해가 말하는 걸로 봐서는 그럴 것 같지 않았다. 아무리 잘 봐주려 해도 조배와 다해는 어울리는 조합이 아니었다. 그럼 나와는? 평생 손가락이나 빨고 살기 적당했다. 젠장, 영민은 필터를 힘껏 빨아댔다. 한숨과 함께 담배연기를 토해냈다. 하얀 연기 사이로 빨간 불빛이 보였다. 어둠 속에서 육안으로 볼 수 있는 담뱃불의 가시거리는 최대 2킬로미터라고 한다. 영민은 팔을 뻗어 눈에서 최대한 멀어지게 했다. 새빨간 담뱃불이 달아오른 조개탄처럼 선명하게 빛났다. 손가락 끝이 뜨거워지는 걸 느꼈다. 다해의 향기가 사라진 코끝에서 살 타는 냄새가 났다. 상구는 자신의 팔뚝을 담뱃불로 지져대곤 했다. '시팔, 난 폼 나게 살 거야.' 그들은 밤새도록 축항로에서 오토바이를 타다 지치면 시멘트 바닥에 주저앉아 소주를 마셨다. 술에 취해 눈이 풀리면 상구는 그 짓을 반복했다. 익수가 죽었을 때도 그랬고, 상구 아버지 트럭이 다리 밑으로 굴렀을 때도 그랬다. 물리적 아픔을 극대화시켜 심리적 아픔을 덮어버린다는 상구다운 발상이었다.

영민은 담뱃불을 가져다 팔목에 대보았다. 뜨끔, 하는 순간 정신이 번쩍 들었다. 담뱃불을 끄고 주방으로 나갔다. 자신이 이러는 걸 상구가 봤다면 배꼽을 잡았을 것이다. 상구의 집요한 권유에도 순결을 지켰던 팔목에 작은 물집이 잡혔다. 영민은 얼음을 꺼내 상처에 대고 문질렀다. 상처가 성난 눈동자 같았다. 다행히 눈에 띌 정도로 심하지는 않았다. 영민이 한밤중에 쇼를 하고 있는 건 꼭 다해 때문만은 아니었다. 솔직하고 쾌활한 다해는 정혜와 많이 닮았다. 정혜를 생각하면 마음이 무거웠다.

'급해서 그러니까, 백만 원만 빌려줘. 다음 달에 갚을 테니까, 꼭 좀 넣어줘.'

오랜만에 전화를 건 정혜가 돈 이야기부터 했다. 머신을 새로 들여놓느라 월세를 못 냈다고 웃으며 말했지만 꼭, 이라는 단어가 귀에 거슬렸다. 돈을 부친 지 5일이 지났지만 답장이 없었다. 전화를 걸어볼까 하다 유세를 떠는 것 같아 그만두었다.

'기집애가 바쁘다고 전화하면 그냥 끊어버리네. 지난번 집에 왔을 때 화장이 진해서 한마디 했더니 꽁했는지 요즘은 전화도 안 해. 니가 시간 나면 전화 좀 해봐라. 커피 장사가 바쁘면 얼마나 바쁘다고.'

어머니가 낮에 전화를 했다. 어머니는 정혜한테 화가 많이 나 있었다. 한 시간도 안 되는 거리에 있으면서 주말에 얼굴 한 번 내밀지 않는다고 패씸해했다. 만성신부전증으로 피를 걸러내야만 살 수 있었던 아버지 때문에 영민의 집은 항상 빚더미 위에서 살았다. 임종을 앞두고 집에 가고 싶다는 아버지를 데려오기 위해서는 밀린 병원비를 갚아야만 했다. 전세 보증금을 빼는 것 외에 방법이 없었다.

아버지 장례를 마치고 어머니는 정혜를 데리고 음성에 있는 외삼촌 집으로 내려가야만 했다. 중학교 입학을 앞둔 정혜는 울고불고 했지만 어쩔 수 없었다. 음성에 내려가서도 매일 전화를 해댔다.

'오빠랑 같이 있으면 안 돼? 나도 아르바이트하면 되잖아. 엄마한테 오빠가 말해줘. 여긴 너무 갑갑해. 순 촌놈들만 있어.'

음성으로 내려간 정혜는 힘들어했다. 고등학교를 졸업하면 인천으로 올라와 살겠다고 노래를 불러댔다. 막상 졸업을 했지만 인천에 올라오는 게 쉽지 않았다. 직장이 기다리고 있는 것도 아니고, 달랑 방 한 칸인 지하방에서 그와 같이 지낼 수도 없는 노릇이었다. 정혜는 빨리 직장을 잡으라는 어머니의 성화에 아랑곳하지 않고 청주시내를 쏘다니며 시간을 보냈다. 어쩌다 통화하게 되면 짜증만 냈다. 어머니는 계집애가 성깔이 못됐다고 했다. 올 초 친구와 청주에서 커피전문점을 내면서 정혜의 짜증이 줄어들었다. 어머니는 갑자기 시작한 장사를 걱정했지만 무리만 하지 않으면 장사도 괜찮다고 영민은 생각했다.

문제는 자신이었다. '그런 데를 뭐 하러 다니냐'는 상구 말이 옳았다. 영민은 대학에 갈 사람이 자신이 아니라는 걸 알고 있었다. 똑똑하고 야무진 정혜는 어릴 적부터 공부를 잘했다. 음성에 내려가서도 줄곧 상위권을 유지했다고 했다. 어머니가 자신에게 대학을 가라고 했어도 알아서 포기하고 정혜를 보냈어야 했다. 대학생이라는 타이틀에 욕심을 내는 게 아니었다. 비용 대비 효과를 생각하면 정혜를 공부시키는 게 맞았다. 그러나 남자가 대학을 가야 한다고 강력하게 밀어붙이는 어머니의 고루한 주장을 못 이기는 척 받아들였다. 대학생이 되면 뭔가 달라질 것 같았다. 어려운 가운데서도 고학해서 대학교까지 들어간 기특한 놈, 우리 사회는 이런 미담을 좋아하지 않는가. 영민이 착실한 이미지를 쌓는 대가로 정혜는 거리를 방황해야 했고 어머니도 혼자서 빚을 갚으며 힘겹게 살아야 했다. 그리고 아직 3년을 더 고전분투해야 했다. 이 모든 게 자신의 유치한 생각 때문이었다. 올해 거치 기간이 끝나면 내년부터는 이자에 원금까지 상환해야 한다. 게다가 졸업 때까지 내야 할 등록금을 생각하자 어깨에 거대한 원목 더미를 이고 있는 기분이었다. 이런지런 생각이 꼬리에 꼬리를 물자 잠은 점점 더 달아났다. 시팔, 어떻게 되겠지. 날이 밝으면 일을 해야 하기에 영민은 눈을 감고 억지로 잠을 청했다.

7

아침부터 내린 비 때문에 영민은 흠뻑 젖었다. 빨리 배달을 마치고 마른 옷으로 갈아입고 싶었다. 인천역을 빠져나오자, 붉은 패루가 보였다. 다음 배달처는 차이나타운 뒤편에 있는 다운타운 먹자골목이었다. 상구 말대로 장바우의 영향력이 대단한지 다운타운 룸살롱 대부분이 사장의 단골이었다. 이차를 나가는 손님에게 서비스 차원에서 나누어주기 때문에 대량으로 구입하는 집이 많았다. 비아그라가 불티나게 팔리는 걸 보면 지하경제 활성화라는 정부 정책이 빛을 발하고 있다고 봐도 무방했다.

차이나타운을 통과하는 게 지름길이었다. 공화춘에서 좌회전을 해 다운타운 거리로 들어갔다. 도로 양옆으로 불 꺼진 건물이 늘어서 있었다. 비구름 때문에 거리는 어두웠다. LED 전구가 촘촘히 박힌 '텐 프로' 간판을 쉽게 찾을 수 있었다. 아직 준비 중인지 간판 불은 꺼져 있었다. 영민은 피닉스를 야자수 화분 옆에 세워두고, 까만 대리석 계단을 밟고 밑으로 내려갔다. 그러고는 두꺼운 오크 문 앞에 붙은 놋쇠 손잡이를 밀고 안으로 들어갔다. 흐릿한 조명이 입구 주위만 비추고 있었다.

"뭡니까?"

어둠 속에서 흰 와이셔츠를 입은 사내가 걸어 나왔다. 입구 어딘가에 CCTV가 설치된 게 분명했다.

"정 상무님 찾아왔습니다. 물건 가져오라고 하셔서요."

영민은 우비를 벗고 배낭을 내렸다.

"우비는 거기 걸어두고 따라와요. 빗물 떨어뜨리지 마요, 이제 막 청소 끝냈는데."

사내가 투덜거리며 돌아섰다. 거품이 가득한 양동이를 한쪽으로 밀어놓고 사내는 안으로 들어갔다. 소형 LED 등이 곳곳에 박혀 있어 사내를 따라가는 건 어렵지 않았다. 거대한 크리스털 샹들리에가 걸려 있는 홀을 지나 룸이 늘어선 통로를 지나갔다.

"여기서 잠깐 기다리셔, 상무님 나오시면 말씀드릴 테니까."

사내가 끝에 있는 방문을 열어주었다. 방 안에는 조도가 낮은 우윳빛 백열등이 하나 켜져 있었다. 방 한가운데 갈색 테이블이 있고 그 위에 생수 몇 병과 플라스틱 물컵이 포개져 있었다. 테이블 주위에는 짝이 맞지 않는 소파가 무질서하게 놓여 있었다. 룸이라기에는 초라했다. 웨이터들이 쓰는 대기실 같았다. 영민은 헬멧을 벗고 소파에 앉았다. 젖은 바지가 살갗에 달라붙어 기분이 좋지 않았다. 빨리 약을 건네주고 돌아가고 싶었다. 헬멧에 눌린 머리카락을 매

만지며 문이 열리기만을 기다렸다. 발소리가 들렸다. 영민은 소파에서 허리를 떼고 문을 주시했다. 누군가 문을 열더니 벽면에 붙은 스위치를 올렸다.

"연안부두에서 온 거 맞아?"

갑자기 방이 환해지는 바람에 영민은 눈살을 찌푸렸다. 턱밑에 뾰족한 흉터가 있는 사내가 자신을 노려보고 있었다. 키는 작았지만 어깨가 넓었다. 그 때문인지 사내는 물소처럼 단단해 보였다.

"정 상무님이세요? 사장님이 물건 갖다드리라고 해서 왔습니다."

영민은 싹싹하게 말하며 자리에서 일어섰다. 블랙이글에서 비알 다섯 박스와 시알 세 박스를 테이블 위에 올려놓았다. 사내는 물건에 눈길도 주지 않고 영민의 얼굴만 쳐다봤다. 영민도 약에서 손을 떼고 사내를 쳐다봤다. 처음 보는 얼굴이었다. 왜 자신을 노려보는지 알 수 없었다. 뭐지, 이 분위기는? 영민은 갑자기 썰렁해진 분위기에 고개를 갸웃했다. 내가 먼저 말을 해야 하나? 이런 생각을 하면서 입을 열려는 순간, 사내가 시선을 테이블로 돌렸다. 박스 하나를 잡아 뜯더니 안에 든 작은 상자들을 열어 약을 쏟아냈다. 은박포장이 테이블 위에 흩어졌다.

"이거 진짜 맞아?"

사내가 은박포장을 하나 집어 들어 형광등 불빛에 비추며 말했다.

"그럼요. 약국에 납품하는 걸 빼돌린 거라 진품이라고 보시면 될 겁니다."

영민은 사장이 말해준 대사를 자신 있게 말했다. 사내가 코웃음을 쳤다. 노골적인 비웃음에 무안해졌다. 사내가 은박지를 터뜨렸다. 파란 비아그라가 테이블 위에서 한 번 튕겨 오르더니 바닥에 떨어져 소파 밑으로 또르르 굴러들어갔다. 사내가 소파를 밀고 비아그라를 집어 들었다. 반으로 쪼개자 하얀 분말이 날렸다. 사내가 불만스러운 듯 고개를 저었다. 일반인이 약효를 의심한다면 이해하겠지만 업소에서 이러는 이유를 알 수 없었다.

"전부 얼마지?"

사내가 조각난 비알을 테이블 위에 던졌다.

"비알은 20만 원씩, 시알은 15만 원씩 해서 모두 145만 원입니다. 현찰로 주셔야 합니다."

사내의 행동이 마음에 들지 않았지만 영민은 감정을 숨기고 밝은 목소리로 말했다. 고객은 왕이었다. 돈을 갖고 있는 왕은 조금 무례하게 굴어도 된다. 왕의 주머니에서 무사히 돈을 빼낼 때까지 최선을 다할 생각으로 영민은 마음에도 없는 미소를 지었다.

"너무 비싸다고 생각하지 않아? 요즘 카피 약이 줄줄이 나오고 있는 거 알지? 팔팔정, 빅그라, 탑그라, 누에그라, 이렇게 쏟아져 나오는데. 그 가격이면 너무한 거 아냐? 학생은 그렇게 생각 안 해?"

사내가 학생이라는 단어에 힘을 줬다. 이자와는 첫 대면이었다. 자신이 학생이라는 사실을 사내가 어떻게 알았을까? 영민은 사내가 의심스러워졌다.

"박스당 10만 원씩 해서 80에 하자고."

사내가 별일 아니라는 투로 말했다. 시팔, 일이 어긋나고 있었다. 사내가 시비조로 나오더니 값을 후려치려 했다. 업소에서 값을 깎는 일은 처음이었다. 가격에 대한 사장의 방침은 단호했다. 제값을 받지 못하면 물건을 그대로 가져오라고 했다. 영민은 사내를 쳐다 봤다. 고객에 대한 생각을 바꿀 수밖에 없었다. 영민은 탁자 위에 흩어진 은박포장을 집었다. 한 갑에 두 개씩 넣었다. 마지막 갑에는 한 알이 빠진 은박포장이 들어갔다. 박스를 모두 정리해 배낭에 집어넣고는 사내를 향해 고개를 돌렸다.

"5천 원 주세요."

영민이 사내에게 손을 내밀었다.

"뭐?"

사내가 어이없다는 표정을 지었다.

"한 갑에 네 알 들어가고, 한 박스에 열 갑이 들어갑니다. 총 40알에 20만 원이니까, 한 알에 오천 원입니다."

스물넷이면 적지 않은 나이다. 적어도 처음 보는 사람에게 반말을 들어야 할 정도로 어린 나이가 아니다. 학생이라고 반말을 들어야 한다는 법도 없다. 그런데 이 새끼가 다짜고짜 말을 깠다.

"조배가 싸가지가 없다고 하더니, 이 새끼 정말 싸가지 없네."

사내가 주먹으로 탁자를 내리쳤다. 물컵이 바닥으로 떨어지면서 요란한 소리를 냈다. 영민은 인상을 찌푸리며 한 걸음 뒤로 물러났다. 사내가 손바닥으로 탁자를 짚고 고개를 앞으로 내밀었다. 사내의 입에서 조배라는 이름이 나왔다. 상황이 이해됐다. 더 이상 여기 머물 이유가 없었다.

"그냥 가겠습니다. 물건 값은 사장님하고 말씀해주세요. 전 배달만 합니다."

사장은 고객과 쓸데없는 이야기를 하지 말라고 했다. 영민은 매뉴얼대로 움직였다. 영민의 입에서 사장이라는 말이 나오자 사내가 몸을 뒤로 뺐다. 그사이 배낭을 메고 헬멧을 썼다. 헬멧만 쓰고 있으면 안심이 됐다. 적어도 뒤통수는 보호할 수 있었다. 사내를 무시하고 문을 향해 걸어갔다. 문 앞에 이르기 전에 사내가 어깨를 잡아챘다. 몸이 체조선수처럼 빙그르 돌았다. 사내가 멱살을 움켜잡고 영민을 밀어붙였다. 헬멧이 벽에 부딪히면서 큰 소리가 났다.

"이 새끼가 지금 나랑 장난하나?"

사내가 손에 힘을 주었다. 영민은 겁을 먹었다는 인상을 주지 않기 위해 눈을 감지 않으려고 노력했다. 사내가 흔드는 대로 몸을 맡겼다. 조배가 교육시키라고 사주한 걸까? 조배가 나를 잡아먹지 못해 안달하는 이유가 뭘까? 내가 고분고분해지길 원하는 걸까? 아니면 내가 만만하게 보여서일까? 이유야 어떻든 그 새끼한테 꼬리를 흔들며 애완견처럼 살고 싶지 않았다. 조배는 사장이 아니라 같은 종업원이다. 한번 꼬리를 내리면 계속 잡혀 살아야 했다. 게다가 다해한테 한 짓을 생각하면 살갑게 굴고 싶은 마음이 조금도 없었다.

"뭐 하는 짓이야?"

문이 열리며 누군가가 들어왔다. 사내가 한 걸음 물러섰다. 영민은 몸을 바로 세우고 고개를 돌렸다. 문 앞에 회색 정장 차림의 중년 남자가 서 있었다.

"뭐야?"

"약 배달 왔습니다."

영민은 헬멧을 벗고 새로 들어온 남자를 바라봤다.

"약? 연안부두에서 왔나?"

"네. 사장님이 정 상무님한테 갖다드리라고 해서요."

영민은 이 남자가 정 상무일 거라는 생각이 들었다. 처음부터 번지수가 잘못되었다. 배낭 속 약은 이 남자에게 넘겨야 했다. 하지만 지금은 상황이 애매했다.

"먼저 배달하던 애는?"

"상구는 깔때기로 올라가서 제가 대신 왔습니다."

회색 양복의 남자가 고개를 끄덕였다.

"근데 무슨 일이야?"

남자가 사내에게 고개를 돌렸다.

"별일 아닙니다. 약 값이 너무 비싼 것 같아서……."

사내가 우물거렸다.

"쓸데없는 짓 하지 말고, 니 일이나 똑바로 해. 나가서 오늘 애들 몇 명이나 나올지 체크해봐."

남자가 다시 영민을 향해 돌아섰다.

"그만 가봐라, 사장님한테 안부 전하고."

남자가 몸을 돌려 밖으로 나갔다. 영민은 헬멧을 옆구리에 끼고 남자를 따라갔다. LED 조명등을 다 켰는지 어두컴컴했던 홀이 밝아졌다. 크리스털 샹들리에가 조명을 받아 반짝였다. 유리 장식이 가득한 홀은 별천지로 변해 있었다. 옷걸이에 걸린 우비를 내리는데 출입문이 열리면서 투피스 정장 차림의 여자가 들어왔다. 여자가 시원스러운 걸음으로 그의 곁을 지나갔다. 아가씨의 모습이 궁금해서 고개를 들었지만 뒷모습밖에 보이지 않았다. 아쉬운 마음을 뒤로하고 대리석 돌계단을 올라가는데 부르는 소리가 났다. 돌아보니 흰 와이셔츠를 입은 사내가 따라 올라오고 있었다.

"약 놓고 가요, 돈은 여기 있으니까."

사내가 봉투를 내밀었다. 세어보니 정확히 145만 원이었다. 영민은 한 알이 빠진 은박포장을 새것으로 교체한 뒤 물건을 넘겨줬다. 사내가 내려가는 걸 보고 계단을 마저 올라왔다. 다행히 비가 그쳤다. 어둠이 내리자 다운타운은 잠에서 깨어났다. 볼품없던 건물들이 현란한 네온으로 치장하고, 거리의 입식 간판 조명이 빛을 뿜어냈다. 캐노피 기둥에 기대어 담배를 꺼내 물었다. 긴장이 풀리면서 다리가 후들거렸다. 시팔, 쫀 건가. 상구는 일이 아주 쉽다고 했지만 돈 버는 일치고 쉬운 건 없었다. 영민은 담배를 필터 끝까지 다 빨고, 야자수 화분 안에 꽁초를 밀어넣고, 가래를 한 움큼 뱉고서 피닉스에 시동을 걸었다.

8

"어디 가세요?"

영민이 원목 더미 앞에 피닉스를 세우는데 조배가 사무실 문을 열고 나왔다. 조배는 검지에 끼운 자동차 키를 뱅뱅 돌리며 다가왔다. 다른 손에는 잘 포장된 선물 상자가 들려 있었다.

"비즈니스 하러 가신다. 수금은 좀 했냐?"

조배가 사장의 에쿠스 트렁크를 열더니 선물 상자를 실었다.

"네, 한 놈만 빼고요. 약만 만지작거리고는 마지막에 꽁무니를 빼네요. 양복이 잘 어울리는데요?"

조배는 씩, 웃더니 머리 위에 걸친 선글라스를 내려 썼다. 목에 굵은 금목걸이까지 차고 있어 제법 건달 티가 났다.

"들어가봐라. 사장님 기다리신다. 난 오늘 늦을지 모르니까, 문 잘 잠그고 알아서 퇴근해."

조배가 검정 에쿠스 운전대를 한 손으로 돌리며 폼 나게 원목장을 빠져나갔다. 영민은 군침을 삼켰다. 운전석에 앉아 우아하게 에쿠스를 모는 자신의 모습을 그려봤다. 조배보다 훨씬 폼이 날 것이다. 옆에 다해를 태운다면 더할 나위 없는 그림이 될 것이다. 영민은 조배가 나간 정문을 향해 침을 뱉고 돌아섰다. 둘이 앉아 얼마나 피워댔는지 사무실 안에 담배연기가 자욱했다.

"조배 형님, 어디 가나 봐요? 양복까지 쫙 빼입고 나가던데요?"

영민이 소파에 앉아 있는 사장에게 수금한 돈을 건네며 말했다.

"아버지 제사라고 집에 간다더라. 오랜만에 사람 구실 좀 할 모양이지."

사장이 담배를 재떨이에 비벼 끄고 소파에서 일어났다. 묵직한 유리 재떨이 안에 담배꽁초가 수북했다. 치우는 놈 따로 있고, 채우는 놈 따로 있었다.

사장이 금고 앞으로 갔다. 대형 금고는 이중 잠금장치가 되어 있었다. 비밀번호를 누르고 열쇠를 돌려야 열 수 있었다. 사장이 금고 문을 열자 비알과 시알이 들어 있는 갈색 자루가 보였다. 사장이 아래쪽 현금 금고를 열기 위해 다시 한 번 고개를 숙였다. 영민이 오늘 힘들게 수금한 돈이 금고 안으로 들어갔다.

"오늘은 조배가 안 들어올 거니까, 대신 니가 사무실에서 자라."

사장이 밤색 가죽 파우치를 집어 들며 말했다.

"늦게라도 들어온다고 했는데요."

영민은 안쪽에 있는 간이침대를 바라보며 말했다. 조배가 자던 침대에서 자고 싶지 않았다.

"오늘 안 들어올 거니까, 내 말대로 해."

사장이 인상을 썼다. 목소리 톤도 높아지는 게 평소 같지 않았다.

"네, 알겠습니다. 지금 퇴근하시게요?"

영민은 더 이상 토를 달지 않았다.

"그래, 들어갈 테니 수고 좀 해라. 저녁은 시켜 먹어라, 라면 끓여 먹지 말고."

사장이 사무실을 나서면서 한마디 덧붙였다. 사장은 바퀴벌레 때문에 사무실에서 음식 해먹는 걸 싫어했다. 원목 때문인지 가끔 손가락만 한 바퀴벌레가 돌아다녔다. 음식 찌꺼기가 조금이라도 있으면 금세 바퀴벌레가 들끓었다. 조배는 그러거나 말거나 자주 라면을 끓여 먹었다. 조배야 설치류라 바퀴벌레랑 친할지 모르겠지만 영민은 그러고 싶지 않았다. 사장이 말하지 않아도 라면 끓여 먹는 일은 없을 것이다.

영민은 소파에 길게 누웠다. 이 시간 이후로 방해할 사람이 없다고 생각하니 마음이 편해졌다. 집에 가서 자나 여기에서 자나 무슨 차이가 있겠는가? 오히려 에어컨이 있으니 후텁지근한 지하보다 여기가 더 안락하지, 라는 그의 생각을 비웃기라도 하듯 목덜미에 땀이 끈적끈적 달라붙었다. 에어컨을 쳐다보니 꺼져 있었다. 사장이 나가면서 슬쩍 끈 모양이다. 아껴서 나쁠 건 없다. 근데 혼자 남겨놓고 이러는 건 정말 나쁜 짓이다. 영민은 에어컨을 켜고 온도를 한껏 낮추었다. 에어컨 바람이 담배연기에 찌든 사무실 공기를 날려보낼 때까지 창문도 활짝 열어놓았다. 한창 더울 때 자신은 밖에서 구슬땀을 흘려가며 일했다. 일이 끝난 지금 쾌적한 공간에 머물

자격은 충분했다. 공기가 정화되는 동안 커피믹스에 얼음을 잔뜩 넣어 아이스커피를 만들었다. 공기가 상쾌해졌으니 담배를 한 대 피워도 크게 지장 없어 보였다. 주머니에서 담뱃갑을 꺼냈지만 비어 있었다. 쓰레기통에 집어던지고 텔레비전을 틀었다. 딱히 볼 만한 프로가 없었다. 리모컨을 돌리던 영민은 간이침대 옆에 있는 박스형 철제 캐비닛을 쳐다봤다. 조배 같은 양아치라면 한두 편 갖고 있을 법도 했다. 캐비닛으로 가서 철제 손잡이를 잡아당겼다. 첫 칸에는 뜯지 않은 담배 한 보루와 남성용 화장품, 전기면도기, 선글라스 케이스, 줄이 뒤엉킨 핸드폰 충전기 등 잡동사니가 들어 있었다. 두 번째 칸에는 낡은 수첩과 장부, 금속 박스, 그리고 어디서 주워왔는지 자기계발서 몇 권이 보였다. 금속 박스를 열어봤다. 콘돔과 젤이 든 튜브, 그리고 용도를 알 수 없는 알약이 여러 개 나왔다. 제일 밑 칸은 옷들로 채워져 있었다. 야동 CD 같은 건 보이지 않았다. 하긴 휴대폰만 켜도 바로 검색되는 마당에 누가 CD에 담아 보겠는가? 캐비닛 문을 닫으려다 영민은 혹시나 하는 생각에 옷 사이로 손을 넣어봤다. 박스 하나가 손에 잡혔다. 꺼내보니 파란 벨벳으로 감싼 보석함이었다. 나비 모양의 잠금장치를 열자, 눈물방울 귀고리와 목걸이가 한 세트 들어 있었다. 목걸이를 꺼내 형광등 밑에서 자세히 들여다보았다. 조배의 취향 같지 않게 고상하고 고급스러워 보였다. 진품인지 가짜인지 알 수 없지만 싸구려 같지는 않았다.

영민은 보석함을 제자리에 놓고 소파로 돌아왔다. 괜히 남의 사생활을 들여다본 것 같아 마음이 찜찜했다. 아이스커피는 얼음이 녹아서 미지근해졌다. 슬슬 배가 고팠다. 중화루에 잡채밥을 시키고 밖으로 나갔다. 피닉스 안장 밑에서 담배를 꺼냈다. 안장 밑에는 담배가 여러 갑 있었다. 우연을 가장해 다해를 만나려고 편의점에 자주 갔다. 배달에서 돌아올 때면 일부러 갈채 앞으로 지나오기도 했다. 그런 노력에도 우연은 찾아오지 않았다. 덕분에 안장 밑에는 담배만 쌓여갔다. 조배는 틈만 나면 갈채에 간다고 했지만 환영회 이후 영민을 데려간 적은 없었다. 하긴 영민도 조배와 같이 가고 싶은 생각은 없었다. 조배가 갈채에서 다해에게 무슨 짓을 할지 뻔했다. 다해 몸을 디듬으며 지런 액세서리 따위로 환심을 사려 할 것이다. 영민은 갑자기 기분이 더러워졌다. 담배꽁초를 원목 사이로 던져버리고 사무실로 들어갔다.

"어휴, 시원해. 무릉도원이 따로 없네, 여기가 무릉도원일세. 올해는 진짜 우라지게 덥다니까. 9월인데, 이리 더운 게 말이 돼?"

중화루 사장이 배달통을 들고 들어왔다.

"애들은 어디 가고, 사장님이 직접 오셨어요?"

영민은 소파에서 일어나 탁자에 신문지를 깔았다.

"지금 한창 저녁 배달시간이잖아, 모두 바빠."

사장이 건네준 장부에 영민이 사인하는 동안 사장은 잡채밥과 군만두 한 접시를 탁자에 올려놓았다.

"이게 뭐예요? 난 만두 시킨 적 없는데."

"그냥 먹어, 서비스야."

중화루 사장이 장부를 받으며 야릇한 웃음을 흘렸다.

"에이, 어쩐지 직접 오셨다 했네."

영민은 블랙이글 보조 주머니에서 어제 텐 프로에서 교체해주고 남은 비알을 꺼냈다.

"여기 있어요."

"역시 배운 사람이라 눈치가 빠르다니까, 탕수육 가져오면 한 갑 줄래?"

중화루 사장이 흐뭇한 미소를 짓고 재빨리 비알을 챙겼다.

"사모님한테 봉사한다면야 당연히 드려야죠."

"갑자기 탕수육이 아까워지는데? 그릇은 밖에 내놔, 나중에 가져갈게."

거래를 만족하게 끝낸 사장이 배달통을 들고 나갔다. 졸지에 안주가 생겼으니 그냥 넘어갈 수 없었다. 영민은 냉장고 안에서 캔맥주를 꺼냈다. 맥주와 잡채밥 그리고 군만두까지 그는 성대한 만찬을 즐겼다.

"아이고 시팔, 존나리 늦었네. 미안, 미안, 나 때문에 퇴근도 못 했지?"

식사를 마치고 맥주를 한 캔 더 따서 마시며 영화를 보고 있는데 조배가 들어왔다. 기분 좋은 일이라도 있는지 싱글벙글했다. 양복 상의와 목에 잡아맸던 넥타이는 어디로 갔는지 보이지 않았다. 와이셔츠 단추를 두 개 풀어놓아 껄렁대던 예전 모습이었다. 양아치가 건달로 승격하는 건 쉬운 일이 아니었다.

"뭐, 좋은 일 있으세요? 기분이 좋아 보이네요."

"좋은 일은 뭐. 영민아, 아니, 아니다."

조배가 말을 하고 싶어 입이 간질간질한 것 같았다.

"뭔데요? 말해주세요. 다해하고 잘 돼가요?"

그래서 영민은 똥구멍을 한 번 긁어주기로 했다.

"다해, 기다려봐라. 일만 잘 풀리면 그년도 나를 무시하지 못할 거다. 시발년, 양주 마실 때만 헤헤거리고 튕기기는 존나리 튕겨요. 놀이터에서 너한테 뭐라고 그랬어? 한 번 준대?"

말을 받아준 그가 바보였다. 이런 또라이는 애초부터 상종하지 않는 게 현명했다. 영민이 소파에서 일어나자 조배가 그 자리에 앉았다.

"사장님은 언제 들어갔냐?"

"형님 나가고 조금 있다가요. 사장님은 오늘 자고 오는 걸로 알고 있던데, 그래서 나보고 여기서 자라고 했는데."

"괜찮아. 내가 잘 거니까 너는 집에 들어가도 돼."

조배가 영민이 마시다 만 캔맥주를 한 모금 들이켰다.

"한 캔 드릴까요? 사다 놓은 게 몇 개 더 있는데."

영민은 냉장고를 가리키며 말했다.

"아니, 괜찮아. 영민아, 너도 이제 정치라는 걸 좀 배워라."

조배가 몸을 젖히고 양발을 소파에 올리며 말했다.

"정치요?"

영민은 선반에서 헬멧을 꺼내 들고 조배 앞으로 갔다.

"줄 말이야. 사람은 줄을 잘 서야 출세를 하는 거야. 이제 사장만 보지 말고 어디가 제대로 된 줄인지, 잘 보란 말이야. 여기서 오래 일하고 싶으면 이제 사장 말보다는 내 말을 잘 들어야 할 거다. 내

말, 무슨 말인지 알겠지?"

고작 세 명밖에 없는 컨테이너 삶을 조배는 정치까지 들먹이며 꽤나 복잡하게 만들었다. 나긋나긋하게 말하는 조배의 말투가 영어색했다. 어제는 다운타운에서 친구를 시켜 올러대더니, 오늘은 자기한테 줄을 서라고 한다. 변덕이 죽 끓듯 하는 놈이었다. 계속 들어주면 계속 헛소리나 해댈 게 뻔했다. 빨리 집에 들어가서 잠이나 자는 게 정신 건강에 좋았다.

"네, 알겠습니다. 피곤하신 것 같은데 주무세요. 전 들어가겠습니다."

줄, 놀고 자빠졌네. 영민은 속으로는 비웃었지만 겉으로는 깍듯이 인사하고 사무실을 빠져나왔다.

영민은 공원 삼거리 신호 앞에서 갈채를 보았다. 사이키가 돌고 있는지 짙게 선탠 된 창문에 붉은빛이 연이어 비쳤다. 가까이 다가 갈수록 떠드는 소리가 커졌다. 속력을 늦추고 갈채 맞은편에 있는 편의점 앞에 피닉스를 세웠다. 딱히 살 게 없어 담배를 주문했다. 여드름투성이인 점원에게서 던힐 한 갑을 받아 드는데, 누가 어깨를 톡톡 쳤다. 돌아보니 다해가 핫팬츠 차림으로 서 있었다.

"나도 손님 담배 사러 왔는데, 오토바이 보고 혹시나 했지."

얼굴이 불그스레한 다해가 뭐가 그리 좋은지 생글거렸다. 영민은 바보처럼 아무 말 못 하고 고개만 까닥였다.

"가지 말고 기다려. 담배 주고 금방 올게."

다해가 총총걸음으로 먼저 편의점을 빠져나갔다. 영민은 숙취 음료를 하나 집어 들고 나왔다. 담배를 피닉스 안장 밑에 던져 넣었다. 안장 밑에는 담배가 가득했다. 이제 새로운 보관 장소를 찾아야 할 정도였다. 그 전에 '우연'이 찾아온 것에 감사했다. 그 역시 혹시나 하는 생각에 편의점에 들렀다. 담배를 물고 도로변 연석에 앉아 빠른 걸음으로 길을 건너고 있는 다해를 바라보았다. 기회도 노력해야 온다는 어른들 말씀이 옳았다. 갈채로 들어가는 다해를 바라보며 영민은 흐뭇한 미소를 지었다. 담배를 다 피우기 전에 다해가 갈채에서 빠져나와 도로를 건너왔다.

"괜찮아?"

영민은 컨디션 뚜껑을 따서 다해에게 건넸다.

"폭탄을 몇 잔 말았더니 죽겠네. 원목쟁이들이 몰려왔는데 몇 시간째인지 몰라. 징그럽게 안 가네."

다해가 한 모금 마시고 내려놓았다. 팔뚝에 노랗게 변색된 멍 자국이 보였다. 여자에 대한 존경심이라고는 좆도 없는 놈이었다. 그런 놈이 애인이라는 건 말도 안 되는 소리였다.

"이거 불새지?"

다해가 앞에 세워놓은 피닉스를 가리켰다.

"정확히 불사조. 영원히 죽지 않는 새."

이제는 자신의 분신이 된 피닉스를 보며 영민은 자랑스럽게 말했다.

"혼자 영원히 살면 뭐 해. 난 혼자 오래 살고 싶지 않아. 딱 스물아홉까지만 살고 싶어. 서른이란 나이는 너무 징그러워."

다해가 고개를 절레절레 흔들었다.

"스물아홉이면 그럼 딱 4년 남았네. 불사조는 삼천 년을 살다가 죽을 때가 되면 히말라야 깊은 산속으로 들어간대. 거기에는 수천 년 동안 비바람과 눈보라를 견디며 자란 향나무 군락이 있대. 그 한가운데 '마'라고 불리는 거대한 향나무가 있는데, 불사조는 그 향나무 꼭대기에 둥지를 짓고 불을 붙여 스스로 몸을 태운대. 그러고는 잿더미로 변한 둥지 안에서 다시 빛을 내며 부활하는 거지. 그렇게 영원히 순회하며 사는 거래."

영민은 인터넷에서 본 웹툰 내용을 떠올리며 말했다. 불사조 힘을 빌려 부모의 복수를 하겠다고 티베트로 찾아갔다는 주인공이 불새족의 공주와 사랑에 빠진다는 이야기였다. 거기서 불사조에 관한 내용만 뽑아냈다.

"몇 살로 살아나는데? 나는 스무 살로 태어나고 싶어. 그리고 스물아홉에 불 속으로 들어가는 거야. 그리고 다시 스무 살로 태어나는 거지. 불사조는 삼천 년마다 순회하지만 난 10년마다 순회하며 영원히 사는 거야. 어때, 근사하지 않아?"

다해가 꿈꾸듯 멍한 시선으로 피닉스를 바라봤다. 자신이야말로 서른이 되기 전에 이 세상에서 사라지고 싶었다. 어깨를 짓누르는 원목 더미를 생각하면 나머지 인생은 막막하기만 했다.

"나, 오토바이 한 번만 태워주라. 자기처럼 멋진 남자 꼭 끌어안고 오토바이 타는 게 소원이었어. 술도 깰 겸 이 근처 한 바퀴만 돌자."

몽상에서 깨어난 다해가 그의 팔을 잡고 흔들어댔다. 영민이 그저 웃기만 하자, 다해가 일어섰다. 피닉스 앞으로 가더니 한쪽 다리를 들어 안장 위에 걸쳤다.

"어, 어, 어."

균형을 잃은 다해가 비틀거렸다. 영민이 얼른 일어서서 넘어지려는 다해를 붙잡았다. 술 취한 다해가 혼자서 피닉스에 올라타기는 무리였다. 겨드랑이 밑으로 부축하여 힘을 주자 다해가 발레리나처럼 사뿐히 날아올라 뒷자리에 앉았다.

"하이바 안 쓰면 안 돼? 스타일 구겨지게시리."

헬멧을 건네자 다해가 심통을 부렸다. 생머리를 날리며 달리는 게 그림이 된다는 건 알지만 헬멧은 꼭 써야 했다. 영민은 다해가 헬멧을 완전히 착용할 때까지 기다렸다.

"이게 뭐야? 시시해. 좀 더 달려봐. 우리 불사조처럼 화끈하게 날아가보자고."

영민이 피닉스를 몰고 천천히 도로 위로 나가자 다해가 주먹으로 등을 두들겼다.

"꽉 잡기나 하셔."

그 말이 나올 줄 알았다. 영민이 가속페달을 당기자 머플러가 터지더니 피닉스가 총알처럼 앞으로 튀어나갔다.

"엄마야!"

다해가 두 손으로 영민의 허리를 힘껏 끌어안았다. 커다란 가슴이 등짝에 찰싹 달라붙었다. 지나가던 사내들이 갑자기 터진 머플러 소리에 놀랐는지 욕을 하며 감자를 먹였다. 영민은 배기통을 터뜨려 응대해주었다. 다해가 시원하게 웃음을 터뜨렸다. 기분이 좋아졌다. 그냥 좋은 게 아니라 기막히게 좋았다. 모든 게 마음에 들었다. 축항로를 향해 피닉스를 몰았다. 이 시간에 차가 있을 리 없었다. 바람을 가르며 쭉 뻗은 도로를 마음껏 질주했다.

"캬! 죽인다."

다해가 숨이 막힐 정도로 꼭 껴안았다. 진짜 기분 죽인다. 이런 기분이라면 바다 위도 달릴 수 있을 것 같았다.

"우리 월미도 가자. 시팔! 이렇게 좋은 날 생맥주라도 한잔 하고 오자."

웃음이 나왔다. '시팔, 이렇게 좋은 날'이라니. 그래, 시팔 가자. 가자는데 못 갈 것도 없다. 영민은 액셀을 당겼다. 피닉스가 다시 한번 굉음을 질러댔다. 백 미터 전방에 회색 콘크리트 벽이 보였다. 축항로 끝이었다. 흥분한 나머지 속력을 너무 내고 말았다. 급브레이크를 잡는다면 둘 다 아스팔트 위로 나가떨어질 것이다. 속력을 줄이면서 코너링을 해야 한다. 다해가 걱정됐다. 겁을 먹고 몸을 움직인다면 피닉스는 아스팔트 바닥에 깊은 상처를 내고 해체될 것이다. 물론 두 사람도 온전할 순 없었다. 다해를 믿는 것밖에 달리 방법이 없었다. 가능한 범위에서 넓게 코너링을 했다. 영민은 다해 체중이 그대로 자신의 몸에 실려오는 걸 느낄 수 있었다. 다해가 그를 믿고 몸을 맡겨주었다. 그 덕분에 무사히 턴을 했다. 그의 등에서 식은땀이 흘러내렸다. 부활하는 기분이 어떤 건지 알 것만 같았다. 축항로를 빠져나와 좌측 골목을 통해 간선도로를 탔다. 헤드라이트 불빛 사이로 거대한 사일로가 나타났다. 사료공장 뒷길로 빠져 해안도로를 타면 바로 월미도였다.

9

다해가 좀처럼 나오지 않았다. 오바이트라도 하는지 화장실 안쪽에서 끅끅거리는 소리가 들려왔다. 월미도에 도착하자마자 다해가 놀이공원으로 뛰어갔다. 놀이공원은 인천상륙작전을 기념하는 축제 기간이라 평소보다 늦게까지 영업하고 있었다. 바이킹을 타려는 걸 말렸더니, 다해는 디스코팡팡으로 눈길을 돌렸다. 말릴 새도 없이 올라타는 바람에 영민도 따라 올라갔다. 스냅백을 삐딱하게 쓴 DJ가 핫팬츠를 입은 다해에게 환영의 멘트를 날렸다. 자리에 앉기도 전에 시폰케이크처럼 생긴 둥근 원판이 돌기 시작했다. 다해가 휘청거리자 DJ는 사정없이 위아래로 흔들어댔다. 영민은 파이프 손잡이를 잡고 버텼지만 다해는 바닥에 뒹굴고 말았다. 도와주고 싶어도 DJ의 집요한 공격에 영민은 자신의 몸조차 가누기 힘들었다. 디스코가 멈추자 다해는 입을 틀어막고 화장실로 뛰어 들어갔다.

놀이공원은 열두 시가 되어 폐장했다. 화려한 조명이 꺼지자 주변은 금세 시들해졌다. 괴성을 지르며 날뛰던 사람들도 어디론가 사라져버렸다. 그의 옆에서 핸드백을 들고 서 있던 남자는 여자친구가 화장실에서 나와 가버린 지 오래였다. 아무것도 들지 않고 서 있는 게 더 민망했다. '내 애인이 안에 있소'라는 광고판이라도 만들어 들고 있어야 할 판이었다. 기다리다 지친 그는 바닷가 경계선상에 놓인 철제 벤치에 가서 앉았다.

월미도는 오랜만이었다. 지척에 있지만 놀러 올 만큼 한가한 팔자가 못 됐다. 대학 신입생 환영회 때 와보고는 처음이었다. 누가 술에 취해 월미도 바이킹에 대해 떠들었다. 내려올 때 안전장치가 1미터쯤 벌어지는 게 에버랜드 롤러코스터보다 스릴 있다는 게 요지였다. 모두 탄다는 약속을 하고 몰려왔다. 고공에서 떨어질 때 앞으로 벌어지는 안전바 때문에 정말로 몸이 땅으로 곤두박질치는 공포를 맛봤다. 아이들은 미친 듯이 비명을 질러댔다. 여자아이 두 명은 눈물범벅이 됐다. 지겨웠던 대학 생활 중 그나마 재미있었던 하루였다. 그때는 월미도를 친수 공간으로 꾸민다며 공사가 한창이었다. 공사를 마쳤는지 거리 곳곳에 못 보던 조형물이 세워져 있었다.

영민은 시선을 들어 놀이공원 뒤편에 있는 월미산을 바라봤다. 어둠 속에 묻힌 월미산은 하늘과 맞닿은 경계선만 흐릿하게 보였다. 월미산 너머에 할아버지 고향 마을이 있었다. 할아버지는 고향 집 근처를 자주 맴돌았다. 군부대가 자리 잡고 있어 민간인 출입은 엄격히 금지되었다. 철조망 사이로 고향 땅만 애타게 바라볼 수밖에 없었다. 할아버지가 돌아가시고 나서야 군부대가 이전했다. 군부대가 있던 자리는 공원이 조성되었다. 할아버지 고향 마을은 한국전통정원으로 꾸며져 이제는 누구라도 자유롭게 드나들 수 있었다.

아버지는 몸 상태가 괜찮아질 때면 어린 영민을 데리고 월미산에 자주 올라갔다. 나지막한 산이지만 정상에 서면 작약도나 용유도, 팔미도, 무의도, 덕적도, 영흥도 등 크고 작은 섬들이 보였다. 인천국제공항에 이착륙하는 비행기의 모습도 볼 수 있었다. 오랫동안 사람들의 출입이 금지된 탓에 산림이 잘 보존되어 있었다. 아버지는 한국전통정원이 잘 내려다보이는 언덕에 앉아 할아버지 집이 있던 곳을 가리키며 바다와 얼마나 가까운지, 얼마나 근사한 땅인지 설명해주었다. 할아버지 집터라고 짐작되는 부근을 가리키며 저 땅만 찾으면 펜션을 지어놓고 세만 받아도 편히 살 수 있다고 했다. 영민은 한동안 아버지 말에 현혹되어 커다란 철제 대문이 달린 앤티크풍의 펜션에서 사는 꿈을 꿨다. 그 꿈은 인천상륙작전 기념식에 참석하면서 깨져버렸다. 대체수업으로 참석했던 기념식에서 아버지를 발견했다. 피켓을 든 사람 십여 명이 전경들에게 둘러싸여 있었다. 병 때문에 늘 방에만 박혀 있던 아버지가 그 사람들 틈에 끼여 있었다. 더운 날인데도 아버지는 샌드위치맨처럼 종이상자를 뒤집어쓰고 있었다. 상구 할머니도 목소리를 높이며 전경들에게 삿대질을 하고 있었다. 영민은 친구들 사이에 숨어 아버지와 상구 할머니가 토끼몰이를 당해 전경버스에 강제로 실리는 걸 봤다. 위대하다 못해 이제는 거대해진 인천상륙작전을 상대로 보상을 받으려는 아버지의 꿈이 참으로 어리석었다는 걸 그날 깨달았다. 그 이후로 아버지가 하는 말을 귀담아듣지 않았다. 시간이 갈수록 병색이 짙어져 골골하는 아버지를 무시하기 일쑤였다. 아버지가 죽을 때까지 영민은 아버지와 서먹했고 냉랭한 관계로 지냈다.

"어휴! 죽는 줄 알았네. 목구멍까지 튀어나온 걸 억지로 눌렀어. 거기다 쏟았으면 완전 진상될 뻔했어."

언제 나왔는지 다해가 그의 앞에 와서 너스레를 떨었다. 그가 편의점에서 산 생수를 건네자 기다렸다는 듯 벌컥벌컥 들이켰다.

"진상은 이미 된 것 같은데? 그러게 그걸 왜 타, 구경이나 하지."

두 다리를 하늘로 뻗은 채 디스코장 바닥에 나뒹굴던 다해 모습이 떠올라 영민은 기분이 나빠졌다.

"내가 디스코를 얼마나 잘 타는데, 술만 안 먹었으면 문제도 아닌데. 안 되겠다. 우리 저기 가서 좀 쉬었다 가자. 화장도 다 지워지고 속이 아직도 울렁거려."

다해가 현란한 빛이 쏟아져 나오는 곳을 가리켰다. 영민은 이곳이 식당, 놀이기구, 카페, 모텔까지 원스톱 서비스 시설을 갖춘 유흥지라는 사실을 생각해냈다.

"속이 많이 안 좋아?"

영민은 슬그머니 일어나 라스베이거스만큼 환한 모텔촌을 향해 걸어갔다. 놀이공원 불빛이 사라진 지금 모텔촌만 유일하게 빛을 발하고 있었다. 가장 가까운 모텔에 들어갔지만 방이 없었다. 근처를 다 돌아다녀도 빈방을 찾을 수 없었다. 그 많던 사람들이 어디로 갔나 했더니 모조리 모텔 안으로 스며들어간 모양이었다.

"어떡하지, 방이 없다는데. 그냥 돌아갈까?"

다해는 편의점 파라솔에 앉아 맥주를 마시고 있었다. 조금 전 오바이트했다는 사실은 까맣게 잊은 듯했다.

"가기는 왜 가, 이 좋은 데까지 와서. 벌써 돌아가는 건 청춘에 대한 예의가 아니라고. 바다 보면서 한잔하자, 그러다 보면 방이 나올 거야."

"그러다 봐도 방이 안 나오면 여기서 날 새자고?"

영민은 다해가 건넨 캔맥주를 받으며 코카콜라 로고가 새겨진 하얀 플라스틱 의자에 주저앉았다.

"내 장담하는데, 한 시간만 지나면 여기 모텔 반은 빌 거야. 그동안 맥주 마시면서 세 번이나 우연히 만난 우리의 우연을 축하하자고."

다해가 맥주 캔을 들어 올렸다. '우연'이 내 노력의 산물이라는 걸 다해는 알기나 할까? 영민은 속으로 웃으며 다해와 맥주 캔을 부딪쳤다. 다해의 말처럼 이번이 세 번째 만남이었다. 그런데 마치 3년은 사귄 연인 같은 친근함이 느껴졌다. 영민은 넉살이 좋거나 사람을 쉽게 사귀는 타입이 아니었다. 다해가 적극적으로 나오지 않았다면 꿈도 꾸지 못할 일이었다. 다해가 이토록 적극적으로 나오는 이유가 뭘까? 가난한 대학생을 좋아하는 연상의 술집여자. 멜로드라마의 여주인공이라도 되고 싶은 걸까? 손해 될 건 없었다. 모두 사귀고 싶어 안달이 난 그녀 아니던가? 술집여자라는 사실은 문제가 되지 않았다. 다해는 그런 약점을 상쇄하고도 남을 만큼 충분히 매력적이었다.

"이렇게 나와 있어도 괜찮아? 마담이 찾을 텐데."

"찾으라지 뭐. 벌써 문자가 세 통이나 왔어. 불사조 탄 왕자님이랑 데이트하고 있으니까, 찾지 말라고 답장 보냈어."

다해가 웃으며 스마트폰을 흔들어댔다. 화사한 외모만큼이나 말도 행동도 거침없었다. 영민은 다해가 발산하는 매력에 흠뻑 빠져들었다. 여기서 밤새도록 얼굴만 보고 있어도 행복할 것 같았다. 물론 좀 더 진도가 나간다면 더 행복하리라는 건 두말할 필요가 없었다.

"진짜, 짜릿했어."

다해가 눈을 반짝였다.

"뭐가?"

"아까 말이야. 축항로에서 빠져나올 때 어깨가 거의 아스팔트에 닿을 뻔했어. 땀구멍까지 온몸의 구멍이란 구멍은 활짝 열린 기분이었어."

그 순간을 회상하는지 다해의 얼굴이 핑크빛으로 변했다. 짜릿했던 건 영민도 마찬가지였다. 다해가 몸을 맡겨주었기에 가능한 일이었다. 다해가 겁을 먹고 움직였다면 둘 다 아스팔트 바닥에 나뒹굴었을 것이다. 영민은 헬멧도 없었다. 그것을 떠올리자 등골이 오싹했다.

다해의 말처럼 한 시간 정도 지나자 편의점 앞으로 남녀 한 쌍이 지나갔다. 붉게 상기된 얼굴이 방금 모텔에서 나왔다는 걸 말해주고 있었다. 다해가 먼저 맥주 캔을 쓰레기통에 던지고 일어섰다. 모텔 골목 입구에 들어가자 두 쌍의 커플이 빠져나오고 있었다. 다른 한 쌍이 문을 열고 나오는 '몰디브' 안으로 다해가 먼저 들어갔다. 흰 블라우스에 검정 조끼를 받쳐입은 여직원이 카운터에 서 있었다.

"지금 시간에는 대실이 안 되는데요."

여직원이 조금 쌀쌀맞은 표정으로 말했다.

"자고 갈 거예요."

다해가 똑 부러지게 말하며 카드를 내밀었다. 유리판에 깔린 가격표를 보고 지갑 안에 얼마가 있는지 고민하던 영민은 무안함과 뻘쭘함이 겹쳐 손에 든 비닐봉지만 흔들었다.

"일회용품 값 천 원은 현찰로 주셔야 하는데요."

다행히 여직원이 영민에게 기회를 줬다. 영민은 편의점에서 받은 잔돈으로 일회용품 값을 지불하고 회색 비닐자루를 받아 들었다.

"어휴, 담배 냄새."

다해가 카드키를 벽면 홀더에 꽂으며 짜증 섞인 목소리로 말했다. 앞서 방을 쓴 커플이 얼마나 피워댔는지 담배연기가 아직도 방 안에 한가득했다.

"뭔 연놈들이 본연의 임무는 안 하고, 담배만 피워댔나 봐. 커튼 좀 걷고 창문 좀 열어줄래?"

다해가 리모컨으로 공기정화기를 틀며 말했다. 영민은 다해가 시키는 대로 검정 암막 커튼을 걷고 창문을 열었다. 목 하나 빠져나갈 정도가 되자, 창문이 더 이상 열리지 않았다.

"그냥 둬, 안 열릴 거야. 바다가 보이면 다 뛰어내리는 줄 아나 봐. 나 먼저 샤워할 테니까 자긴 맥주 마시면서 텔레비전 좀 보고 있어."

영민이 창문을 좀 더 열어보려고 애쓰자 다해가 말렸다. 다해는 영민이 보고 있는데도 아무렇지도 않게 겉옷과 핫팬츠를 홀렁 벗어 던졌다. 영민은 얼른 고개를 숙여 비닐봉지 안을 뒤적이는 척했다.

다해가 욕실로 들어가는 걸 보고 나서야 모텔 안을 둘러봤다. 친구들과 술에 취해 여관에는 몇 번 가봤지만 커플 전용인 이런 러브호텔은 처음이었다. 더군다나 꿈속에서 그리던 여신과 함께라니, 정말 꿈이라도 꾸는 것만 같았다. 벽은 파도치는 물결무늬 실크벽지로 꾸며져 있었다. 아이보리 더블침대는 진주조개 모양이었다. 소파에는 거북 등껍질 문양의 쿠션도 있었다. 바닷속 이미지를 흉내낸 콘셉트였다.

영민은 비닐봉지 안에서 캔맥주와 유탕 처리한 잠두콩을 꺼내 푸른빛이 도는 유리 탁자 위에 올려놓았다. 맥주를 마시며 분위기에 적응하려 애썼다. 감성돔 무늿결처럼 결이 난 욕실 유리창 너머로 다해가 보였다. 결 사이로 가슴과 둔부가 언뜻언뜻 스쳐 지나갔다. 맥주를 쉬지 않고 들이켰다. 아무리 마셔도 취할 것 같지 않았다. 오래전부터 꿈꿔왔던 로망이지만 실제로 닥치니 어떻게 해야 할지 막막하기만 했다.

"아 시원해. 자기도 샤워해라. 지금 땀 냄새 장난 아닌 거 알지?"

커다란 타월로 몸을 감싼 다해가 수건으로 머리카락을 비비며 나왔다. 그에 대한 호칭이 언제부턴가 '자기'로 변했다. '자기'란 단어가 부담스러웠지만 싫지는 않았다.

그래, 스물넷은 인생을 고민할 만큼 진지한 나이가 아니다. 영민은 루비색 팬티와 브라를 침대 머리맡에 놓으려고 허리를 숙인 다해를 보며 고민을 접기로 했다. 저렇게 관능적인 몸매를 보며 고뇌하는 것은 젊음에 대한 예의가 아니었다. 과감하게 셔츠와 청바지를 벗어던졌다. 학비를 마련하느라 닥치는 대로 일한 덕분에 몸에는 군살이 붙을 새가 없었다. 영민은 당당하게 욕실로 걸어갔다. 욕실 안은 훈기가 가득했다. 샴푸 냄새, 보디로션 냄새, 방금 나간 다해의 체취까지 다양한 냄새가 떠다녔다. 냄새가 최음제처럼 영민을 흥분시켰다. 조금 전까지만 해도 아무 반응이 없던 페니스가 급속히 팽창했다. 늦게 나가면 다해가 잠들지 모른다는 생각이 들자 마음이 조급해졌다. 대충 땀만 씻어내고 밖으로 나왔다. 우려한 대로 다해는 시트로 몸을 감싼 채 눈을 감고 있었다. 침대 모서리에 걸터앉아 수건으로 물기를 닦아내며 다해를 살폈다.

"자?"

"으응."

다해가 몸을 모로 틀었다. 방금 목욕을 했는데도 입안이 바싹 말랐다. 영민은 침을 삼키며 다해의 길고 하얀 목을 쳐다봤다. 동물적 감각을 믿고 침대 안으로 들어가야 할지, 아니면 거룩하게 소파에서 자야 할지 판단이 서질 않았다. 영민이 어쩔 줄 몰라 하자 다해가 몸을 바로 하며 눈을 떴다.

"하고 싶니?"

영민을 바라보는 다해의 얼굴에는 재미있어 죽겠다는 표정이 역력했다. 헤게모니가 다해에게 있다는 걸 인정해야 했다. 이건 자신이 어떻게 해볼 수 있는 영역이 아니었다. 머릿속에는 오직 한 가지 생각밖에 없었다. 고개가 절로 끄덕여졌다.

"그럼, 불 끄고 들어와."

말이 떨어지기 무섭게 영민은 잘 훈련된 강아지처럼 스위치를 찾아 불을 끄고 침대 위로 올라갔다. 시트 안으로 들어가자 따뜻한 그녀의 몸이 닿았다. 두 팔로 껴안자, 품 안에 쏙 들어왔다.

"아, 좋다. 정말 따뜻해. 우리 이러고 가만있자. 이러고 자고 싶어."

다해가 품속으로 파고들며 말했다. 가능하다면 그도 이렇게 삼천 년이라도 있고 싶었다. 하지만 그건 절대 가능한 일이 아니었다. 조금 지나자 본능이 꿈틀거렸다. 발기된 페니스가 마시멜로처럼 부드러운 다해의 살갗을 눌러댔다.

"하고 싶니?"

다해가 웃으며 또 한 번 물었다. 영민은 대답 대신 몸을 더욱 밀착시켰다.

"하고 싶으면 해도 좋아. 하지만 안에다 하면 안 돼. 지금 좀 위험하거든."

다해가 그의 귓속에 대고 속삭였다. 그게 무슨 말인지 모르는 영민은 그냥 고개를 끄덕였다. 그리고 그것이 얼마나 힘든 일인지 잠시 후 알게 되었다. 절정으로 치달은 자신의 몸이 경련을 일으키며 움찔했을 때 다해가 '안 돼' 하며 몸을 뒤로 빼지 않았다면 결코 성공할 수 없었을, 그가 상상도 못 한 고난도 기술이었다.

10

"인도어 안으로 들어오면 철탑이 보일 겁니다. 제일 안쪽 철탑 밑에서 기다리셔, 금방 내려갈 테니."

힘이 넘치는 목소리가 핸드폰 스피커를 통해 흘러나왔다. 영민은 고개를 들어 그물을 받치기 위해 세워놓은 거대한 철제 골조를 바라보았다. 나대지에 세운 골프 연습장 크기는 어마어마했다. 한낮인데도 주차장에 고급 승용차가 가득했다. 녹색 그물망 안으로 골프공이 우박처럼 쏟아져 내리고 있었다. 멀리 2층 차광막 아래에서 골프채를 휘두르는 사람들 모습이 보였다. 이 더운 날 뭔 짓인지 모르겠다. 사장도 틈만 나면 골프채를 꺼내 들고 휘둘렀다. 영민은 절대 해보고 싶지 않았지만 그가 모르는 특별한 재미가 있는 게 분명했다.

헬멧을 벗어 옆구리에 끼고 제일 안쪽 철탑에 몸을 기댔다. 그물

망 덕분에 땡볕에서는 벗어났지만 찜통 같은 더위는 그대로였다. 다해가 와 있을까? 영민은 핸드폰을 꺼내 시간을 확인했다. 아직 다해가 오기에는 이른 시간이었다. 골프장 스크린 문이 열리더니 나이키 반바지에 짧은 폴로셔츠 차림의 남자가 걸어 나왔다. 고객임이 분명했다. 영민은 상자를 꺼내 들고 사내가 다가오길 기다렸다.

"물건은 확실하죠?"

보기 좋게 그을린 사내가 눈도 마주치지 않고 물건부터 확인했다.

"그럼요. 저희 물건은 약국에 납품하는 걸 빼돌린 거라 정품과 똑같다고 보시면 될 겁니다."

영민은 자신만만한 목소리로 말했다. 하도 읊어대서 녹음기처럼 자동으로 튀어나왔다.

"그래요, 어디 한번 봅시다. 우리야, 물건만 보면 금방 견적 나오니까."

사내가 미소를 지으며 손을 내밀었다. 미소에는 너 같은 똘마니를 많이 상대해봤다는 여유가 묻어났다. 영민 또한 이런 사내를 여러 번 만났기 때문에 여유 있는 표정으로 상자를 건넸다. 사내가 상자를 뜯어 은박포장을 꺼냈다. 앞뒤로 뒤집어가며 물건을 꼼꼼히 살폈다.

"음, 색이 괜찮게 나왔네."

사내가 그물 사이로 삐져나온 햇빛에 약을 비춰보며 말했다. 빛을 투시하면 뭔가 보이는 걸까? 텐 프로에서 사내도 형광 불빛에 약을 비추며 똑같은 행동을 했다.

"짝퉁도 급이 있어서. 짱깨새끼들 넣으라는 것만 넣으면 좋을 텐데. 더 세게 한다고 이것저것 처넣나 봐요. 색깔이 다르면 다음날 머리가 아파서리. 이건 잘 나왔네. 좋습니다, 사는 걸로 합시다."

사내가 시원하게 5만 원권 지폐 넉 장을 꺼냈다. 거래가 쉽게 성사됐다. 앞서 연수동에서 만난 놈은 물건을 확인하고도 돈을 꺼내기까지 시간이 걸렸다. 몇만 원이라도 깎고 싶은 눈치였지만 가격은 영민이 결정할 수 있는 문제가 아니었다.

사내와 거래를 마치고 골프 연습장을 빠져나왔다. 입구에 세워둔 피닉스에 올라타는데 핸드폰이 울렸다.

"집 앞인데, 열쇠가 안 보인다."

"집? 언제 올라온 거야? 무슨 일 있어?"

어머니가 평일에 인천에 올라오는 일은 드물었기에 영민은 저도 모르게 목소리를 높였다. 아니, 꼭 그래서만은 아니었다. 다해가 올 시간이 되었기 때문이기도 했다.

"엄마가 아들 보러 오는데 이유가 있어야 하냐? 열쇠는 어디 있냐?"

며칠 전까지만 해도 여벌 열쇠는 문틀 위에 곱게 모셔놓았다. 지금은 다해 지갑 속 어딘가에 있을 것이다.

"잠깐만 기다리고 있어, 금방 갈게."

전화를 끊고 다해에게 전화했지만 받지 않았다. 급한 대로 어머니가 올라왔다는 문자 메시지를 보내고 집으로 향했다. 월미도 놀이공원 이후 다해는 오후가 되면 그의 지하방으로 찾아왔다. 배달은 점차 적응이 되면서 요령이 생겼다. 아침에 사장이 배달 장소와 시간이 적힌 목록을 주었다. 그러면 배달하기 편한 순서대로 전화를 걸어 시간을 조정했다. 고객들은 대개 저녁에 움직이므로 이른 아침만 아니면 융통성이 있었다. 마지막 배달지는 자신의 자취방 근처로 조정했다. 배달을 마치고 지하로 내려가면 다해가 기다리고 있었다. 다해가 가게에 나갈 시간이 될 때까지 둘은 치킨이나 피자를 배달 시켜 먹으며 즐거운 시간을 보냈다.

"그래서 어쩌라구?"

전화를 받자 다짜고짜 따지는 듯한 다해의 목소리가 들렸다. 영민은 피닉스 속도를 줄였다.

"어, 어쩌라는 게 아니고, 엄마가 올라왔으니까, 오늘은 그냥 가게에 있는 게 좋을 것 같아서……."

다해의 갑작스러운 반응에 영민은 말을 더듬었다. 얘가 왜 이렇게 화를 내지, 영민은 고개를 갸웃했다.

"왜? 내가 니네 엄마 만나면 안 되는 이유라도 있어?"

"아니 뭐……."

아반떼 한 대가 경적을 울리면서 빠르게 옆으로 지나갔다. 영민은 피닉스를 도로가에 붙이고 잠시 멈췄다.

"버벅대지 말고 똑바로 말해. 내가 니네 엄마를 만나면 안 되는 거야?"

다해가 취조하듯 몰아붙였다. 다해와 어머니가 만난다, 전혀 생각지도 못한 일이었다. 다해가 갑자기 왜 이러는지 몰랐다. 영민은 대답할 말이 생각나지 않아 잠자코 핸드폰에 귀를 기울였다.

"대답해봐. 돼? 안 돼?"

다해가 다시 대답을 재촉했다.

"안 될 건 없지만……."

영민은 자신도 모르게 한숨을 내쉬었다. '그러지 않았으면 좋겠어'라는 말은 하지 못했다. 그 정도 양심은 있었다.

"됐다, 됐어. 농담이야. 어머니하고 저녁 맛있게 먹어. 맛있는 거 좀 사드리고."

다해가 일방적으로 전화를 끊어버렸다. 농담이라고? 자신을 발 가벗겨놓고는 농담이라니. 영민은 어처구니가 없어 휴대폰만 바라보았다. 어제 다해가 했던 이야기가 생각났다. '경호 1학년 마치면 군대 가라고 하고 우리 같이 살까?' 근처 대형마트에서 장을 보고 자취방으로 돌아오는 길이었다. '조오치.' 영민은 별생각 없이 대답했다. 가을맞이 행사로 특별코너에서 신혼부부를 위한 살림살이를 훑어본 다음이라 마음이 들떠서 그런가 보다 했다. '내가 니네 엄마 만나면 안 되는 이유라도 있어?' 다해 말이 자꾸 떠올랐다. 결코 가볍게 넘길 말이 아니었다. 영민은 어머니가 기다리고 있다는 사실도 잊고 한동안 피닉스에 멍하니 앉아 있었다.

다해 때문에 시간을 너무 많이 지체했다. 고민은 나중에 하고 빨리 집에 가서 방 안에 있는 재떨이를 비워야 한다. 재떨이 안에는 다해가 피우다 만 담배꽁초도 있었다. 빨간 립스틱이 묻은 담배꽁초보다 더 확실한 물증은 없었다. 자유분방한 다해는 조심성과는 거리가 멀었다. 방구석 어딘가에 돌돌 말린 스타킹도 박혀 있을지 몰랐다. 세면대 위의 분홍색 칫솔도 생각났다. 어머니가 보면 금방 눈치챌 만한 증거가 곳곳에 지뢰처럼 묻혀 있었다. 머릿속에서 지뢰 터지는 소리가 났다. 영민은 액셀을 당겼다. 피닉스가 굉음을 내며 치달렸다.

"오래 기다렸지? 왜 연락도 없이 와. 오면 온다고 전화라도 한번 해주면 좋잖아."

지하로 내려가는 계단에 어머니가 앉아 있었다. 다해 때문에 신경이 예민해진 영민이 또 목소리를 높이고 말았다.

"얘가 왜 소리는 자꾸 질러? 일 갔다 오냐?"

어머니의 시선이 피닉스에 고정되어 떨어질 줄 몰랐다. 상구 할머니를 통해 익수 사건을 알게 된 어머니는 밤차를 타고 올라왔다. 영민은 그날 집에 있었다고 발뺌했지만 어머니는 쉽게 믿으려 하지 않았다. 다시는 오토바이를 타지 않겠다는 다짐을 받고서야 어머니는 음성으로 내려갔다.

"응, 택배회사에서 아르바이트하고 있어. 이건 회사 오토바이고."

배달용 스쿠터를 타는 건 봤지만 제대로 된 오토바이는 처음이니 걱정할 만도 했다. 어머니는 설명을 듣고서야 굳은 표정을 풀었다. 영민은 오랜만에 보는 어머니의 안색을 살폈다. 공장 밥을 짓느라 매일 새벽에 나갔다가 밤늦게 돌아오기 때문에 늘 잠이 부족했다. 뒷머리가 납작하게 달라붙고, 눈두덩이 퉁퉁 부어 있어도 고속버스 안에서 잠을 자서 그럴 거라 생각하니 눈에 거슬리지 않았다.

"열쇠는 니가 다 갖고 있니?"

"문 위에 없어? 고양이들이 장난치다 떨어뜨렸나……. 식당은?"

영민은 바닥을 둘러보며 건성으로 열쇠 찾는 시늉을 했다.

"나는 여름휴가도 없냐? 좀 쉬려고 휴가 냈다."

어머니도 같이 주위를 살피며 말했다. 그런다고 없는 열쇠가 나올 리 없었다. 대충 쇼를 끝내고 문을 열었다. 어머니가 들고 있던 짐을 받아 들고 그가 먼저 안으로 들어갔다. 칫솔이 보이지 않도록 냉장고와 세면대 사이에 서서 짐을 내려놓았다. 어머니는 세면대 따위에는 관심이 없었다. 곧장 냉장고 문을 열더니 안에 든 내용물을 꺼내기 시작했다.

"그건 왜?"

"니가 언제 냉장고 청소를 하겠냐? 이참에 한번 닦아야지."

불행인지 다행인지 며칠 전 다해도 똑같은 말을 하며 냉장고 청소를 했다. 어머니가 예상한 것보다 냉장고가 깨끗하리라 생각하자 괜스레 죄책감이 일었다. 어머니가 냉장고 안으로 고개를 숙이자 영민은 반사적으로 세면대를 향해 고개를 돌렸다. 컵 안에 든 분홍색 칫솔은 치약에 가려 보이지 않았다. 그냥 둬도 괜찮을 것 같았다. 그보다 방 안에 있는 담배꽁초부터 치우는 게 급선무였다. 서둘러 방 안으로 들어가 빨간 립스틱이 묻은 꽁초를 주머니에 넣었다. 또다른 흔적이 있는지 방 안을 살폈다. 티슈 위에 주홍색과 노란색이 섞인 투톤 머리끈이 보였다. 어머니가 보면 대번 눈치챌 수 있는 물증이었다. 그것도 얼른 주머니에 집어넣었다. 뭔가 더 나올 것 같은 느낌에 방 안을 천천히 둘러보았다. 신경 쓰이는 게 한두 가지가 아니었다. 벽에 걸린 에어컨부터 마음에 걸렸다. 방 안에서 다해와 처음 섹스한 다음날 바로 구입했다. 섹스가 끝나고 나니 온몸이 땀범벅이 됐다. 오일을 바른 듯 번들거리는 서로의 알몸을 보며 키득거렸지만 한 번이면 족했다. 습기를 제거하기 위해 사놓은 물먹는 하마도, 곰팡내를 제거하기 위한 방향제도 마음에 걸렸다. 냉장고 안에는 캔맥주, 캔커피, 치즈까지 들어 있었다. 여태껏 냉장고 안에 그런 식품이 있던 적이 없었다. 어머니의 눈에는 모든 게 괘씸하게 보일지 모른다. 깨끗하게 정리된 방조차 마음에 걸렸다. 집이 왜 이리 깨끗하냐고 물으면 뭐라 대답할까? 군대에서 배운 게 정리정돈밖에 없다고 하면 대답이 될까? 영민은 한심한 생각을 하면서 책상 앞으로 갔다.

오랜만에 영어책과 전공 서적을 만졌다. 토플 책을 펼치고 볼펜을 올려놓았다. 옆에 연습장을 배치하고, 전공 서적을 책상 위에 일렬로 세워놓았다. 정리를 끝내고 구도가 잘 맞는지 훑어보았다. 금방 공부하다 일어선 것같이 감쪽같았다. 틈틈이 공부하고 있다는 흔적을 꾸미려는 자신이 대견하기도 하면서 씁쓸하기도 했다. 이 정도야, 어머니의 걱정을 덜어줄 수만 있다면 얼마든지 할 수 있는 일이었다.

"빨래 있으면 내놔라."

냉장고 정리가 끝났는지 어머니가 방으로 들어왔다. 에어컨을 본 어머니의 눈빛이 흔들렸다. 영민에게는 사치스러운 물건이 확실했다. 에어컨을 사느라 복학을 위해 모아둔 학자금이 꽤 축났다.

"됐어. 내가 알아서 다 하니까, 엄만 그냥 좀 쉬어. 정혜는 어때? 장사는 잘되고 있대?"

정혜는 지난번 돈을 부쳐달라고 한 이후 아직까지 연락이 없었다.

"모르지, 요즘은 전화해도 바쁘다며 그냥 끊어버려. 근데, 난 그년이 도대체 무슨 돈으로 장사를 시작했는지 모르겠다. 아무리 조그만 가게라지만 보증금도 필요하고 세도 줘야 할 거 아냐. 걔가 그런 돈이 어디 있어. 은행에서 빌렸다지만 은행은 아무한테나 빌려주겠어, 담보라도 있어야 빌려주지."

"요즘은 담보 없어도 청년 창업을 지원하는 프로그램 같은 게 있어서 나라에서 대신 보증을 서주고 돈을 빌려주는 제도가 있대."

그런 제도가 있는지 잘 모른다. 그런 제도가 있다 한들 정혜가 혜택을 받을 리 없었다. 영민은 어머니를 안심시키기 위해 생각나는 대로 말했다.

"그러니까, 그런 걸 아무한테나 빌려주냐고, 걔가 대학생도 아니고."

그러고 보니, 대학생 창업 지원 프로그램이라는 걸 자신이 착각한 모양이었다. 아무것도 모를 거라 생각했던 어머니가 자신보다 귀동냥이 더 밝았다.

"대학생만 국민인가, 같은 나이면 다 혜택을 줄 거야."

대학생인 영민은 죄라도 지은 것처럼 목소리가 작아졌다.

"집에는 못 오더라도 전화나 자주 했으면 좋겠어. 전화하면 매일 바쁘다고만 하고. 그렇게 바쁘면 니가 청주 시내 돈을 다 긁어모으겠다고 하니까, 깔깔깔 웃기만 하더라."

어머니는 영민이 불편해하는 걸 눈치채고는 바로 화제를 돌렸다. 하지만 영민 역시 전화를 자주 못했기 때문에 이 또한 마음이 편치 못했다.

"너무 걱정 마, 걔가 옛날부터 똑 부러졌잖아. 자기 앞가림 정도는 할 거야. 엄마는 걱정이 너무 많은 게 문제야. 걱정은 하지 않아도 알아서 찾아오니까, 구태여 찾아서 하지 않아도 돼. 정혜도 이제 스물하나야. 알아서 잘할 거라고.”

아버지를 닮아 우유부단한 영민과 달리 정혜는 직선적이고 괄괄한 어머니의 성격을 빼박았다. 어려서부터 하고 싶은 말이 있으면 참지 못하고 바로 해댔다. 그 때문에 어머니와 자주 부딪쳤다.

‘전에는 휴대폰 매장이었대. 시청 앞으로 옮기는 바람에 자리가 났어. 육거리 시장에서 얼마 안 떨어져 있고, 목이 아주 좋아. 부동산에서 테이크아웃 전문점으로는 최적이래.’

고등학교 졸업 후 특별한 일이 없으면 연락하지 않던 정혜가 갑자기 전화를 걸어왔다.

‘돈 걱정 하지 마. 혼자 하는 게 아니라 고등학교 친구랑 같이 할 거야. 걔가 돈이 좀 있어. 보증금은 걔가 댈 거고, 인테리어 비용하고 머신 들여오는 건 은행에서 빌리면 돼. 요즘 금리가 싸서 별로 부담도 안 돼. 1년 정도만 벌면 충분히 갚을 수 있어.’

무슨 돈으로 장사를 할 거냐는 말이 떨어지기 무섭게 정혜가 자신의 계획을 늘어놓았다. 영민에게 전화를 한 이유는 친구와 같이 청주에서 지낼 수 있도록 엄마를 설득해달라는 거였다. 돈 때문에 전화한 건 아닐까, 내심 걱정하고 있던 영민은 흔쾌히 승낙했다.

“낼모레가 위령제인 거 알지?”

어머니가 작심한 듯 말을 꺼냈다. ‘월미도 미군 폭격 민간인 희생자 위령제’는 인천상륙작전 기념식을 앞두고 찾아오는 연례행사였다.

“이번 위령제에는 무슨 일이 있어도 꼭 참석해달라고 대책위에서 전화가 왔고, 상구 할머니도 따로 전화를 주셨어.”

어머니는 아직도 헛된 꿈을 버리지 못하고 있었다. 미련을 버리라고 몇 번을 말했지만 상구 할머니처럼 어머니도 요지부동이었다.

"이번에는 국회의원도 참석하고 시의원도 다 참석한대. 시에서 조례도 만들었대. 상구 할머니 말이 이번에는 어떡하든 끝장을 볼 거라더라. 땅은 못 찾더라도 보상금은 받을 수 있을 거래. 그러니까, 이번 행사에는 꼭 참석해달라고. 그래서 말인데, 이번 위령제에는 니가 좀 갔다 오면 안 되겠니? 그날이 납품 마감일이라 전 직원이 야근해서 휴가 내기가 곤란해."

어머니의 희망 찬 목소리를 듣고 있으려니 영민은 가슴이 답답해졌다. 65년이면 강산이 변해도 몇 번은 변할 시간이었다. 매년 위령제를 지내고, 몇 명이 모여 시위를 벌인다고 해결될 문제가 아니었다. 상구 말대로 가스통을 짊어지고 자폭해버리면 모를까. 지금 상태로는 백 년이 지나도 해결될 수 없었다. 그냥 잊어버리고 사는 게 속 편했다.

"내가? 나 바쁜데, 안 가면 안 되는 거야?"

영민은 그 우울한 행사에는 정말이지 가고 싶지 않았다.

"왜, 안 되겠니? 상구 할머니가 참석 안 하면 보상에서 제외된다고 엄포를 놓더라. 정 안 되면 내가 어떡하든 휴갈 내야지."

"알았어, 알았어. 내가 갈게. 괜히 혼자 가서 울고불고하려고."

대학 입학하던 해 영민은 어머니를 모시고 위령제에 참석했다. 행사 중간에 죽은 이들을 위로하는 살풀이 공연이 있었다. 소복을 입은 무희 셋이 느린 가락에 맞춰 진혼굿을 시작하자 어머니가 갑자기 눈물을 흘리기 시작했다. 살풀이가 절정으로 치달을수록 어머

니의 울음소리도 커져갔다. 옆에서 지켜보는 사람들이 무안해할 정
도였다. 병든 남편을 수발하느라 젊은 날을 통째로 날린 설움 때문
일까? 외가 쪽하고는 관계없는 사건인데도 어머니는 손수건이 흠
뻑 젖도록 눈물을 흘렸다.

"이거 넣어둬라."

위령제 참석 건이 마무리되자 어머니가 손가방 안에서 두툼한 봉
투를 꺼냈다.

"얼마 되지 않지만 등록금에 보태 써라. 네가 잘돼야 정혜도 챙길
수 있는 거야."

"아, 됐어. 내 등록금은 이미 다 마련했어. 걱정하지 말고 엄마나
써."

어머니한테서 돈이 나올 구멍이야 뻔했다. 어머니가 이걸 마련하
느라 얼마나 궁상을 떨며 살았을까 생각하니 영민은 짜증부터 났다.

"이제 내 걱정 하지 마. 내 앞가림 정도는 할 수 있어. 아니, 이제
내가 우리 집 가장으로 모두 책임질 거니까, 두고 봐."

'우리도 대문 있는 집에서 살 수 있을 거야'라는 말이 나오려는 걸
꾹 참았다. 어릴 적 정혜의 소원은 대문 있는 집에서 사는 거였다.
아직까지 대문 있는 집에서 살아보지 못했다. 문만 열면 길이 내다
보이는 문간방이나 계단을 내려가야 하는 지하에서만 살았다. '나
도 대문 있는 집에서 살고 싶단 말이야!' 일을 마치고 돌아온 어머
니에게 소리치던 어린 정혜의 목소리가 기억에 생생했다. 그때부터
그의 꿈은 대문 있는 집에서 가족이 함께 사는 거였다. 병든 아버지
가 계실 때 그 꿈은 말 그대로 꿈에 지나지 않았다. 아버지의 죽음으

로 꿈은 실현 가능한 희망이 되었다. 대학만 졸업한다면 그 희망에 조금 더 다가갈 수 있었다. 그러기 위해서는 약 배달을 계속해야 했다. 약 배달은 구질구질했던 자신의 인생에 처음으로 찾아온 기회였다. 영민이 무슨 생각을 하고 있는지 모르는 어머니는 달라진 방 분위기를 살피며 못마땅한 표정을 짓고 있었다.

"너, 여자 사귀냐?"

에둘러 말하면 어디가 덧나는지 그냥 칼끝을 들이대는 수준이었다. 예나 지금이나 어머니의 성격은 변함이 없었다.

"왜, 사귀면 안 돼?"

"어미로서 변변히 해준 것도 없이 참견만 하는 것 같아 그렇지만 벌써부터 남자 방에 들락거리는 여자는 문제 있다."

칫솔이었다. 어떻게든 숨겼어야 하는 건데……. 영민은 얼굴이 화끈 달아올랐다.

"학교 친구야, 복학 준비 때문에 몇 번 만난 것뿐이야."

늘 이런 식으로 몰아붙이니 정혜도 연락하기가 껄끄러울 것이다. 어머니의 직설적인 화법에 영민은 화가 났다. 그러나 다해와의 관계는 어머니가 걱정하는 것보다 훨씬 심각했으므로 할 말이 없었다.

"믿는다. 엄마는 너만 믿는다. 그동안 잘해왔잖니."

젠장, 자신이 제일 싫어하는 말이 나왔다. 이 말은 그를 꼼짝 못 하게 했다. 상구 패거리와 거리를 두고 입시공부에 전념한 이유도 어쩌면 이 말 때문이었다. '믿는다.' 더럽게 무섭고 무책임한 말이었다.

11

인천시는 포화 속에서 살아남은 나무에 이름을 붙여주었다. 무대 뒤편에 가지를 활짝 펼친 거대한 은행나무에는 '그날을 기억하는 나무'라는 푯말을 걸어놓았다. 해방 전부터 자리를 지키고 있던 은행나무는 화염 속에서 비명을 지르면서 죽어가는 사람들을 지켜봤을 것이다. 그래서 기적같이 살아남은 사람들과 함께 하얀 무명천을 두르고 위령제에 동참하는 신세가 되고 말았다.

소복을 입은 늙은 무희가 서서히 가락을 타기 시작했다. 죽은 사람의 넋을 달래듯 정중하고 느리게 한 사위, 한 사위 움직여갔다. 두 팔이 부나비처럼 날갯짓을 했다. 소매가 너울처럼 펄럭이며 무대를 덮어갔다. '월미도 미군 폭격 민간인 희생자 위령제'라고 적힌 걸개막을 배경으로 살풀이 무용 대가의 진혼굿이 한창이었다.

영민은 계단참에 앉아 살풀이 공연을 지켜봤다. 별생각 없이 보고 있었는데, 어느 순간 감정이 이입됐는지 끝날 때까지 눈을 떼지 못했다. 이게 다 어릴 적부터 귀에 못이 박히도록 들어온 집안 가족사 때문이었다. 공연이 끝나자 무희가 무대 뒤로 퇴장했다. 무대 정리를 하느라 행사장이 어수선해졌다.

"떨거지 노친네들하고는……."

음식이 준비됐다는 방송이 나오자 사람들이 우르르 천막 안으로 몰려갔다. 이제 위령제도 다 끝났다. 이곳에 더 머물 이유가 없었다. 어머니의 성화에 못 이겨 왔지만 쓸데없이 시간만 축낸 것 같아 짜증이 났다. 상구 할머니한테 눈도장만 찍고 빠져나갈 요량으로 천막 안을 기웃거렸다.

"넌 도대체 어디 있었던 거야? 한참 찾았잖아, 인석아."

등짝을 얼마나 세게 갈겼는지 짝, 하는 소리가 천막 안에 울려 퍼졌다. 근처에 있던 사람들이 무슨 일인가 하는 표정으로 돌아보았다.

"깜짝이야, 저도 한참 찾았다고요."

누가 이 노인네를 팔십이 넘었다고 하겠는가? 영민은 얼얼한 등짝을 어루만지며 고개를 절레절레 흔들었다.

"들어가자, 안쪽에 자리 있을 게다."

상구 할머니는 그의 손을 움켜잡고 무작정 천막 안으로 끌고 갔다. 머릿고기와 간자미 무침이 놓인 테이블에는 사람들이 잔뜩 달라붙어 있었다. 도떼기시장 같은 곳에서 고기 한 점 먹으니 그냥 돌아가고 싶은 마음이 굴뚝같았다. 그러나 씩씩하게 사람들을 헤집고 들어가는 상구 할머니 앞에서 감히 돌아가겠다는 말이 나오지 않았다.

"이리 앉아라."

용케 빈자리를 찾아낸 할머니가 영민을 플라스틱 의자에 앉혔다.

"내, 밥하고 국 가져올 테니까 여기 앉아 고기 좀 먹고 있어."

할머니가 다시 씩씩하게 식탁 사이를 헤치며 음식이 있는 가판대를 향해 전진했다. 상구 할머니는 인천상륙작전을 앞두고 미군이 투하한 네이팜탄 속에서 살아남은 생존자 중 한 사람이었다. 화염 속에서 기적같이 살아남기는 했지만 남은 인생 또한 화염 속에 내던져진 거나 매한가지였다. 살아남은 원주민들은 아무 대책도 없이 미군에게 쫓겨났다. 고향을 잃은 원주민들은 인천 바닷가 근처를 맴돌다 하나둘 깔때기로 모여들었다. 그들은 지금도 깔때기에서 고향으로 돌아갈 날만 기다리고 있었다. 그곳은 이미 평화스러운 한국전통정원이 조성되어 사람들이 기쁘게 노닐고 있는데도 말이다.

"이눔아, 팍팍 좀 먹어. 등치가 산만 한 놈이 깨작거리기는."

할머니 목소리가 들리자 등줄기가 저절로 오싹거렸다. 할머니는 밥과 육개장을 내려놓고 영민 앞에 앉았다.

"우리 상구하고는 자주 만나냐?"

"자주는 아니지만 얼마 전에 한번 만나기는 했어요."

"그래, 이눔이 요즘 통 코빼기도 안 보이던데. 넌 걔가 뭔 일 하고 다니는지 알아?"

"일 나가지 않아요? 포장 가게에 취직했다고 들었는데."

젠장, 아까 그냥 도망갔어야 했다. 할머니의 취조가 쉽게 끝날 것 같지 않았다.

"깔때기에서 깡패들하고 어울려 다니는 걸 봤다는 사람이 여럿이야. 솔직히 말해봐, 이놈이 또 사고 치고 다니는 건 아닌지, 내 걱정이 돼 죽겠어."

상구가 고등학교 때부터 사고 친 것을 별로 따지면 열 개가 넘을 것이다. 그때마다 할머니가 쫓아다니며 손이 발이 되도록 빌었다. 할머니가 걱정하실 만도 했다. 그러나 어쩌겠는가, 제 발로 깡패가 되겠다고 깔때기에 올라갔으니. 그리고 보니 상구를 본 지도 오래됐다. 환송회 이후 통 소식이 없었다.

"저도 잘 몰라요. 만나면 집에 한번 들르라고 할게요. 근데 올해는 사람들이 많이 왔네요."

영민은 슬쩍 화제를 돌렸다.

"이번에는 빠지지 말고 모두 참석하라고 내 단단히 일렀어. 국회의원님이 오시는데, 우리가 많이 모여야 우습게 보질 않지. 저기 사진 찍고 있는 양반이 국회의원님이시고, 그 옆에 있는 양반이 시의원님이셔. 저분들이 우리를 도와주는 법을 만들어주셨어. 올해 안에 보상받을 수 있도록 국회에서 꼭 통과시키겠대. 이제 조금만 더 고생하면 돼."

할머니가 현수막을 배경으로 월미도원주민귀향대책위원회 임원들과 기념사진을 찍고 있는 사람을 가리켰다. 벌써 보상이라도 받은 듯 사람들은 밝은 표정으로 포즈를 취하고 있었다.

"할머니, 그 말을 진짜 믿는 건 아니죠? 벌써 몇 년째 저러고 있는 줄 알아요? 저 양반들이야 표 때문에 저러는 거지, 우리가 불쌍해서 그러는 거 아니에요. 보상금은 그만 포기하고 지내는 게 속 편하실 거예요."

화사한 꽃나무 아래에서 온화하게 웃고 있는 저 낯짝은 어머니를 모시고 왔을 때도 봤다. 여기 노인네들이 다 죽을 때까지 사진만 찍고 말 것이라는 게 영민의 생각이다.

"포기? 내가 왜 포기해야 하는데? 우리 아버지, 어머니가 살던 우리 땅을 돌려달라는 건데, 왜 포기해? 난 꼭 돌려받고 말 거야."

할머니가 사진 찍는 사람들을 쳐다보며 어림없다는 표정으로 중얼거렸다.

"월산댁, 거기 월산댁 맞지?"

상구 할머니를 부르는 소리가 났다. 영민은 수저를 내려놓고 뒤를 돌아봤다. 주름이 자글자글한 할아버지 셋이 막걸리를 마시고 있었다. 그중 한 명이 막걸리와 사발을 들고 이쪽으로 건너왔다.

"이 영감탱이가 아직 살아 있었네."

할머니가 반갑게 맞아주었다. 영민은 의자를 옆으로 비켜 공간을 만들어주었다.

"얘는 누구야, 자네 손잔가?"

할아버지는 밥보다 술을 더 많이 먹고 살았는지 코끝이 빨갛게 물들어 있었다.

"아니, 우리 애는 일 나갔고, 얘는 이발소 맞은편에 살던 김 영감 알지? 그 영감 손자야. 대학생인데, 군대 갔다 와서 복학 준비하고 있어."

할머니가 기특하다는 눈길로 영민을 바라봤다. 손이 닿았다면 등짝이라도 두들겨주었을 것만 같은 눈길이었다.

"아, 원목장에서 사고로 죽은 그 김 영감? 아이고, 손자가 제대로 컸네. 내가 니 할애비 친구야."

딸기코 할아버지가 거칠거칠한 손바닥으로 영민의 손등을 덥석 움켜쥐었다.

"이리들 와봐. 얘가 김 영감 손자래."

딸기코 할아버지가 막걸리잔을 시원하게 비우고 나머지 두 사람에게 손짓했다. 두 사람이 마저 건너오는 바람에 좁은 테이블에 다섯 사람이 다닥다닥 붙어 앉아야만 했다.

"그러고 보니 할아버지를 많이 닮기는 했네. 병석이가 덩치도 크고 기골이 장대했잖아."

주변부를 제외하고는 머리카락 대부분이 사라진 할아버지가 영민을 쳐다보며 말했다. 영민은 할아버지를 닮았다는 이야기를 많이 들었다. 어머니도 어릴 때 잘 먹였으면 할아버지처럼 체격이 좋았을 거라는 말을 자주 했다.

"전쟁통에서도 살아남은 놈이 재수 없게 나무토막에 깔려 죽을 게 뭐람."

"그러게 그 불바다 속에서 운 좋게 살아남은 놈이 말이야."

딸기코 할아버지가 잔을 들자, 모두 숙연하게 건배하는 분위기가 되었다. 영민은 거북해 죽을 것만 같았다. 한시바삐 그 자리에서 벗어나고 싶었다.

"운이야 우리도 좋았지. 그때가 간조였기에 망정이지 다른 날 같았으면 그 시간에 갯벌에 나갔겠어?"

영민은 어른들이 하는 이야기를 귀동냥으로 자주 들었다. 할아버지는 친구들과 낙지를 잡으러 갯벌에 나간 덕분에 살았다고 했다.

"난 병석이가 깨우러 오지 않았다면 가지 않았을 거야. 전날 제사가 있어서 늦게 잤거든."

주변머리 할아버지가 고개를 흔들자, 가운데 올려놓았던 머리카락이 주변으로 흘러내리면서 반질거리는 맨머리가 그대로 드러났다. 고개를 다시 흔들자 내려왔던 머리카락이 희한하게도 가운데를 덮어 원래의 상태로 돌아갔다. 한두 해 내공으로 가능한 기술이 아니었다.

"진짜 운이 좋았던 거야. 이른 아침부터 폭격이 있을 줄 누가 알았겠어?"

"미군이 정말로 마을에다 네이팜탄을 떨어뜨렸어요?"

영민은 진실·화해를위한과거사정리위원회가 발표한 기록을 인터넷에서 읽어봤다. 미군이 인천상륙작전을 앞두고 월미산에 있던 인민군 방어시설을 무력화하기 위해 초토화 작전을 시행했다. 미군은 인민군 요새뿐만 아니라 해안가에 살고 있는 민간인 마을에까지 무차별로 네이팜탄을 퍼부었다. 민간인이 살고 있다는 사실을 알았지만 작전의 성공을 위해 불가피한 선택이었다고 미군은 주장했다. 과거사정리위원회는 무고한 민간인이 희생될 것을 알면서도 포격을 가한 것은 명백한 국제법 위반이라고 했다.

"보다뿐이야? 그때가 간조여서 자네 할아버지하고 나하고 친구 몇 명이서 갯벌에 나가 있었거든. 갯벌을 뒤지고 있는데, 비행기 소리가 요란하게 들리는 거야. 이른 새벽부터 뭔 비행긴가 하고 하늘을 올려다보았더니, 쌕쌕이 수십 대가 순식간에 머리 위를 휙 지나

처 가는 거야. 그러고는 마을에서 불기둥이 치솟고 기관총 소리가
요란하게 나기 시작했지. 우린 너무 무서워서 개흙에 머리를 박고
엎드려 있을 수밖에. 폭격이 끝나고 마을로 달려갔을 때는 온 마을
이 불길에 휩싸여서 도저히 손쓸 수가 없었어. 집들은 불타고 골목
에는 불붙은 시체가 뒹굴고 아비규환이 따로 없었지. 노마, 그놈아
는 식구들 구한다고 불속으로 뛰어들었다가 그냥 타 죽고 말았잖
아."

딸기코 할아버지가 이맛살을 찌푸린 채 잔을 비웠다. 나머지 할
아버지들도 따라서 잔을 비웠다. 보고서에는 그날 수많은 민간인이
미군의 폭격으로 죽었다고 했다. 그러나 월미도 사건에 관심을 갖
는 사람은 없었다. 오히려 군복 입은 영감들이 행사 때마다 들이닥
쳐 위대한 인천상륙작전을 폄하한다며 소란을 피웠다. 가슴에 훈장
을 잔뜩 단 할아버지들은 전쟁 중 민간인 피해는 어쩔 수 없는 일인
데, 나라가 그런 걸 어떻게 다 보상해주냐며 목소리를 높였다. 인천
상륙작전 전승행사 때면 여기 사람들이 몰려가 데모를 하듯 위령제
가 열리는 날이면 군복 입은 할아버지들이 어김없이 나타났다.

"근데 깔때기는 어떻게 되는 거야? 재개발은 하는 거야?"

영민이 슬슬 도망갈 준비를 하는데, 상구 할머니가 깔때기 재개발
문제를 꺼냈다. 세 할아버지 모두 아직 깔때기에 살고 있는 것 같았
다. 깔때기 상황이 궁금하던 터라 영민은 조금 더 앉아 있기로 했다.

"재개발? 웃기는 소리 말라고 해. 누구 맘대로 재개발이야. 우리
는 어쩌고 지들 맘대로 재개발이야?"

딸기코 할아버지가 발끈하며 소리쳤다.

"그래도 나라에서 한다고 하면 하겠지. 그걸 누가 말려?"

주변머리 할아버지가 자신 없는 목소리로 말했다.

"누구긴 누구야. 우리가 말려야지. 안 그래, 월산댁?"

빈 막걸리잔을 만지작거리며 딸기코 할아버지가 할머니에게 동의를 구했다. 영민은 얼른 딸기코 할아버지 잔에 공손히 막걸리를 따랐다.

"그쪽 일을 왜 나한테 물어? 난 깔때기를 뜬 지 오래야. 거기 방 한 칸도 없는데, 내가 무슨 상관이라고. 여기 보상 문제만 해도 신경 쓸 게 태산 같다고."

"깔때기가 우리 고향 같은 곳인데, 월산댁이 그렇게 말하면 진짜 섭섭하지. 미군한테 쫓겨나 소금 창고에서 거적때기 깔고 살던 우리를 받아준 곳이 깔때기잖아. 떠났다고 그렇게 말하는 게 아냐."

주변머리 할아버지가 상구 할머니를 힐난하는 투로 말하자, 나머지 두 할아버지도 고개를 끄덕였다.

"여기 보상만 해결되면 내가 깔때기 문제도 발 벗고 나서줄 테니까, 데모할 때 참석 좀 해. 막걸리 줄 때만 오지 말고."

"바쁘다, 바빠. 여기도 가서 데모해야 하고, 저기도 가서 데모해야 하고, 늘그막에 데모 복만 터지는구먼."

딸기코 할아버지가 손부채질을 하며 수선을 떨었다.

"깔때기가 재개발되면 거기에 아파트가 들어선다는 건감?"

"소문으로야 아파트며 빌딩이며 해수 공원도 들어선다고 하는데, 당최 거기다가 뭘 그리 많이 짓는다는 건지 모르겠어."

"솔직히 말해 거기가 개발이 안 돼서 그렇지, 언덕에서 바다를 바라보는 전망이야 어디에다 내놔도 손색이 없잖아. 재개발 이야기야, 진작부터 있었던 거고. 그러기에 미리미리 대책을 세웠어야지."

상구 할머니가 깔때기를 빠져나오지 못한 할아버지들을 타박하는 투로 말했다.

"그러니까, 그 좋은 전망에 아파트 지으려고 우리를 쫓아버린다이거구먼. 땅 주인이야 보상이라도 받겠지만 우리 같은 사람들은 어떻게 되는 거야? 아파트라도 한 채씩 주는 건감?"

"이 영감탱이가 돌았나, 누가 그 비싼 아파트를 공짜로 주겠어? 이주비나 주면 모를까."

"그게 말이 되냐고. 우리가 깔때기를 어떻게 일구었는데. 쓰레기와 잡풀만 무성했던 깔때기를 이만큼 만들어놓은 게 누구냐고? 그동안 나라가 보상을 해줘봤어, 신경을 써줘봤어. 거들떠보지도 않다가 이제 와서 아파트를 짓겠다고 우릴 내쫓아? 고향에서 쫓겨난 것도 억울한데, 이주비 몇 푼 받고 또 나가라고? 그걸 받아서 어디로 갈 건데. 살면 얼마나 살겠다고 또 떠돌아다녀. 난 죽어도 깔때기에서 안 나갈 거야."

딸기코 할아버지가 술에 취한 것 같았다. 제 손으로 따른 막걸리가 옆으로 새는 바람에 휴지로 막아주어야 했다.

"아, 그러니까, 황 선생님이 말씀하시잖아. 이주비가 아닌 생활 보상비를 받아야 된다고. 지금 이 철거가 우리네 생활 기반을 송두리째 뽑아버리는 게 아니냐 말이야. 그래가지고는 실질적인 보상이안 된다는 얘기지. 우리가 여기서 살던 만큼의 실질적인 생활이 가능한 보상을 받아야 한다는 말씀이지. 암, 옳은 말씀이고말고. 지금

준다는 이주비 갖고 이 근처에서 방 한 칸 제대로 얻을 수 있을 것
같아? 황 선생님 말대로 여기서 확실히 보상받지 못하면 우린 죽어
도 못 나가."

황 선생님이라면 조배의 형을 말하는 것 같았다. 영민은 조배에
게 그런 형이 있다는 사실이 믿기지 않았다. 피가 물보다 진할지 몰
라도 성품은 어쩌지 못하는 모양이다. 한 놈은 양아치인데, 한 분은
선생님이니 말이다.

"근데 재개발은 언제 한다는 거야? 금방이라도 철거를 시작한다
는 소문이 파다하던데. 재개발권도 이미 한영건설로 넘어갔다며?"

"시에서 하는 공사야 죄다 한영건설이 가져가니까 그런 소리가
나오는 거지. 시장은 아직 아무것도 정해진 게 없다고 하지 않았
어?"

인천에서 한영그룹의 힘은 막강했다. 영민이 다니고 있는 학교
재단도 한영그룹 소유였다. 인천시에서 발주하는 공사 대부분은 한
영건설이 도맡아 했다. 그 때문에 공무원과 유착 관계를 의심하는
기사가 심심치 않게 오르내리곤 했다. 깔때기 재개발 같은 큰 공사
를 한영건설이 놓칠 리 없었다.

"누가 하든 우리와 무슨 상관이야, 문제는 언제 시작하느냐지."

"소문이야 금방 할 것처럼 났지만 바로 들어가지는 못할 거야. 내
년 봄이나 돼야 본격적인 협상이 시작된다고 저번 면담에서 시장이
말했잖아."

"그럼, 적어도 이번 겨울은 깔때기에서 지낼 수 있겠네."

주변머리 할아버지 옆에서 말없이 듣고만 있던 할아버지가 안심

한 듯 고개를 끄덕였다. 할아버지의 말투는 어눌했다. 풍이라도 맞은 듯 얼굴 반쪽이 일그러져 있었다. 그는 일그러진 반쪽이 불편한 듯 간간이 안면 근육을 움직였다. 그럴 때마다 다른 쪽 얼굴에 굵은 주름이 잡혔다. 할아버지는 겨울을 깔때기에서 보낼 수 있다는 사실에 크게 안도하는 눈치였다.

깔때기는 지대가 높고, 바다에서 불어오는 바람 때문에 겨울이 빨리 왔다. 찬바람이 불면 골목 안은 김장 배추와 연탄을 싣고 오가는 리어카로 분주했다. 다른 동네에서는 찾아보기 힘든 연탄을 깔때기에서는 겨울철 난방 연료로 사용했다. 영민네 집도 슬레이트를 잇댄 창고 안에 연탄을 가득 들여놓았다. 어머니가 항상 일을 다녔기 때문에 연탄불은 영민이 책임졌다. 구멍을 정확히 맞춰놓으면 불이 활활 살아나 방이 따뜻했지만 그럴 수 없었다. 깔때기의 겨울은 아랫동네보다 길었다. 연탄이 늘 부족한 탓에 구멍을 반쯤 엇갈려놓아야 했다. 그것도 모자라 불구멍을 반쯤 막아놓아 아랫목만 온기가 돌았다. 부뚜막에는 커다란 양은솥이 올려져 있었다. 연탄불이 시원치 않은 탓에 물은 미지근했다. 세수야 해결할 수 있지만 목욕은 엄두도 내지 못했다. 겨울 동안 새까만 때가 겹겹이 쌓였다. 깔때기 아이들은 지저분할 수밖에 없었다.

본격적으로 추위가 시작되면 아이들은 방에 틀어박혀 나오지 않았다. 텅 빈 골목에는 바다에서 불어오는 매서운 바람만 오갔다. 겨울은 깔때기 사람들에게 거대한 폭력과 같았다. 겨울을 나면 1년을 다 산 거나 마찬가지라고 어른들은 말했다. 영민은 풍 맞은 할아버지의 고갯짓을 이해할 수 있었다. 무릎 위에 놓인 헬멧을 잡고 슬슬 자리에서 일어설 준비를 했다.

"여러분, 잠깐만 주목하세요. 이번에 '월미도사건 진상규명 및 피해자 보상에 관한 특별법안'을 발의한 의원님께서 법안과 관련하여 잠깐 할 이야기가 있다고 하십니다."

마이크 소리에 앞쪽을 보니, 녹색 조끼를 입은 여자가 금테 안경을 쓴 국회의원에게 마이크를 넘기고 있었다. 의원은 인사말을 짧게 마치고, 법안에 관한 이야기를 시작했다.

"연내에 특별법안을 처리하기 위해서는 몇 가지 넘어야 할 장애물이 있습니다. 그중 가장 큰 걸림돌이 되는 게 바로 보상 문제입니다. 정부에서는 의료지원금과 위령탑 건립까지는 동의하고 있지만 보상금을 지급하는 것은 다른 진상조사와의 형평성 문제를 내세워 곤란하다는 입장입니다. 2013년도에 제정된 '제주 4·3 사건 진상규명 및 희생자 명예회복에 관한 특별법'도 의료지원금과 위령사업만 했지 보상금을 따로 지급하지는 않았습니다. 이 문제만 양해해주신다면 우리 월미도 진상규명법도 제주 4·3 특별법 수준으로 수정하여 통과할 수 있을 것 같습니다."

날씨가 더운 탓인지 의원은 말하는 도중 수건으로 연신 이마에 맺힌 땀을 닦아냈다. 의원 말이 한마디 한마디 끝날 때마다 여기저기서 웅성거리는 소리가 들려왔다.

"저게 대체 무슨 말이냐?"

상구 할머니가 어두운 표정으로 영민에게 물었다. 다른 할아버지들의 시선도 그에게 모아졌다.

"제가 아까 말씀드렸잖아요, 보상은 힘들다고. 저 의원님 말은 의료

지원금하고 위령탑을 세우는 정도라면 가능하다는 이야기 같아요."

"그게 무슨 귀신 씨나락 까먹는 소리야. 보상이 힘들다니, 우리 땅, 우리 집이 거기 있었는데, 지들 맘대로 빼앗아 60년 넘게 쓰고는 보상이 힘들다고?"

상구 할머니가 큰 소리를 내자, 사람들이 우리 쪽으로 고개를 돌렸다.

"그럼, 지원금이라는 건 뭔데?"

"그건요, 의료지원금이라고 하는 걸 보니까, 몸이 아프신 분들한테 치료비를 지원해드린다는 말 같아요."

"그럼, 우리가 병원비 몇 푼 받으려고 여태까지 이 고생 했다는 거야?"

할머니가 분노한 듯 목소리를 떨기 시작했다.

"그러니까, 제가 보상받기 힘들다고 말씀드렸잖아요. 다른 법도 그렇게 했대요."

"다른 법이 무슨 상관이야. 우리 억울한 건 우리 법으로 풀어야지."

할머니의 목소리가 다시 커지자, 주위 사람들이 할머니를 쳐다봤다.

"그때 빨갱이 새끼들은 다 산에 있었어. 그럼, 산을 폭격했어야지, 왜 멀쩡한 사람이 살고 있는 마을에 불 폭탄을 떨어뜨리냐고. 우리 식구뿐 아니라 니네 식구도 죄다 폭탄에 맞아 죽었어. 그러고는 미군 놈들이 들어와 살아남은 사람들을 모조리 내쫓는 바람에 지금까지 거지처럼 떠돌며 살아왔어. 그래, 그때는 나라를 살리기 위해 인천상륙작전을 했다고 쳐. 그 때문에 나라가 살았으면 죽은 우리들은 나중에라도 구해줘야 할 거 아냐. 니 할아버지가 원목 더미에 깔려 죽고, 니 아버지가 병들어 죽고, 니들이 집 한 칸 없이 떠도는 게 누구 책임인데, 거기에 살고 있었다는 죄밖에 더 있어? 난 억울해서라도 보상을 받을 거야. 뭐, 위령탑? 그때 성황당만 무너졌으면 위령탑만 세워도 좋아. 사람이 새까맣게 타 죽었잖아. 또 살아남은 사람은 얼마나 고생했어. 명예회복은 무슨 얼어죽을 명예회복이야. 난 그딴 거 필요 없어. 우리 아버지 집하고 금쪽같은 우리 땅만 돌려주면 돼."

할머니가 자리를 박차고 밖으로 나갔다. 할머니 서슬에 의원이라는 양반이 아무 말 못 하고 땀만 닦았다. 영민은 헬멧을 들고 할머니를 찾아 밖으로 나갔다. 할머니는 등나무 아래에서 담배를 피우고 있었다. 사흘 뒤면 인천상륙작전 전승행사가 월미도에서 열린다. 할머니는 사람들과 함께 행사장 구석에서 피켓을 들고 시위를 할 것이고 전경에게 쫓겨날 것이다. 얼마가 되든 간에 빨리 보상받고 이 지긋지긋한 행사가 끝났으면 좋겠다.

영민은 할머니 옆에 슬그머니 앉았다. 할머니 눈가에 물기가 잔뜩 배어 있었다. 무슨 말이라도 해야 하는데, 위로할 수 있는 말이 생각나지 않았다. 우울한 기분으로 땅바닥만 내려다봤다. 상구 아버지는 트럭에 온갖 생필품을 싣고 전국을 누비며 팔러 다녔다. 그덕분에 상구네가 영민네보다 일찍 깔때기에서 벗어났다. 어머니가 없었던 상구는 할머니하고 살았다. 병든 아버지 때문에 갈 곳이 마땅치 않았던 영민은 정혜를 데리고 상구네 집에 자주 놀러 갔다. 둥근 알루미늄 밥상에 둘러앉아 할머니가 끓여준 라면을 먹을 때가 가장 행복했다. 상구는 할머니를 행복하게 모시겠다고 큰소리치고 다녔지만, 이제는 잘 찾아뵙지도 않는 모양이었다.

"할머니, 저 가볼게요. 엄마가 할머니 만나면 이거 꼭 드리랬어요."

영민은 왼손에 쥐고 있던 봉투를 할머니 치마폭에 던져놓고 자리를 빠져나왔다. 할머니가 부르는 소리가 들렸지만 손만 흔들어주고 피닉스를 세워놓은 곳까지 뛰어갔다. 시발놈, 깡패가 무슨 큰 벼슬이라고 혼자 사는 할머니한테 연락도 않고. 하긴 나도 엄마를 보러 음성에 내려간 게 언제인지 모르겠다. 하나밖에 없는 동생이 장사를 시작했다는데 들여다보지도 않고, 상구나 나나 왜 이러고 사는지 모르겠다. 하늘에서 돈이나 팍팍 떨어졌으면 좋겠다. 영민은 잠시 멈춰 서서 하늘을 쳐다보았다. 구름 한 점 없는 하늘에는 태양만 눈부시게 빛나고 있었다.

피닉스를 몰고 '월미도 미군 폭격 민간인 희생자 위령제'라고 쓴 현수막 밑을 통과해 공원 입구를 향해 달렸다. 할머니의 눈물을 봐서인지 기분이 좋지 않았다. 그래도 어머니의 부탁을 완수했다는 생각에 속은 후련했다. 이것으로 올해 연례행사도 무사히 마쳤다. 인생이 무상하다고 느끼는 건 내가 조로한 탓일까? 영민은 담쟁이 넝쿨로 뒤덮인 아치형 철제 간판 밑을 통과해 빠른 속도로 월미공원을 빠져나왔다.

12

"오늘은 포장 좀 해야겠어요. 비알이 이삼 일이면 떨어지겠는데
요."

조배가 열 시가 넘어서야 사무실에 나타났다. 사우나에 있다 왔
는지 얼굴이 번들번들했다. 조배를 쳐다보는 사장의 얼굴이 굳어졌
다. 영민은 소파에 앉아 잡지를 뒤적이는 척했다.

"너 어제 여기서 안 잤지? 내가 물건 있을 때는 사무실 비우지 말
라고 몇 번이나 말했어?"

금고 안에는 중국에서 들여온 비아그라와 시알리스가 잔뜩 쌓여
있었다. 며칠 전 사장이 에쿠스에 약을 가득 싣고 왔다. 트렁크에서
옮긴 것만 해도 열 자루가 넘었다. 사장이 사무실을 비우지 말라고
신신당부했지만 조배는 건성으로 들었는지 외박을 했다.

"알았어요. 알았으니까, 열쇠나 줘요. 한 자루만 포장해 올게요."

조배가 사장의 말을 뭉개며 턱으로 금고를 가리켰다. 사장이 의자에서 일어섰다.

"이 새끼가, 어디서 건방지게."

사장이 나지막이 으르렁댔다. 어쩐 일인지 조배가 피하지 않고 사장과 마주 섰다. 갑자기 사무실 분위기가 무거워졌다. 어째 한동안 조용하다 싶더니……. 영민은 잡지를 덮고 두 사람을 지켜봤다. 둘은 마주 서서 서로를 노려보고 있었다. 제대로 한판 붙는가 싶었는데, 조배가 슬그머니 고개를 숙이고 소파에 앉았다. 사장이 아무 말 하지 않고 돌아서서 금고 문을 열었다. 비알 한 자루를 꺼내 탁자 위에 던졌다. 조배가 자루를 들고 일어섰다.

"거기 놔. 영민아, 나랑 포장하러 가자. 조배, 넌 여기서 전화나 받고 있어."

영민은 조배의 얼굴을 쳐다봤다. 얼굴이 시뻘겋게 변한 게 완전 똥 씹은 표정이었다.

"뭘 봐 씹새야. 빨리 가봐. 사장님 기다리시잖아."

조배가 비알 자루를 영민에게 던지며 말했다. 자루는 묵직했다. 영민은 갈색 자루를 들고 사장 뒤를 따라 나갔다. 포장은 주로 조배가 하러 다녔다. 독립하고 싶어 하는 조배는 배달보다 포장이나 구입 루트에 더 관심이 많았다. 사장이 그걸 모를 리 없을 텐데, 영민에게 포장하러 가자고 했다. 고맙게도 조배에게 욕먹을 이유를 또 하나 만들어주었다. 영민은 두 사람의 기 싸움에 말려들고 싶은 마음은 눈곱만치도 없었다. 자신은 그저 배달이나 했으면 했다.

"깔때기로 가자."

사장이 차 키를 넘기고 조수석에 올랐다. 영민은 운전석에 앉아 시동을 걸었다. 구형 에쿠스는 엔진이 무거웠다. 묵직한 게 크루즈 급이었다. 모는 재미가 오토바이와는 또 달랐다. 사장이 안전벨트를 매고는 고개를 끄덕이며 졸기 시작했다. 도로변에 태극기와 유엔기가 나부꼈다. 인중로에 들어서자 지시봉을 든 경찰관이 보였다. 아차, 하는 생각이 들었다. 아니나 다를까, 사거리 근처에 이르자 차가 꼼짝하지 않았다. 이쪽으로 오는 게 아니었다. 조금 돌더라도 동인천역으로 가는 게 맞았다. 영민은 사장을 쳐다봤다. 사장은 가볍게 코까지 골며 자고 있었다. 차를 돌리고 싶어도 앞뒤가 꽉 막혀 있었다. 경찰이 신호를 풀어줄 때까지 기다리는 수밖에 없었다. 운전대를 손가락으로 두들기며 신호가 풀리기만 기다렸다. 멀리서 사이렌 소리가 울렸다. 영민은 창문 밖으로 고개를 내밀었다. 사이드카가 불빛을 번쩍이며 지나갔다. 그 뒤를 검은색 세단이 줄지어 따라갔다. 월미도 앞바다에서 실시하는 인천상륙작전 전승행사를 보러 서울에서 내려오는 놈들이었다. 차량 행렬이 지나가자 신호가 풀렸다. 하지만 도로가 정리되기까지 좀 더 기다려야 했다. 깔때기 시장에 도착했을 때는 출발한 지 한 시간이 넘은 뒤였다.

"시팔, 21세기에 후진국처럼 길이나 막고, 나라 꼴 잘 돌아간다."

자는 줄만 알았던 사장이 고개를 좌우로 돌리며 의자에서 몸을 일으켰다.

"시장 안으로 들어갈까요?"

영민은 좁고 복잡한 시장 골목을 보며 물었다. 길가에 좌판이 늘어서 있어 통과하기가 쉽지 않아 보였다.

"교대할까?"

그의 불안을 눈치챘는지 사장이 차에서 내렸다. 영민은 비아그라 자루를 끌어안고 조수석에 앉았다.

"그게 5천 개야. 포장해서 제대로 팔면 3천은 나와. 금덩어리만큼 비싸지."

사장이 영민의 무릎에 놓인 자루를 보며 말했다. 영민은 마닐라 삼줄로 엮은 갈색 자루를 쓰다듬었다. 겉으로 봐서는 원두 알갱이가 든 커피 자루처럼 보였다. 크기도 딱 그만했다. 그런데 3천이라니, 그렇다면 금고 안에 있는 약은 얼마나 될까?

"족히 수억은 될 거야."

사장이 영민의 생각을 읽기라도 한 듯 말했다.

"그래서 말인데, 오늘부터는 니가 사무실에서 자도록 해라. 중국에서 물건 들어온 거 알지. 금고에 물건이 꽉 차 있어. 서울에서 가져가기로 했으니까 곧 빠질 거야. 그때까지만 사무실에서 자도록 해. 조배 새끼는 걸핏하면 외박이라 믿을 수가 있어야지."

사장이 지나가는 말처럼 했지만 쉬운 일이 아니었다. 잠이야 침대가 있으니 문제없었다. 조배가 문제였다. 요즘 조배는 사장과 거의 동급으로 놀았다. 영민이 처음 왔을 때만 해도 사장의 눈치를 봤는데, 언제부턴가 고개가 뻣뻣해졌다. 오늘처럼 꼬리를 내리는 경우는 드물었다. 대개 건성으로 듣고 흘려버렸다. 조배가 갑자기 건방지게 구는 이유가 뭘까? 얼마 전 조배는 자신에게 줄을 서라고 했지만 그럴 만한 이유를 말하지 않았다. 상구 말대로 간이 배 밖으로 나온 걸까? 아니면 사장이 만만하게 보이는 걸까? 영민은 사람 좋은 미소를 짓고 운전하는 사장을 쳐다보며 그럴 수도 있겠다는 생각을 했다.

사장의 지시로 오늘부터 사무실에서 잔다고 하면 조배가 어떤 반응을 보일지 뻔했다. 욕설의 레벨이 한참 상승할 것이다. 사장도 조배가 영민을 갈구고 있다는 걸 잘 알 텐데, 조배 아가리로 그를 떠밀었다. 영민은 사장의 술수에 말려들고 있다는 느낌을 지울 수 없었다.

"조배 형님이 외박하는 날만 잘게요."

무조건 승낙하기보다는 옵션을 둬야 한다는 생각에 영민은 나름 머리를 굴려 대답했다. 사장이 기분 나빠하지 않을까 슬쩍 쳐다보았다. 다행히 사장은 고개를 끄덕였다.

사장이 솜씨 좋게 좌판 사이를 빠져나갔다. 주름이 가득한 할머니들이 좌판을 끌어안고 차를 노려봤다. 요즘은 재래시장도 깔끔하게 정비된 곳이 많았지만 깔때기 시장은 옛 모습 그대로 지저분하고 옹색했다. 시장을 빠져나오자 낡은 이차선 도로가 나왔다. 도로 오른편에 군용 천막을 여기저기 덧씌운 슬레이트 지붕이 보였다. 해가 들지 않는 골목에서 아이들이 공을 차며 뛰놀고 있었다.

"쓰레기 같은 새끼들."

사장이 중얼거리는 말을 듣고 영민은 고개를 들었다. 허름한 3층 건물 정면에 붉은 글씨로 실사출력 된 현수막이 걸려 있었다. '대책 없는 철거 즉시 철회하라', '생존권 말살하는 개발, 누구를 위한 개발이냐'. 현수막 옆에는 도시빈민연합회 인천지부라고 적힌 나무 명패가 붙어 있었다.

"저 새끼들이 왜 쓰레기인지 알아?"

사장이 영민에게 물었다.

"그건, 저 새끼들은 아무 대책 없이 자기 주장만 앵무새처럼 떠들다가 죽도 밥도 안 되게 만들어놓고는 무책임하게 사라지기 때문이야."

영민이 대답하기 전에 사장의 입에서 답이 나왔다.

"이젠 다 끝난 일이야. 돈이면 염라대왕 수염도 뽑아올 수 있다니까. 하하하."

사장이 호쾌하게 웃었다. 자기야말로 앵무새처럼 혼자 잘도 떠들어댔다. 영민은 사이드 미러를 통해 멀어져가는 판자촌을 들여다봤다. 초등학교 때까지 그는 그곳에서 살았다. 상구네와는 골목길을 마주 보며 살았다. 대문이 따로 없어 부엌문만 열면 바로 상구네 집이 보였다. 볕이 들지 않는 골목에서 아이들은 어둠이 내려앉을 때까지 뛰어놀았다. 골목 안은 고아원 마당처럼 북적거렸다. 깔때기 부모들은 모두 일하러 다녔지만 영민네 집은 예외였다. 골목 초입에 장마에 무너지지 않도록 돌덩이를 쌓고 시멘트로 고정시켜놓은 축대가 있었다. 그곳만 유난히 햇볕이 잘 들었다. 학교에서 돌아와 골목에 들어서면 아버지가 축대에 기대어 볕을 쬐고 있었다. 하얗고 바싹 마른 아버지는 정혜와 영민을 보면 희미하게 미소를 지으며 손을 흔들었다. 정혜는 '아빠' 하며 달려갔지만 영민은 외면하고 집으로 뛰어갔다. 조금 큰 다음에는 아버지와 말도 하지 않았다. 그런데 웃긴 게, 가끔 아버지를 떠올리면 자신이 아버지와 무척 친했다는 생각이 드는 것이다. 기억은 시간이 지남에 따라 사실을 왜 곡시키는 재주가 있었다. 어쩌면 말을 나누지 않았을 뿐 영민은 아버지와 진짜 친했는지도 모른다. 병원에서 퇴원한 아버지와 집으로 오던 날 그런 생각을 한 적이 있었다. 택시가 못 들어간다고 해서 골목 입구에서 아버지를 들쳐 업었다. 뼈만 남은 아버지는 무게가 안 나가 업고 걷는 데 불편함이 없었다. 골목 중간쯤 올라왔을 때 문제가 생겼다. 수도관이 터졌는지 길이 진흙탕으로 변해 있었다. 물에 젖은 운동화가 진흙을 빨아들였다. 차가운 진흙물이 양말을 검게 물들였다. 영민은 천천히 한 발짝씩 걸음을 옮기며 묵묵히 땅만 보고 걸어갔다. 집은 좀처럼 가까워지지 않았다. 깔때기에서 벗어나 평지에서 시작했지만 아버지 병원비를 갚을 때마다 점점 언덕으로 올라갔다. 돈으로 계산하면 정확한 동네에서 살았다. 하늘과 가까울수록 쌌고 평지와 가까울수록 비쌌다. 아버지는 잠들었는지 가볍게 코까지 골았다. 진흙길을 벗어났을 때 영민은 기진맥진했다. 할아버지를 닮아 덩치는 컸지만 아직 여물지 않은 중학생이었다. 운동기구가 몇 가지 놓인 언덕에서 잠시 휴식을 취했다. 잠든 아버지를 내려놓을 수 없어 벤치에 엉덩이만 기댔다. 발아래로 인천 시내의 야경이 펼쳐져 있었다. 세상은 두 사람만 존재하는 것처럼 조용했다. 아버지의 숨소리와 등에서 전해오는 따뜻한 온기만이 지친 영민을 위로해주었다. 잠깐이지만 행복하다는 느낌이 들었다. 길었던 원망의 시간보다 짧았던 그 순간의 행복이 영민의 기억을 지배했다. 그 짧은 기억이 무슨 재주를 부렸는지 어색하고 불편했던 아버지와의 관계를 따뜻하고 애틋하게 변화시켜놓았다.

덜컹, 에쿠스가 브레이크를 밟는 바람에 영민은 상념에서 깨어났다.

"시팔, 곧 재개발 들어갈 텐데 공사는 무슨 공사야. 하여튼 공무원 새끼들은 콩고물 얻어먹으려고 별짓을 다해."

주황색 작업복을 입은 사람이 길을 막고 차량을 통제하고 있었다. 뒤로 포클레인 끝에 매달린 착암기가 아스팔트 바닥을 뚫고 있었다. 사장은 공구상가 앞에 차를 세웠다. 차에서 내리자 코끝에 기름 냄새가 눅진하게 달라붙었다. 상가 안에는 '구리스'를 듬뿍 칠한 공구가 대롱대롱 매달려 있었다. 요란한 착암기 소리 때문에 귀가 먹먹할 지경이었다. 사장이 앞장서서 올라갔다. 그 뒤를 영민이 비알 자루를 들고 따라 올라갔다. 공구상가를 몇 개 지나자, 포장 가게가 늘어선 골목이 나왔다. 골목이 좁은 데다 물건까지 밖에 나와 있어 걷기가 쉽지 않았다. 골목 안에는 기름 냄새와 바다에서 올라온 비린내가 뒤섞여 떠다녔다. 길이 점점 가팔라졌다. 사장은 산책을 하듯 뒷짐을 지고 천천히 언덕을 올라갔다. 언덕 꼭대기에 하얀 성당이 자리 잡고 있었다. 부활절이면 달걀을 얻으러 성당에 가곤 했다. 영민도 어린 정혜의 손을 꼭 잡고 당시에는 꽤 멀게 느껴졌던 이 언덕길을 올라갔다. 성당 입구에서 검은 옷을 입은 수녀님이 아이들을 기다리고 있었다. 수녀님은 아이들을 성당 안으로 데려갔다. 높은 천장과 십자가에 매달린 예수의 고통스러운 얼굴, 그리고 스테인드글라스를 통해 들어온 색색의 빛이 아이들을 경건하게 만들었다. 뜻 모를 의식이 진행되는 동안 아이들은 불안한 눈빛을 교환하며 어서 그 의식이 끝나길 기도했다. 천장에서 울리는 신부님의 목소리에 아이들은 머리가 아득해졌다. 색칠한 달걀을 손에 쥘 때까지 아이들은 고분고분 수녀님을 따라다녔다. 달걀 하나를 주머니에 넣고 성당 문을 나설 때면 세상을 다 얻은 듯 뿌듯했다. 영민은 상구와 쇠붙이라도 주울까 해서 공구상가 쓰레기통을 뒤적이며 내려갔지만 정혜는 달걀 두 개를 손에 꼭 쥔 채 아버지가 기다리는 석벽을 향하여 바람개비처럼 달려갔다.

사장이 성당 옆에 있는 3층 목조건물 안으로 들어갔다. 중국풍으로 드리워진 구슬 주렴을 들치자 각종 포장 박스, 용지, 밴딩 끈이 가득한 내부가 보였다.

"어서 오세요."

상구가 사장을 보고 고개를 숙여 깍듯이 인사했다.

"그래, 잘 있었냐? 회장님은 안에 계셔?"

"네, 3층 사무실에 계십니다."

상구가 사장 몰래 영민을 향해 손가락을 세우며 장난을 쳤다.

"이건 제가 알아서 할 테니까, 올라가보세요."

상구가 비알 자루를 빼앗으며 주먹으로 영민의 명치를 가격했다.

"다른 약하고 섞이지 않게 해라. 우리 건 싸구려가 아냐. 신용 때문에라도 절대 다른 약이 들어가게 해서는 안 돼. 포장 마칠 때까지 영민이 네가 옆에 꼭 붙어 있어라."

영민이 다시 비알 자루를 빼앗는 걸 보고 사장이 빙그레 미소를 지으며 나무계단을 올라갔다.

"짝퉁이 다 똑같지, 좋으면 얼마나 좋을라고. 작업장으로 내려가자."

상구가 툴툴거리며 가게 안쪽으로 들어갔다. 영민은 비알 자루를 들고 상구 뒤를 따랐다. 상구는 가게 안쪽 쪽문을 열고 지하로 뻗은 계단을 내려갔다. 영민은 조심스럽게 상구 뒤를 따라 내려갔다. 계단을 끝까지 내려간 상구가 두꺼운 나무문을 열자 안에서 요란한 기계 소음이 들려왔다. 지하 작업장은 영민이 생각했던 것보다 넓었다. 눈앞에서 블리스터 접착기 두 대가 쉴 새 없이 은박포장을 찍어내고 있었다. 상구가 작업대에서 박스를 포장하고 있는 사내에게 다가갔다.

"배 사장님은 회장님 만나러 올라가셨고요. 얘는 제 친군데, 연안 부두에서 배달하고 있어요. 인사해라, 여기 공장장님이셔."

영민은 사내에게 고개를 숙였다. 장갑을 끼고 작업 중이던 사내는 고개를 끄덕이는 걸로 인사를 갈음했다.

"여기서 기다리면 바로 작업해주실 거야. 난 가게 지켜야 해서 올라가 있을게."

상구가 작업대 밑에서 접의자를 꺼내 그의 앞에 놔주고는 계단을 올라갔다. 영민은 접의자를 바싹 끌어당겨 앉았다. 철제 앵글 선반이 벽면을 빈틈없이 채웠다. 선반 위에 포장 박스가 가득 쌓여 있었다. 비알이나 시알 외에도 눈에 익은 포장 박스가 많이 보였다. 깔때기 포장 골목에는 '짝퉁'을 정품으로 둔갑시키는 작업장이 여러 곳 있었다. 상구는 장바우 작업장이 가장 크다고 했다. 블리스터 접착기에 아주머니 두 명이 붙어 있었다. 알약이 들어 있는 은박포장이 블리스터 본체를 지나면서 열에 의해 압착됐다. 아주머니들은 번갈아가며 밀봉된 은박포장을 걷어냈다. 그 옆에서 포장을 마친 약을 공인인증스티커가 붙은 작은 상자 안에 넣는 작업이 이루어졌다.

마지막으로 그 상자를 라면상자만 한 박스에 차곡차곡 담았다.

아주머니들은 '생활의 달인'에 나올 정도의 빠른 손놀림으로 포장 작업을 하고 있었다. 바삐 돌아가는 모습을 멍하니 보고 있는데, 공장장이라는 사내가 영민을 향해 소리쳤다. 기계 소음 때문에 무슨 소리인지 알아들을 수 없었다. 영민이 잘 안 들린다고 손을 흔들자, 사내가 비알 자루를 툭툭 쳤다. 작업에 들어간다는 소리였다. 영민은 사내 곁으로 다가갔다. 사내가 둥근 양철통에 비알을 쏟은 다음 블리스터 사각 케이스에 한 줌씩 집어넣었다. 약이 포장되는 과정을 신기하게 보고 있는데, 누가 어깨를 툭툭 쳤다. 돌아보니 상구였다. 상구가 나가자며 손짓을 했다. 영민은 비알과 상구를 번갈아 쳐다봤다.

"다 끝나려면 한 시간은 걸려. 나가서 담배나 한 대 피우고 오자."

상구가 그의 귀에 대고 소리쳤다. 영민은 사내를 쳐다보았다. 사내는 묵묵히 일에 열중하고 있었다. 약이 바꿔치기 당할 염려는 없어 보였다. 상구 말대로 짝퉁이 큰 차이가 날 것 같지도 않았다. 영민은 감시를 포기하고 상구를 따라 밖으로 나갔다.

"진짜 시끄럽다. 전쟁터가 따로 없네."

두꺼운 나무문이 닫히자 기계 소음이 거짓말처럼 사라졌다.

"처음이라 그래. 난 이제 익숙해서 괜찮아."

"좋겠다, 시발놈아."

영민은 상구의 엉덩이를 두들기며 계단을 올라갔다.

"위령제 갔다가 할머니 만났는데 니 소식 물으시더라. 집에는 안 가보냐?"

가게 밖에서 상구가 건네준 담배에 불을 붙이며 말을 꺼냈다. 상구는 아무 말 없이 연기만 내뿜었다.

"영민아, 너 그거 알아? 이제 곧 한판 붙을 거야. 황철배, 그 새끼가 날아갔거든."

상구가 엉뚱한 대답을 했다.

"뭔 얘기야, 말을 하려면 좀 알아듣게 해라. 황철배가 누구야? 조배 형이라는 사람?"

"그래, 조배 큰형 말이야. 그 새끼가 어제 구속됐거든. 이제 피라미만 남았어. 지금 회장님이 사람 모으고 있어. 삽차로 제대로 한 번만 몰아치면 끝날 거야."

"그 사람이 왜 구속됐는데?"

"넌 새끼야, 대학생이라는 놈이 신문도 안 보냐. 황철배, 그 새끼가 뇌물 받아 처먹다가 그대로 걸렸거든. 어제 『인천시민일보』에 대문짝만 하게 나왔는데, 못 봤어?"

상구가 한심하다는 듯 영민을 쳐다봤다. 영민은 금시초문이었다.

"근데, 어딜 친다는 거야?"

"어딘 어디야, 새끼야. 똥치 골목이지."

상구가 진짜 몰라서 묻는 거냐는 표정으로 답했다. 그제야 영민은 깔때기 골목이 생각났다. 아이들이 뛰놀던 골목을 사람들은 똥치 골목이라고 불렀다. 골목 끝에 화장실 네 개가 나란히 서 있었다. 열 가구가 마주 보고 살았으니 스무 가구가 화장실 네 개를 공동으로 사용했다. 아침이면 항상 서너 명이 화장실 앞에 줄 서 있었다. 어린아이들은 참지 못하고 신문지를 깔고 용변을 보곤 했다. 으슥

한 밤에는 화장실까지 가기 무서운 아이들이 담벼락에 똥을 한 무더기씩 싸놓곤 했다. 인분 냄새가 골목 안을 떠나지 않았다. 깔때기 골목은 어디든지 사정이 마찬가지였다. 똥치 골목 아이들, 학교에서 깔때기에 사는 아이들을 부르는 별칭이었다. 똥치 골목 아이들은 거칠어질 수밖에 없었다.

"상가하고 시장 쪽은 가게 주인과 합의가 끝났는데, 문제는 똥치 골목 새끼들이야. 그동안 공짜로 살아놓고, 이제 와서 죽어도 못 나간다고 버틴다니까? 완전 도둑놈 새끼들이야. 이번 기회에 싹 밀어버려야 해."

"야 이 새끼야. 거기는 니 고향 같은 곳인데, 밀어버린다고?"

"고향은 개뿔, 거기서 나온 지가 언젠데. 그리고 시팔, 그 똥 냄새 나는 곳이 왜 내 고향이냐? 너는 거기가 고향이라서 뼈라도 묻을 생각이냐?"

상구가 어이없다는 듯 영민을 쳐다봤다. 깔때기가 고향은 아니지만 어린 시절을 생각하면 깔때기 골목밖에 떠오르지 않았다. 여름에는 벌거벗은 아이들이 소나기를 맞으며 진흙탕에서 뒹굴었고, 겨울이면 연탄재가 하얗게 깔린 골목에서 곱은 손을 불어가며 공을 쫓아다녔다. 매서운 추위가 찾아오면 아이들은 방에 틀어박혔고, 텅 빈 골목 안은 찬바람만 오갔다. 겨울이 지나고 봄이 오면 골목은 다시 아이들 소리로 떠들썩했다. 반복되는 일상처럼 깔때기 골목 풍경도 변함이 없었다.

가게 안에서 전화벨이 울렸다. 상구가 부리나케 가게 안으로 들어갔다. 영민은 가게 건너편 시멘트 턱에 걸터앉아 아래를 내려다보았다. 바다 위에 자그마한 섬들이 다채롭게 펼쳐져 있었다. 정오의 햇살을 맞은 바닷물이 눈부시게 반짝였다. 해풍이 언덕을 거슬러 올라와 시원하게 얼굴을 때려주었다. 상구 할머니 말대로 전망하나는 끝내주었다. 아파트가 들어서든 빌딩이 들어서든 최고의 입지인 것만은 분명했다. 한영건설이 욕심을 내는 것도 무리가 아니었다. 좌측을 뒤덮은 판자촌이 눈엣가시일 수밖에 없었다. 깔때기가 어떤 과정을 거쳐 형성됐는지는 관심 밖이었다. 그들이 원하는 건 오로지 거대한 마천루뿐이었다. 재개발반대위원회 위원장 황천배가 날아갔다고 했다. 뇌물 수수라, 전혀 예상치 못한 일이었다. 하긴 이 세상에 돈 싫어하는 놈은 없었다. 사장의 말처럼 돈이라면 염라대왕의 수염도 뽑아올 수 있는 세상이 된 지 오래였다.

통화가 끝났는지 상구가 캔커피를 가지고 나왔다. 상구가 건네준 커피를 한 모금 마셨다. 깔때기에서 보낸 지난날이 떠올라서인지 영민은 심란해졌다. 상구네와 두 달 차이로 깔때기에서 빠져나왔다. 상구네는 상구 아버지가 억척같이 돈을 모은 덕분이고, 영민네는 원목 회사에서 나온 할아버지 보상금 덕분이었다. 깔때기의 열악한 환경이 아버지의 병을 악화시킨다고 생각한 어머니는 돈이 나오자마자 이사했다. 중학생 때부터 더 이상 똥치 골목의 아이가 아니었다. 그때는 쳐다보기도 싫었지만 지금 돌아보면 애틋함도 있었다.

"영민아, 너 생각나니?"

"뭐가?"

"고등학교 때 축항로에서 날밤 까며 오토바이 탈 때 말이야."

"그럼, 생각나지. 그때가 우리 전성기였잖아."

"다른 애들은 다 돌아가도 우리 둘은 끝까지 남아서 밤새도록 소주 깠잖아."

그때는 둘이 술을 자주 마셨다. 현실은 힘들었고, 미래는 어둡기만 했다. 죽음도 두렵지 않았다. 오히려 사는 게 지긋지긋했다. 술과 친구만이 유일한 탈출구였다.

"그때 엄청 취해서 니가 그랬거든, 죽어도 깔때기로는 안 돌아가겠다고. 정혜를 그 더러운 똥구덩이 속으로 안 데려간다고. 니가 새끼야, 펑펑 울면서 그랬어."

"그랬나?"

"시팔, 대학생이라는 놈이 머리가 그렇게 나빠서야, 술 취하면 매번 그랬거든."

별로 담아두고 싶지 않은 기억을 상구는 잘도 기억하고 있었다. 영민은 흉하게 얽은 상구의 팔목을 쳐다보았다. 축항로에서 술을 마시다 가슴이 터질 것 같다며 담뱃불로 지진 자국이었다. 상처에 소주를 부어주기 위해 상구의 팔뚝을 억지로 잡아당길 때마다 살이 타는 냄새를 맡았다. 그 당시 무엇을 했든 간에 그때는 그에 걸맞은 이유가 있었으리라.

"영민아!"

갑자기 상구가 심각한 목소리로 영민을 불렀다.

"너, 여기로 올라와라."

"뭐?"

"약 배달 때려치우고, 나랑 회장님 밑에서 일하자고."

"나 보고 깡패 되라고?"

"시팔, 삐딱하게만 듣지 말고, 내 말 잘 들어봐. 지금 우리 회장님
이 업종 전환을 하려고 해. 약이나 팔고 포장이나 해주고, 그런 야바
위꾼 같은 일로 언제 돈을 벌겠어. 송도, 청라, 이런 데가 개발되는
걸 보고 회장님이 느낀 바가 있는 거지. 여기는 우리 나와바리야. 회
장님이 가지고 있는 땅도 엄청나다고. 시장 쪽은 상업지구로 변경
된대. 그럼 거기에 다운타운 먹자골목 같은 유흥가가 들어설 거야.
완전히 황금 어장이 되는 거지. 우린 빌딩도 세우고 진정한 조폭으
로 거듭나는 거야. 일본 야쿠자 같은 조직이 될 수 있다고. 너도 학
교 때려치우고 본격적으로 여기서 나랑 같이 일하자. 이번 기회에
아주 새 출발 하자고. 약 배달같이 시시껄렁한 일은 중석이한테 넘
기고."

홍분한 상구가 그의 어깨를 흔들며 열변을 토했다. 영민은 상구
의 손을 잡아 제자리로 돌려놓았다.

"시발놈, 대학 나와서 뭐 하려고? 공무원, 회사원, 다단계 판매원?
꿈, 참 소박하다, 소박해."

상구가 이 사이로 침을 갈겼다. 그래, 내 꿈은 소박하다. 대학 졸
업하고 제대로 된 직장 잡고, 대문 달린 집에서 엄마랑 정혜랑 소
박하게 사는 거. 그게 내 꿈이다. 영민은 상구에게 이렇게 말하려다
그만두었다. 이 자식한테는 지금 어떤 말을 해도 시시하게 들릴 것
이다.

"할머니한테나 가봐라. 니 걱정 많이 하셔."

영민은 계단에서 일어섰다. 지금쯤이면 포장이 끝났을 것이다.

"가면 뭘 해. 아직도 빨갱이들처럼 데모나 하고 다닐 텐데. 돈 몇

푼 받으려고 언제까지 그 짓을 할 거야. 기다려봐라, 좀 있으면 이 엉아가 벤츠 타고 모시러 갈 테니. 영민아, 내 말 다시 한 번 잘 생각해봐. 진짜 좋은 기회야."

상구가 팔로 그의 어깨를 감싸며 끈질기게 치근댔다. 영민도 상구의 허리를 감싸 안고 가게 안으로 들어갔다.

13

"3층 사무실에 밥 시켜놨으니까, 올라가서 먹고 와라."

영민이 포장을 마친 비알 박스를 확인하고 있는데, 사장이 내려왔다.

"괜찮습니다."

배는 고팠지만 장바우 사무실에 혼자 가서 밥을 먹고 싶지는 않았다.

"괜찮기는 뭐가 괜찮아, 한 시가 넘었는데. 빨리 먹고 와. 너무 돌려 열 받은 거 아냐?"

영민이 대꾸할 틈도 주지 않고 사장은 멈춰선 블리스터를 살피고 있는 사내에게 다가갔다. 할 수 없이 나무계단을 통해 3층으로 올라갔다. 사무실 문을 가볍게 두드렸지만 아무 기척이 없었다. 문을 살짝 열자, 틈 사이로 야구 중계 중인 아나운서 목소리가 새어나왔다.

안으로 고개를 디밀자, 허름한 사무실 풍경이 눈에 들어왔다. 낡은 가죽 소파와 칠이 벗겨진 나무 탁자, 그리고 편수책상 두 개가 보였다. 신문지로 덮은 멜라민 그릇이 나무 탁자 위에 놓여 있었다. 책상 뒤에는 팔뚝에 닻을 새긴 사내가 의자를 뒤로 젖히고 팔베개를 한 채 야구 중계를 보고 있었다.

"저……."

영민은 무슨 말을 해야 할지 몰라 잠시 머뭇거렸다.

"거기 밥 먹으면 될 거야."

사내가 텔레비전에서 눈을 떼지 않고 말했다. 사내가 야구 중계에 빠져 있다는 사실에 마음이 놓였다. 자신에게 관심을 보이며 이것저것 물어보면 피곤할 수 있었다. 대학생이라고 하면 분명 전공부터 물어볼 것이다. '비즈니스 마케팅이요.' 이런 대답을 하는 자신의 모습을 상상하자 머리가 지끈거렸다. 영민은 살그머니 소파로 가서 스포츠신문을 걷어냈다. 자장을 얹은 볶음밥이 나왔다. 면이 아닌 것에 감사했다. 영민은 소파에 앉아 랩을 벗기며 장바우라고 생각되는 사내를 곁눈으로 훔쳐봤다. 사내는 야구 중계를 보는 데 정신이 팔려 있었다. 저 사내가 소문으로만 듣던 장바우라는 사실이 믿기지 않았다. 보통 사람과 다를 게 없어 보였다. 긴장을 풀고, 기름덩이가 된 밥을 비비며 핸드폰으로 기사를 검색했다. 상구 말로는 『인천시민일보』에 황철배가 구속된 기사가 나왔다고 했다.

인천중부경찰서 수사1과 지능범죄팀은 북성동 재개발 지구에서 철거 반대 시위를 주동하던 황철배 도시빈민연합회 인천지부장의 차를 압

수수색하여 뇌물로 보이는 현금 1억 원을 찾아냈다고 발표했다. 경찰 발표에 따르면 돈은 트렁크 보조타이어 공간에서 발견됐는데, 발견 당시 선물용 상자에 5만 원권 지폐가 가지런히 담겨 있었다고 한다. 경찰은 황씨를 구속하고 돈의 출처를 밝히는 데 수사력을 집중하고 있다. 황씨는 항만노조 간부 출신으로 그동안 인천에서 이루어지고 있는 크고 작은 재개발 사업에 뛰어들어 철거 반대운동을 이끌어왔다. 경찰은 황씨가 앞에서는 철거민을 선동하여 재개발을 반대하고, 뒤로는 건설업체로부터 돈을 받는 수법으로 그동안 수억 원의 뇌물을 받았다는 첩보를 입수하고 오래전부터 황씨를 내사하고 있었던 것으로 알려졌다. 황 지부장은 뇌물 수수에 대해 전면 부인하고 있지만 경찰은 증거가 확실한 만큼 보강수사를 마치는 대로 검찰에 넘길 예정이라고 밝혔다. 경찰은 깔때기 이외에 다른 재개발 지역에서도 뇌물이 오갔을 정황이 큰 것으로 보고 여죄를 밝히기 위해 관계자들을 소환하는 등 추가수사에 속도를 내고 있다. 인천광역시는 송도지구의 글로벌 국제단지, 청라지구의 친환경 주거단지에 이어 북성지구를 복합 상업단지로 조성하여 송도, 북성, 청라를 잇는 인천해양벨트를 완성시키겠다는 야심 찬 목표를 가지고 북성지구 재개발을 추진 중에 있었다. 이번 황철배 지부장의 구속으로 그동안 지지부진하던 북성동 재개발 사업이 탄력을 받을 것으로 보인다.

영민은 기사 앞부분으로 스크롤했다. 분명 선물용 상자라고 적혀 있었다. 얼마 전 사무실 앞에서 조배와 마주쳤을 때 그의 손에 선물 상자가 들려 있었다. 어디 가냐고 묻자, 비즈니스 하러 간다며 에쿠스 트렁크에 선물 상자를 싣던 기억도 났다. 그날은 다해와 월미도에 갔던 날이라 그에게는 평생 잊을 수 없는 날이기도 했다. 사무실에 들어갔을 때 사장이 담배꽁초가 가득한 재떨이를 앞에 두고 생각에 잠겨 있었다. 두 사람이 꾸민 짓일까? 충분히 그러고도 남을 놈들이었다.

영민은 경찰에게 양팔을 잡힌 황철배의 사진을 보았다. 황철배는 다른 범죄자와 달리 얼굴을 가리거나 고개를 숙이지 않았다. 화면을 터치해서 사진을 확대했다. 덥수룩하게 자란 수염이 얼굴의 반을 덮고 있어 누군지 알아보기 힘들었다. 두 눈은 담담하게 앞을 주시하고 있었다. 조금 지나자 얼굴이 눈에 익었다. 사진의 얼굴을 자세히 들여다봤다. 황소대가리, 9회 말 투아웃까지 간 절명의 순간, 홈런을 쳐서 자신들을 구해준 황소대가리, 그가 틀림없었다.

노조 간부들은 꺼칠한 수염과 깊게 파인 주름살을 공통으로 갖고 있었다. 그에 걸맞게 말투도 거칠고 욕도 자주 튀어나왔다. 노조 장학생을 격려한다고 모인 자리이지만 10분만 지나면 아이들의 존재는 까맣게 잊혀졌다. 아이들과 상관없는 노조 문제를 가지고 한없이 떠들어댔다. 아이들은 고기 몇 점을 주워먹으며 어색한 자리가 빨리 끝나기만을 기다렸다. 노조 장학생 여덟 명 중 영민을 포함해서 네 명이 담배를 피웠다. 지루함이 극에 달하면 서로 눈짓을 했다. 화장실에 가는 척하며 한 명씩 빠져나와 골목 구석진 곳에 모여 담배를 피웠다. 그날은 가게 주인이 고자질했는지 노조위원장이 갑자기 나타나는 바람에 담배를 꼬나물고 있는 모습을 들키고 말았다. 아이들은 노조 사무실로 끌려갔다. 노조 장학금이 공부를 잘하는

학생이나 모범생에게 주는 것은 아니었다. 회비의 일부를 좋은 일에 써야 한다는 막연한 사명감에 학교에서 한 명씩 추천받아 별다른 심사도 없이 지급했다. 그러나 담배 피우는 학생에게까지 장학금을 줄 정도로 관대하지는 않았다. 장학금 지급 여부를 두고 노조 임원들 사이에 토론이 벌어졌다. 아이들은 풀이 죽은 채 노조위원장 방에서 결론이 나길 기다렸다. 회의장에서 떠드는 소리가 얇은 베니어판을 뚫고 들려왔다. 대가리에 피도 안 마른 새끼, 건방진 새끼라는 말이 간헐적으로 흘러나왔다. 불량한 학생에게 회원들의 귀중한 돈을 낭비할 수 없다는 결론으로 가고 있었다.

'술, 담배는 기호식품 아냐? 기호에 맞으면 마시고 피우는 거지, 나이가 뭔 상관이야?' 굵은 목소리가 들려왔다. 고개를 숙이고 있던 네 명은 동시에 고개를 들었다. 내용보다도 걸걸한 목소리의 주인공이 황소대가리라는 사실이 더 반가웠다. 황소대가리는 얼굴이 우락부락한 데다가 눈이 부리부리한 게 마치 산적두목같이 생겼다. 하지만 생긴 것과 다르게 생각이 깊고 대화도 논리적으로 잘했다. 식사자리에서 토론할 때 보면 자신의 주장을 아주 열정적으로 토로했다. 상대방 말도 잘 경청했고, 반박할 때는 매섭게 몰아쳤다. 그의 직함이 선전부장이라는 걸 알았을 때 고개가 저절로 끄덕여졌다. 붉은 머리띠를 두르고 구호를 외치는 모습이 그와 매우 잘 어울렸기 때문이다.

'걔들이 누굴 패기를 했어, 남의 걸 훔치길 했어. 그냥 담배 한 대 피운 것뿐이잖아. 우리가 너무 유교적 잔재에 구속되어 있는 거 아냐?'

그동안 가졌던 저녁자리 경험으로 보건대 황소대가리는 위원장 다음으로 입김이 셌다. 그의 목소리가 높아질수록 아이들의 희망도 커져갔다. 아이들 얼굴에 조금씩 미소가 돌아왔다. 잠시 후 문이 열리고 황소대가리가 들어왔다. 아이들은 두 발을 모으고 양손을 가지런히 무릎 위에 올린 채 이 세상에서 가장 착한 학생처럼 그를 맞이했다. 황소대가리가 말없이 커다란 눈알을 부라리며 한 명씩 눈을 맞춰 노려보았다. 잠시 부풀었던 아이들의 희망이 그의 매서운 눈빛에 사그라졌다. 아이들은 비통함을 이기지 못하고 고개를 떨어뜨렸다. 잠시 동안의 침묵이었지만 절망감을 맛보기에는 충분한 시간이었다. 황소대가리가 마침내 입을 열었다. 다시 한 번 길거리에서 담배를 피우다 걸리면 국물도 없을 거라고 했다. 아이들은 일제히 고개를 들었다. 영민이 연민이 가득 찬 목소리로 학교에는 제발 알리지 말아달라고 부탁했다. 황소대가리는 껄껄껄 웃으며 그만 꺼지라고 했다. 아이들은 황소대가리에게 90도로 허리를 굽혀 인사하고 노조사무실을 빠져나왔다. 학교에 통보된다면 장학생 추천에서 제외될 게 뻔했다. 황소대가리의 웃음소리에서 그런 일은 없으리라는 걸 알아챘다. 아이들은 웃음을 되찾았다. 돌아오는 길에 그에게 황소대가리라는 별명을 붙여주었다. 두상도 컸고 눈도 황소 눈알만 했으며 성도 황씨였으니 잘못된 별명은 아니었다.

족제비같이 왜소한 조배와 거대한 황소대가리. 그 둘이 형제라니, 외모를 보고는 믿기 힘든 사실이었다. 성격도 카인과 아벨만큼이나 판이했다. 배다른 형제이거나 둘 중 하나는 돌연변이가 틀림없었다.

영민은 핸드폰을 내려놓았다. 깔때기가 재개발되든, 황철배가 교도소에 가든 자신과는 상관없는 일이었다. 자신은 그저 배달이나 하고 월급이나 받아 대학만 졸업하면 그만이었다. 사장과 조배가 음모를 꾸몄다고 해도 자신이 함께 고민할 문제는 아니었다. 영민은 배가 고팠던 터라 기름진 밥을 한 톨도 남김없이 먹어치우고 곁들여 나온 짬뽕 국물까지 깨끗이 마셨다.

"에이 시팔! 병신도 이런 상병신이 따로 없네. 가을 DNA, 웃기고 자빠졌어. 자넨 어딘가?"

그릇을 신문지에 싸서 사무실 밖에 내다놓고 생수통에서 물을 받고 있는데, 장바우가 말을 걸어왔다. 영민은 무슨 말인지 몰라 장바우를 쳐다보았다.

"어디냐고? 당연히 SK?"

야구에 관심이 없지만, SK 와이번스 연고가 인천이라는 정도는 알고 있었다. 기분을 맞춰줘서 해가 될 건 없었다. 더군다나 상대가 장바우라면 살짝 아부해도 나쁘지 않았다.

"네, 물론 SK 팬입니다."

영민은 당연하다는 듯 고개까지 끄덕이면서 싹싹하게 대답했다.

"그래, 인천에 발을 들여놓은 이상 SK로 가야지. 근데 시팔, 우리가 이렇게 응원하면 뭐 해. 감독이란 놈은 전략도 없고 투수 타이밍도 못 맞추고, 삽질이나 해대니, 자넨 문제가 뭐라고 생각하나?"

영민은 순간적으로 볶음밥을 덮었던 신문에 실렸던 기사 내용을 떠올렸다. SK가 내리 9연패를 당하면서 와일드카드 결정전에 실패했다는 내용이었다. 홈런에 지나치게 의존하는 경기가 결국 이런 결과를 가져왔다는 분석도 실려 있었다. 본능적으로 어떻게 대답해야 할지 깨달았다.

"동네 야구도 아니고 9연패는 너무한 거죠. 야구라는 게 출루해 나가면 순환이 돼야 하는데 너무 장타에만 의존하니까 이런 결과가 나온 거 아니겠습니까?"

아마추어 사이에서 이 정도 대답이면 수준급이 아닐까 생각하며 의기양양하게 대답했다.

"그래, 21연속 홈런 기록이 있으면 뭐 해. 타순이 막히는 변비 야구나 하고 있으니 이 모양이지. 야신을 다시 데려와야 한다니까."

영민의 대답이 마음에 들었는지 장바우가 활짝 웃으며 기지개를 켰다.

"커피 한잔 할 텐가? 거기 캐비닛을 열면 커피가 있을 거야."

장바우가 팬클럽에서 만난 사이처럼 호의를 보였다. 영민은 생수통 옆에 있는 캐비닛을 열어보았다. 빨간 플라스틱 바구니 안에 커피믹스와 둥굴레차 티백이 담겨 있었다. 커피믹스를 하나 꺼내 종이컵에 타서 창문 앞으로 갔다. 지대가 높아 깔때기 풍경이 한눈에 들어왔다. 멀리 교도소 망루처럼 우뚝 솟은 사일로가 보였다. 그 앞으로 난 이차선 도로가 경계선처럼 깔때기를 구분하고 있었다. 도로를 건너면 바로 깔때기 시장 입구였다. 시장통을 빠져나오면 완만하게 경사진 도로가 나타났다. 똥치 골목은 여기서부터 시작됐다. 빛바랜 슬레이트 지붕이 빼곡히 언덕을 뒤덮고 있었다. 오래된 슬레이트에는 석면이 잔뜩 섞여 있었다. 선거 때면 우려먹던 지붕 개량 공사는 이제 재개발에 밀려 시효가 만료된 공약으로 전락했다. 슬레이트 지붕 위로는 전선줄이 엿가락처럼 늘어져 있었다. 우측으로는 드문드문 섬이 박힌 바다가 펼쳐졌다. 공단 안에 자리한 제련소 굴뚝에서는 흰 연기가 꾸역꾸역 밀려나와 바다로 흘러갔다. 밀물 때인지 깔때기 포구에 배가 몇 척 들어와 있었다.

"자네, 여기를 왜 깔때기 포트라고 부르는지 아나?"

창문 바로 옆에 서 있는 성당의 하얀 종탑을 보고 있는데 장바우가 말을 걸어왔다. 언제 왔는지 장바우가 그의 옆에 서서 창밖을 내다보고 있었다. 영민은 장바우의 얼굴을 슬쩍 쳐다보았다. 기다란 칼자국을 기대했지만 대춧빛 얼굴은 상처 하나 없이 깨끗했다. 바싹 밀어올린 머리카락 아래 관자놀이에서 퍼런 힘줄만 꿈틀거렸다. 가까이서 보니 닻이라고 생각했던 문신은 해병대 앵커에 가까웠다. 장바우가 해병대 출신일까? 상구는 해병대에 지원한다고 깝죽댔다. 입학 등록금을 마련하지 못했다면 영민도 해병대에 지원했을 것이다. 대학 합격통지서를 받자마자, 저축은행과 카드론에서 대출 안내장을 보내왔다. 그 덕분에 무사히 등록할 수 있어 영민은 대학을 택했다. 상구는 문신과 팔뚝의 상처 때문에 해병대는 고사하고 보충역으로 떨어져 주민센터만 지켰다.

"저기 끝에 사일로가 보이지? 거기서부터 반원을 그리며 여기까지 와보게. 뭔가 생각나는 게 있을 걸세. 자세히 보게, 가시나 자궁 같다는 생각 안 드나? 낄때기처럼 생긴 자궁 말이야. 그래서 여기를 깔때기라고 부르네. 전쟁통에 갈 곳이 없어진 어중이떠중이가 다 이리로 몰려왔지. 여기선 몸만 성하면 얼마든지 일을 할 수 있었으니까. 부두 하역장에서는 쉴 새 없이 짐을 내려야 했고, 제련소에서는 쇳물을 녹일 사람이 필요했지. 깔때기에 돈이 돌기 시작하자 서서히 똥파리들이 꼬이기 시작한 거야. 주먹 좀 쓴다는 놈들이 거리를 쑤시고 다니면서 싸움이 끊이지 않았지. 그놈들이 다 어디로 갔는지 아나?"

장바우가 고개를 돌리는 바람에 그의 옆모습을 훔쳐보던 영민과 눈이 마주치고 말았다. 눈가를 따라 잡힌 주름살이 보기 좋았다. 장바우가 빙그레 웃어 보이고는 다시 창밖으로 고개를 돌렸다.

"모두 깔때기 구멍 속으로 빨려들어갔네. 저기 보이는 저 구멍 말일세."

장바우가 가리킨 오른쪽을 보았다. 화강암으로 쌓은 축대를 따라 골목길이 바다를 향해 뻗어 있었다. 골목 입구에는 차량 통행을 막으려고 박아놓은 노란 안전봉이 보였다. 골목은 사다리꼴로 되어 있어 갈수록 좁아졌다. 골목 끝에는 검은 바닷물이 출렁거렸다.

"한때는 여기 깔때기에서 매일 토끼몰이가 있었네. 깔때기에 들어오면 도망갈 길은 딱 하나밖에 없지. 저기 담배 자판기 있는 골목 보이지? 거기가 G포인트일세. G포인트를 빠져나오면 바로 큰길을 탈 수 있어 쫓아갈 수가 없네. G포인트만 꽉 누르고 있으면 누구도 깔때기에서 도망갈 수 없지. 가시나도 마찬가지야."

장바우가 또다시 그를 보며 빙그레 웃었다. G포인트가 여자의 숨겨진 성감대라는 사실을 알기에 영민도 따라 웃었다.

"결국 갈 곳은 하나밖에 없어. 저기, 저 깔때기 구멍 말일세. 우린 거길 삽치기 골목이라고 부르지. 삽치기 골목은 토박이들만 아는 곳이야. 외지인과 싸움이 붙으면 무조건 토끼몰이를 해서 삽치기 골목으로 밀어넣는 거지. 저기 골목 입구에 낡은 창고 보이지? 거기에는 날을 세운 삽이 늘 서너 자루 보관돼 있네. 골목 안에 몰아넣은 다음 창고에서 삽을 꺼내 들고 양쪽에서 두 사람이 치고 들어가지. 그러면 아무리 한가락 하는 놈이라도 뒤로 밀릴 수밖에. 좁은 골목 안에서 용빼는 재주 있겠어? 저길 봐, 골목이 깔때기처럼 갈수록 좁아지잖아. 계속 쫓기다가 결국 바닷속으로 떨어지게 되지. 누구든 삽치기 골목에 들어가면 살아나온다는 건 불가능해. 저기 바다 밑 바닥에는 토끼몰이를 당해 수장된 해골이 수북할 걸세."

삽치기 골목은 처음 듣는 이야기였다. 어느 도시에나 뒷골목으로 가면 확인되지 않은 괴담이 한두 개씩 떠돌아다녔다. 깔때기라면 그보다 더한 괴담이 있다고 해도 이상하지 않았다. 인천은 바다를 끼고 있어 거친 사내들이 많았다. 외지인이 들어와 버티기 힘든 동네였다. 장바우 같은 토박이들이 껄렁대는 외지인을 그냥 둘 리 없었다. 영민은 익수의 뼛가루가 뿌려진 깔때기 앞 바다를 바라보았다. 그 밑에 눈이 휑한 해골이 무더기로 쌓여 있다고 생각하니 기분이 으스스했다.

"요는 말이야, 오늘 여기서 본 걸 밖에서 떠들고 다니지 말라는 거야. 하지 말아야 할 말은 절대 입 밖으로 내서는 안 되는 거야. 사내의 가슴이란 그런 말을 담아두기 위해 있는 거지."

장바우가 자신의 단단한 가슴을 두들기며 말했다.

"괜히 입을 잘못 놀렸다가는 삽치기 골목에서 수장되는 수가 있어."

장바우가 그에게 몸을 살짝 기울여 귓가에 대고 작지만 강한 어조로 말했다. 그러고는 자신의 말이 허풍이 아니라는 걸 증명이라도 하듯 영민의 오른팔을 꽉 움켜쥐었다. 심한 통증에 반사적으로 팔을 뒤로 뺐다. 갑작스러운 장바우의 행동에 놀란 영민은 그를 쳐다봤다. 그가 무서운 얼굴로 자신을 노려보고 있었다. 관자놀이의 퍼런 힘줄이 지렁이처럼 꿈틀거렸다. 내가 무슨 잘못이라도 한 것일까? 영민은 입을 굳게 다물고 장바우의 눈을 마주 봤다. 고개를 숙이거나 눈을 감지 않았다. 그건 겁을 먹었다고 자인하는 꼴이었다. 나무계단을 올라오는 발소리가 들렸다.

"하하하, 농담일세. 그냥 조심하라는 이야기야."

장바우가 갑자기 표정을 풀고 호탕하게 웃어댔다.

"어이쿠, 이거 손님이 계셨네."

로만 칼라를 착용한 신부가 문틈으로 고개를 디밀었다.

"어서 오세요, 신부님. 길 잃은 어린양이 골목을 헤매다가 여기까지 올라왔지 뭡니까."

장바우가 잘 아는 사이처럼 스스럼없이 말했다.

"길 잃은 어린양이라면 구원의 손길이 필요하지. 그 전에 이 늙은이 먼저 구해줄 수는 없나? 난 겨자 빛깔 나는 놈 한 잔이면 우선 숨을 돌리겠는데."

신부는 입맛을 다시며 장바우의 책상 쪽으로 시선을 돌렸다.

"하하하, 물론 드려야죠. 얼음을 넣어드릴까요?"

장바우가 껄껄거리며 책상으로 가서 서랍을 열고 묵직한 양주병을 꺼냈다.

"얼음이 들어가면 그만큼 양이 줄어드는데 그럴 이유가 없지. 하느님이 만든 것은 있는 그대로가 좋다네."

장바우가 유리잔에 양주를 가득 채워 신부에게 건네줬다.

"요즘은 미사에도 통 안 나오던데, 자네가 바쁘면 하느님 기분이 별로일 거야."

신부가 양주잔을 받자마자 입으로 가져갔다.

"바쁘기도 하지만 그보다는 저도 양심이라는 게 있어서."

장바우가 신부 맞은편에 서서 말했다.

"옳거니, 그 양심에 털이 나기 시작한다는 걸 알면 오늘 우리 대화가 조금 더 즐거워질 것 같은데."

신부가 한 모금 삼키고는 독한지 인상을 조금 찡그렸다.

"저는 신부님과의 대화를 언제나 즐겁게 생각합니다. 성당은 이번 재개발에서 제외될 거니까, 걱정 안 하셔도 됩니다."

"난 성당을 걱정하는 게 아니라 자네 영혼을 걱정하는 걸세. 인생은 금방일세. 후회하게 될 거야."

"인생이 짧으니까, 제가 이런 선택을 한 겁니다. 하느님을 만나보기 전에 재미 좀 봐야 하지 않겠습니까?"

영민은 장바우의 책상 위에 있는 타원형 벽시계를 봤다. 시간이 꽤 흘렀다. 그만 내려가야 했다. 사장이 기다리고 있을 것이다. 종이컵을 버리기 위해 정수기 옆에 있는 쓰레기통으로 가는데 나무계단을 올라오는 발소리가 들렸다.

"다 먹었으면 가자고. 어, 신부님도 계셨네."

문을 열고 들어온 사장이 신부를 보고 약간 놀란 표정을 지었다.

"장 회장 영혼을 구원해볼까 해서 왔지. 부자가 천국에 가는 건

낙타가 바늘귀를 통과하는 것만큼 어렵다는 진리를 다시 상기시켜 주려고."

"전 하느님의 천국에 관심 없습니다. 제 천국은 제가 만들 겁니다."

장바우가 팔짱을 낀 채 여전히 웃으며 말했다.

"제 영혼은 구원할 만한 가치가 없으니까, 저는 가보겠습니다. 나중에 시간 되시면 소주나 한잔 하시죠."

사장도 싱긋 웃으며 영민에게 가자고 손짓했다.

"저 젊은 영혼도 구원이 필요할 것 같은데, 여기에 발을 들여놓은 걸 보면 영혼이 말이 아닐 게야."

신부가 술잔에서 입을 떼자 수염 끝에 술 방울이 묻어났다.

"저는 됐습니다. 전 영혼을 구하는 일보다 당장 먹을 빵이 필요한 인간이라."

영민은 짜증 섞인 목소리로 말했다. 신부라는 사람이 장바우 같은 깡패와 어울리는 게 마음에 들지 않았다. 말하는 투로 보아 필경 오래전부터 친분관계가 있는 듯했다.

"맞아, 그게 내 전공일세. 빵을 찾는 거, 배고픈 사람은 빵이 하느님이거든. 시답지 않은 강론보다는 빵이 더 필요할 때가 많아. 그래서 하느님 일이 갈수록 고달파지고 있네. 깡패들한테 삥이나 뜯어야 하고, 이번 달엔 얼마나 기부할 건가?"

신부가 다 비운 술잔을 탁자 위에 내려놓으며 장바우에게 물었다. 장바우는 말없이 빙그레 웃기만 했다.

"저희는 이만 물러가겠습니다. 우리 회장님한테 돈 뜯어내시는 분은 아마 신부님이 유일할 겁니다."

사장이 장바우와 신부를 향해 깍듯이 고개를 숙였다. 영민도 사장을 따라 고개를 숙였다. 장바우가 영민의 어깨에 손을 얹었다. 아까와 마찬가지로 심한 통증이 느껴졌다. 영민은 얼른 몸을 뒤로 빼고 고개를 들었다. 장바우가 웃는 얼굴로 자신을 쳐다보고 있었다. 신부도 불콰해진 얼굴에 미소를 짓고 있었다. 영민은 급히 몸을 돌려 사무실 문을 나서는 사장의 뒤를 따랐다. 등 뒤에서 장바우의 커다란 웃음소리가 들려왔다.

14

 영민은 벽에 걸린 타원형 벽시계를 올려다봤다. 장바우의 사무실에서 봤던 것과 같은 시계였다. 시침은 열두 시를 가리키고 있었다. 유리면에 하얀 페인트로 해룡원목이라고 적힌 글씨가 보였다. 여기 원목장 이름이 해룡이었던가? 들어오는 입구에 아무것도 쓰여 있지 않으니 알 수 없었다. 작업장이 반대편에 있는지 가끔 원목 너머로 차량 드나드는 소리가 들렸다. 간간이 전기톱 켜는 소리도 들려왔다. 세를 주는지 협박을 했는지 알 수 없지만 원목장 사람들이 이쪽으로 넘어오는 일은 없었다.

 조배는 오늘도 모습을 보이지 않았다. 어제 영민이 배달을 마치고 돌아왔을 때 사무실 안에서 조배와 사장이 다투는 소리가 났다. 문 앞에서 들어가도 괜찮을지 망설이고 있는데 조배가 문을 열고 나왔다. 조배는 그를 쳐다보지도 않고 오토바이를 몰고 가버렸다.

그러고는 지금까지 코빼기도 보이지 않았다. 하긴 나와 있어도 하는 일이 없었다. 기껏해야 탁자에 발을 올려놓고 텔레비전을 보다가 어두워지면 슬슬 기어나가 술이나 마시러 다니는 게 다였다. 다해 말로는 이틀에 한 번꼴로 갈채에 온다고 했다. 그런데도 사장은 아무 말 하지 않았다. 사장이 왜 조배에게 관대한지 짐작이 갔지만 내색하지 않았다. 그날 보았던 선물 상자는 기억 속에서 지워버리기로 했다.

불똥은 엉뚱하게 영민에게 튀었다. 총량의 법칙상 조배가 일을 하지 않으면 누군가가 그 일을 대신 해야 했다. 영민은 아주 자연스럽게 그 누군가가 되었다. 사무실 침대도 영민의 잠자리가 되었다. 애인이라도 생겼는지 조배는 날만 어두워지면 밖에 나가 들어오지 않았다. 계속 이럴 거면 지하방을 빼는 게 나았다. 한 달에 30만 원이면 적지 않은 돈이었다. 처음엔 여기서 자는 게 걱정됐지만 이제는 오히려 집에 가는 게 불편했다. 에어컨도 있고, 냉장고도 있고, 게다가 갈채와 가까워 늦게라도 다해와 만날 수 있었다. 조배가 계속 밖에서 잔다면 사장한테 말해 사무실에서 생활하는 방안을 영민은 진지하게 고민하고 있었다.

또 벽시계를 쳐다봤다. 아직 30분도 지나지 않았다. 다해한테서 연락이 오려면 새벽 한 시는 넘어야 한다. 갈채에 건너가기 전에 흐트러진 머리 스타일을 다듬기 위해 거울 앞으로 갔다. 헬멧을 쓰고 다닌 탓에 머리카락이 금방 주저앉았다. 드라이어로 머리카락을 세우고 왁스로 고정시켰다. 손에 묻은 왁스를 씻어내는데 팔뚝이 뻐근했다. 장바우에게 잡혔던 부분이 파랗게 멍이 들었다. 어깨를 거울에 비춰봤다. 어깨 역시 장바우의 손자국이 남아 있었다. 손아귀 힘이 상당했다. 장바우는 짝퉁 공장에 대해 말조심하라고 했다. 깔때기 포장 골목에 짝퉁 공장이 있다는 사실은 더 이상 비밀도 아니었다. 단지 그 이유만으로 완력을 쓰지는 않았을 것이다. 자신을 스카우트하려고 시험해본 건 아닐까? 깔때기 철거에 손이 많이 필요하다고 했다. 상구 말로는 자신도 스카우트되었다고 했다. 물론 상구가 한 말이니 믿지는 않았다.

유리창을 통해 오토바이 엔진 소리가 들려왔다. 조배가 들어오는 걸까? 침대가 하나밖에 없어 조배가 온다면 소파에서 자든지 집으로 가든지 해야 했다. 엔진 소리가 점점 커져오더니 사무실 앞에서 멈췄다. 차라리 잘됐다. 새벽까지 갈채에 있다가 사우나에 들러 잠시 쉬었다가 출근하는 것도 나쁘지 않았다. 문이 요란하게 열리더니 조배가 들어왔다.

"물 좀 가져와."

조배가 헬멧을 던지고 소파에 주저앉았다. 영민은 물을 따라 조배 앞에 놓았다. 조배한테서 술 냄새가 심하게 났다.

"술 마셨나 봐요?"

"갈채에서 다해 끼고 좀 마셨다, 왜?"

조배가 시비조로 말했다. 다해를 언급한 게 기분 나빴지만 영민은 잠자코 있었다.

"좋냐?"

"뭐가요?"

영민은 자신도 모르게 움찔했다. 다해와는 조심스럽게 만났다.

둘이 만나고 있다는 사실은 아무도 몰랐다.

"사장, 그 새끼 졸졸 따라다니니까 좋냐고?"

다행히 다해 이야기가 아니었다. 영민은 말없이 물러나 선반 위의 헬멧을 집어 들었다. 요즘 조배는 상팔자였다. 낮에 우연히 책상 위에 놓인 장부를 봤다. 매일 술이나 마시고 다니는 주제에 월급은 자신보다 곱절은 많이 가져갔다. 영민의 일은 두 배로 늘었지만 사장은 보수를 올려준다는 말이 없었다. 조배의 구역까지 돌려니 여유롭던 배달 시간도 빡빡해졌다. 자신만 피해 보는 것 같아 기분이 좋지 않았다.

"그 너구리가 이뻐해주니까 세상이 다 니 거 같지? 조심하는 게 좋을 거야."

조배가 무슨 말을 하든 대꾸할 가치가 없었다. 저 새끼는 그저 술 취한 양아치일 뿐이었다.

"사장은 완전 개새끼야. 언제는 금방 넘겨줄 것같이 말하더니 이제 와서 말을 바꿔. 시팔, 그럼 내가 어이쿠, 알았습니다, 하고 나가 떨어질 줄 알았나 보지. 나를 우습게 보다가는 한 방에 가는 수가 있어. 영민아, 너도 줄 잘 서는 게 좋을 거다."

또 그 소리였다. '너나 잘하세요'라는 말이 목구멍까지 치고 올라왔다. 영민은 조배 말을 건성으로 들으며 나갈 채비를 했다. 헬멧을 옆구리에 끼고 조배 앞에 똑바로 섰다.

"자알 주무십시오."

말끝을 길게 끌며 비아냥거리는 투로 인사했다. 그러고는 일부러 허리도 90도로 깍듯이 굽혔다. 고개를 드니 조배가 인상을 쓰고 노려보고 있었다.

"이런, 개새끼가, 진짜 싸가지 없네. 너 많이 컸다? 사장이 이뻐하니까, 뵈는 게 없냐?"

조배 얼굴이 빨갛게 달아올랐다. 조배의 기분을 상하게 하려던 자신의 행동이 보기 좋게 성공했다. 웃음이 나오려는 걸 꾹 참았다.

"뭐 그냥, 잘 주무시라고 한 말인데, 기분 나쁘셨다면 죄송합니다."

이 정도의 비아냥거림은 조배가 자신에게 했던 짓에 비하면 귀여운 애교 수준이지만 영민은 다투고 싶지 않아 사과했다.

"너, 내 말 똑똑히 들어. 니가 대학생이라고 사장이 총애하니까 내가 우습게 보이는 모양인데, 이 바닥에 계속 남아 있으려면 그런 싸가지 없는 행동은 고치는 게 좋을 거야."

"우습게 본 적 없는데요."

영민은 유들거리며 말했다.

"이 좆만 한 새끼, 따박따박 말대꾸하는 것 좀 보세. 너, 진짜 뵈는 게 없냐?"

"대체 뭘 보라는 겁니까? 이제 그만하시죠."

영민은 슬슬 짜증이 났다. 그만 사라지는 게 상책이라는 생각이 들었다.

"그만하긴 뭘 그만해, 시발놈아?"

조배가 갑자기 일어서서 그의 멱살을 잡고는 힘껏 밀어붙였다. 그 바람에 컨테이너 벽까지 밀려 출입문 손잡이에 등이 찍히고 말았다. 통증이 등골을 타고 올라왔다. 영민은 화가 머리끝까지 뻗쳤다. 자신보다 한 뼘 정도 작은 조배를 노려보았다. 조배 입에서는 술 냄새가 풀풀 났다. 맞짱 뜨면 술에 절어 사는 이런 양아치 정도는 충분히 발라버릴 자신이 있었다.

"그만하자고요."

영민은 자신의 멱살을 잡은 조배의 손을 힘껏 뿌리쳤다. 조배가 비틀거리며 뒤로 물러났다. 책상 끝을 잡고서야 겨우 몸을 바로 세웠다. 조배가 당황한 표정으로 그를 쳐다봤다. 영민은 조배를 노려봤다. 조배가 덤빈다면 맞붙을 생각을 했다. 어차피 한번은 겪어야 할 일이라면 지금 승부 거는 것도 괜찮았다. 다해를 끼고 마셔, 시발 놈의 새끼. 조배가 갈채에서 무슨 짓을 했을까 상상하니 분노가 솟았다. 영민은 어금니를 꽉 깨물었다. 충분히 화가 나 있었다. 또다시 자신의 몸에 손을 대면 가만두지 않겠다고 다짐하면서 영민은 조배를 씹어 먹을 듯 노려보았다.

조배가 표정을 풀더니 어이없다는 듯 픽, 웃었다. 그러더니 헬멧을 집어 들고 조용히 그의 곁을 지나쳤다. 영민은 조배가 나가는 모습을 끝까지 지켜봤다. 사무실 밖에서 오토바이 시동 거는 소리가 났다. 그제야 영민은 한숨을 내쉬며 소파 위에 쓰러지듯 누웠다. 눈앞에 녹물로 얼룩진 천장이 보였다. 두근대던 가슴이 조금씩 진정되었다. 왜 원치 않는 상황이 자꾸 벌어지는 걸까? 무슨 이유인지는 모르지만 조배와 사장이 틀어지고 있는 게 분명했다. 그건 두 사람의 문제였다. 자신이 중간에 껴서 이런 개 같은 일을 당할 이유가 없었다. 모처럼 괜찮은 일자리를 얻었는데, 조배 때문에 날아갈지 모른다고 생각하니 속이 답답했다. 이제 일도 익숙해졌고 다운타운 거래처 사람들과 얼굴도 익혔다. 다른 아르바이트에 비해 조건도 최고였다. 이 일만은 절대 놓치고 싶지 않았다. 사장만 허락한다면 졸업 때까지 일하고 싶었다. 문제는 조배였다. 조배만 사라진다면 마음 놓고 일할 수 있었다. 지하방을 빼고 여기서 생활한다면 월세도 절약할 수 있었다. 영민은 소파에 누운 채 한동안 생각에 빠졌다.

카카오톡 메시지가 울렸다. '마담 언니 지금 막 퇴근했어. 건너와도 돼.' 메시지를 보는 순간 영민의 얼굴이 환하게 바뀌었다. 서둘러 사무실 불을 끄고 문이 잘 잠겼는지 확인하고 피닉스에 올라탔다.

어머니의 갑작스러운 방문 이후 다해와 자취방에서 만나는 걸 자제했다. 대신 갈채에서 만났다. 마지막 손님이 나가고 마담이 퇴근하고 나면 다해가 바로 카카오톡으로 메시지를 보내왔다. 영민은 편의점 주차장에 오토바이를 세웠다. 날이 밝을 때까지 갈채에 있으려면 피닉스가 신경 쓰였다. 편의점은 24시간 불을 밝히고 있어 도난당할 염려가 없었다. 헬멧을 손에 들고 도로를 건너갔다. 경기가 안 좋으면 변두리 양줏집이 가장 먼저 타격을 받았다. 그래서인지 아직 한 시가 조금 넘었을 뿐인데, 대부분의 술집 간판 불이 꺼져 있었다. 영민은 갈채 출입문을 가볍게 두들겼다. 잠시 후 다해가 문을 열어주었다.

"오늘은 손님이 좀 있었나 보네?"

테이블 위에 빈 술병과 접시가 어질러져 있었다.

"늦게 한 팀이 몰려와서 맥주만 주구장창 마시다 갔어. 치워야 하는데 꼼짝도 하기 싫어. 내일 아침에 치우지 뭐."

다해가 소파 위에 쓰러지듯 누웠다. 영민은 주방으로 들어가 쟁반을 가지고 나왔다. 테이블 위의 잔해들을 쟁반에 쓸어 담고, 지저분한 얼룩도 행주로 말끔히 닦아냈다. 주방 싱크대 안에는 그릇이 가득 쌓여 있었다. 자취 생활을 오래 해서 설거지엔 이골이 났다. 10분 만에 깨끗이 해치우고 홀로 나왔다. 다해는 소파에 비스듬히 기대어 담배를 피우고 있었다.

"그냥 두라니까, 내일 내가 한다니까."

말은 그렇게 했지만 다해는 흡족한 표정이었다. 영민이 다해 옆에 앉아 입에 물린 담배를 빼냈다. 빨간 립스틱이 짙게 묻은 필터를 보자 놀이터가 생각났다. 그때는 모든 게 어색하고 어려웠다. 지금 생각하면 우스울 뿐이었다. 담배를 길게 한 모금 빨고 다해에게 넘겨주었다.

"자긴 오늘 어땠어?"

"말도 마, 하루 종일 정신없이 바빴어. 조배 때문에 요즘 나만 더 바빠졌어."

"왜?"

"조배, 이제 일 안 하거든. 그 새끼 구역까지 내가 다 돌려니 시간이 빠듯해. 게다가 오늘은 사장 심부름으로 깔때기까지 갔다 오느라 더 정신이 없었어."

"깔때기?"

"사장이 한영건설에서 받은 재개발 청사진을 깔때기에 갖다주라고 했거든."

"그럼, 깔때기가 재개발 들어가는 게 확실한 거야?"

"돌아가는 꼴을 보니 그럴 것 같아. 황철배가 구속되고 나서 깔때기 분위기가 완전 다운됐어. 다른 데도 아니고 한영건설한테서 뇌물 받았다고 소문났으니 배신감이 오죽하겠어."

"소문이 아니고 사실이야, 사실."

다해가 목소리를 낮추며 말했다.

"누가 그래? 조배가?"

"아니, 손님들이. 아무리 돈이 좋다지만 그렇게 뒤통수치는 건 악질 중 악질이래. 사람이 어떻게 그럴 수가 있어?"

"사람이니까 그럴 수 있는 거야. 돈에 환장하면 무슨 짓이든 할 수는 게 사람이야. 염라대왕 수염도 뽑아온다니까."

영민은 조배가 들고 있던 선물 상자를 떠올렸다. 자신이 아는 황철배는 돈에 환장한 사람이 아니었다. 돈 때문에 자기 친형에게 누명까지 씌운 조배야말로 돈에 환장한 놈이었다.

"자기도 돈이라면 무슨 짓이든 할 수 있어? 영혼도 팔 수 있어?"

다해가 다 피운 담배를 그에게 넘겨주었다.

"내 영혼은 진작에 돈에 탈탈 털렸어."

영민은 필터만 남은 담배꽁초를 재떨이에 비벼 껐다. 오래전부터 영혼 없는 삶을 살고 있었다. 앞으로도 얼마나 더 자존심을 굽히고 영혼을 팔며 살아야 하는 걸까? 만일 조배와 같은 선택지가 주어진다면 과연 자신은 거절할 수 있을까? 자신할 수 없었다. 돈 때문에 사람의 목숨을 빼앗는다고 개탄하는 건 윤리적 관점에서 하는 말이다. 사람의 목숨이 돈보다 훨씬 낮게 취급되는 게 엄연한 현실이었다. 사람들은 현실에서 살지, 윤리 위에서 살지 않는다. 목숨도 돈을 이기지 못하는 판에 영혼이 무슨 힘을 발휘할 수 있겠는가?

"오늘 조배 여기 왔었다며? 황철배에 대해서 무슨 말 없었어?"

조배는 욕까지 해가며 사장을 비난했다. 황철배가 구속되었지만 일이 잘 풀리지 않는 것 같았다. 상구 말대로 깔때기를 설득하지 않고서는 아무것도 안 되는 걸까? 그렇다면 다행이었다.

"누가 그래? 조배 만났어?"

다해의 짜증 섞인 목소리를 듣자 영민은 조배를 괜히 끄집어냈다는 생각이 들었다.

"술에 취해서 사무실에 왔더라고. 시발놈이 자꾸 욕을 하기에 한번 들이박아줬지."

그래도 조배와 벌인 일전을 생각하니 우쭐해졌다. 자신이 세게 나가자 조배가 꼬리를 내렸다. 병신 같은 놈, 앞으로 나를 대하는 태도가 달라지겠지, 진작 이렇게 밀어붙여야 했는데. 영민은 이제부터라도 조배가 거칠게 나오면 자신도 똑같은 방식으로 대해줄 생각이었다.

"조배랑 싸웠어?"

"하도 갈구기에 화가 나서 멱살을 잡았더니 꼬리를 내리던데. 병신 같은 새끼, 앞으로 그 새끼가 집적대면 말해. 아주 발라버리게."

영민은 다해를 바라보며 뿌듯한 기분으로 말했다.

"시팔, 누구 장사 말아먹을 일 있어?"

뜻밖의 쌀쌀한 냉대에 뿌듯했던 기분이 한순간에 사라졌다.

"술 마실래?"

영민이 의기소침해지자 다해가 자리에서 일어섰다. 원목 장식장에는 손님들이 마시다 만 양주가 보관되어 있었다. 몇 잔 마신다고 문제될 건 없었다. 다해가 반쯤 남은 양주와 마른안주를 가지고 왔다.

"미안해, 요즘 장사가 안 돼서 신경이 예민해졌나 봐. 시팔, 이 짓도 이제 힘들어 못 해 먹겠어, 손님이라곤 가뭄에 콩 나듯 하니."

다해가 발렌타인을 한 잔 따라주었다. 영민은 잔을 받자마자 한 번에 털어넣었다. 다해가 한 잔 더 따라주었다.

"기분도 꿀꿀한데 말아줄까?"

"그래, 진하게 말아봐."

조배와의 일전이 있고 나서인지 목이 말랐다. 알잔보다는 컵으로 시원하게 한 잔 들이켜고 싶었다. 다해가 맥주와 글라스를 가져왔다.

"여긴 이제 한물갔어. 손님이 예전 같지 않아. 빨리 무슨 수를 찾아야지. 깔때기가 개발되면 거기에 다운타운이 새로 생긴다며?"

다해가 가득 채운 맥주잔을 그에게 내밀며 말했다. 영민은 깔때기에 다운타운이 들어설 거란 이야기를 상구에게 들었다. 다해는 누구에게 그런 이야기를 들은 걸까? 아무리 생각해도 조배밖에 없었다.

"그런 이야기가 있긴 하지만 언제가 될는지……."

사람들은 모두 자신들이 편리한 대로 떠들고 있었다. 조배도 상구도 깔때기가 곧 재개발에 들어갈 거라 했지만 '곧'이라는 게 언제일지 아무도 알 수 없었다.

"조배 말로는 곧 개발될 거라던데? 그러면 사장이 깔때기로 올라갈 거고, 약 배달은 자기가 인수받을 거라고. 그게 정말일까?"

다해가 의심쩍은 표정으로 물었다. 재개발이 시작된다면 조배 말처럼 될 가능성이 높았다. 황철배가 뇌물을 받았든 누명을 썼든, 차에서 돈이 나온 이상 그냥 넘어가긴 어려웠다. 황철배가 구속되었으니 재개발에 들어갈 것이고, 장바우와 사장은 거기서 떼돈을 벌 것이다. 조배는 약 배달을 인수하게 될 거고. 시팔, 그럼 난 어떻게 되는 걸까? 낙동강 오리알 신세가 되어 다시 잡지 배달이나 하러 다니게 될지도 몰랐다.

"왜 말이 없어?"

영민이 잠자코 있자, 다해가 그의 팔을 잡고 흔들어댔다.

"조배 말대로 될 것 같아. 분위기가 그렇게 흘러가고 있어."

다해가 하필 장바우가 남긴 멍 자국에 손을 대었기에 영민은 인상을 썼다. 황철배에게 누명 씌운 게 조배가 맞다면 약 배달은 결국 조배에게 넘어갈 것이다.

"어머, 그럼 사장이 된다던 조배 말이 정말이네. 하도 뻥만 치고 다니니까, 또 거짓말하는 줄 알았지."

다해가 재미있다는 듯 손바닥까지 치며 웃어댔다. 하지만 그건 웃을 일이 아니었다. 조배가 사장이 되면 다해에 대한 집착이 더 강해지고, 돈도 더 많이 쓸 것이다. 이런 생각이 들자 영민은 우울해졌다.

"다해야, 조배가 여기 배달을 접수하게 되면 난 그만두고 깔때기로 올라갈 거야. 상구랑 같이 재개발 일 할 거라고. 거기가 완전 노다지래."

영민은 다해의 아름다운 눈을 바라보며 결의에 찬 목소리로 말했다.

"재미없다. 너나 상구나 거기서 똘마니 짓밖에 할 게 더 있어? 그

러지 말고 조배 내쫓고 배달을 잡아. 내가 보니까, 벌이가 꽤 괜찮던
데. 조배 말로는 1년에 억은 가뿐히 번다던데."

진짜 재미없다. 누가 몰라서 못 하는 건가. 조배에게는 딜이라도
할 게 있어 가능했지만 내가 뭘 가지고 껴들 수 있겠는가? 상구 말
대로 소박한 꿈이나 꾸는 게 나았다. 그래도 잡지 배달할 때와 비교
하면 지금은 감지덕지다. 이렇게 양주도 마시고 있으니 말이다. 영
민은 다해가 말아준 폭탄주를 원샷으로 끝냈다. 빨리 다해를 데리
고 안쪽 골방으로 들어가고 싶었다. 좁기는 했지만 두 사람이 누울
자리는 충분했다. 영민이 손을 잡아끌자 다해도 싫지 않은 듯 따라
왔다.

"덥지?"

다해가 영민의 가슴 위에 흐르는 땀을 손가락으로 문지르며 말했
다. 방금 섹스를 끝낸 터라 그녀의 살갗은 뱀처럼 미끄러웠다.

"홀에 나갈까? 여긴 선풍기도 없어."

"아니, 그냥 조금만 더 있자."

영민은 번질거리는 그녀를 껴안아 배 위로 올렸다. 다해가 간지
럽다는 듯 위에서 요동쳤다. 땀으로 범벅이 된 몸통이 미끄러지다
가 부드럽게 맞물렸다. 그녀가 까르르 웃으며 빠져나왔다.

"동생이 올해 대학에 들어갔다고 했지?"

영민이 다해의 긴 머리카락을 쓰다듬으며 물었다.

"응, 이제 시작이야. 등록금이 만만치 않아. 알바라도 하나 더 뛰
어야 할까 봐."

'보도', 영민은 무심코 내뱉을 뻔했다. 눈을 감았다. 다해가 영민의 배에 머리를 기댄 채 한동안 말이 없었다.

"너 솔직히 얘기해봐. 내 과거가 궁금하지?"

다해가 먼저 입을 열었다. '아니'라고 답해야 하지만 영민은 입을 떼지 못했다. 다해가 일어났다. 그 바람에 허리 밑을 덮고 있던 얇은 이불이 벗겨졌다.

"새파란 년이 어린 동생 데리고 어떻게 살아왔는지, 어디서 굴러먹다 왔는지, 그런 게 궁금하지?"

술집여자와 사귀려면 과거를 묻지 않는 게 철칙이란 것쯤은 영민도 알고 있었다. 적어도 아니라고 고개를 저어야 했다. 그러나 목덜미에 접착제라도 발라놓은 듯 영민은 꼼짝할 수 없었다.

"별것 없어. 돈 좀 벌어보려고 여기저기 다녔을 뿐이야. 노래방 도우미에서 시작해서 단란주점도 가보고, 룸살롱에서도 있어보고, 안 가본 데가 없어. 아직 안마까지 안 갔지만 누가 알아? 먹고살려면 안마가 아니라 더한 곳도 가게 될지."

빨간 꼬마전구만 켜져 있어 주위가 불그스레했다. 불빛이 약해 다해가 무슨 표정을 짓고 있는지 알 수 없었다.

"걱정 마라, 우린 이루어질 수 없는 사이니까. 자긴 다 좋은데, 돈이 없어 안 돼. 내 동생 공부시키고, 멋도 좀 부리고, 폼 나게 살려면 돈이 있어야 하거든. 너 같은 가난뱅이하고는 그냥 엔조이야. 시팔, 내가 너랑 결혼이라도 하자고 했냐? 인사도 못 시키는 주제에 왜 사람 비참하게 만드는 거야."

다해가 어깨 사이로 얼굴을 묻었다. 영민은 자신이 무슨 잘못을 저질렀는지 알 수 없었다. 그냥 남동생이 대학 들어갔다기에 궁금해서 물어봤을 뿐인데. 기세등등했던 놈이 다해의 눈물 앞에 완전히 쪼그라들고 말았다. 영민은 자리에서 일어났다. 다해는 몸을 웅크린 채 어깨를 들썩이고 있었다. 홀로 나왔다. 홀도 무척 더웠다. 돈만 있으면 이렇게 슬프지 않을 텐데. 나도 너랑 무언가 될 수 있다고 생각해본 적은 없어. 엄마랑 정혜랑 함께 사는 게 먼저지, 너랑은 나도 엔조이야. 영민은 다해가 누웠던 소파에 앉아 어두운 허공을 바라보았다.

"가, 다시는 오지 마."

어둠 속에서 다해 목소리가 들렸다. 다해가 홀을 가로질러 문을 열었다. 새벽빛이 홀 안으로 스며들었다. 다해가 빛을 등지고 영민을 향해 섰다. 영민은 일어서서 다해에게 다가갔다. 윤곽만 보이던 다해 얼굴이 조금씩 드러났다. 다해가 한쪽으로 비켜 길을 열어주었다. 해가 뜨려는지 하늘은 부윰한 빛으로 가득했다. 차가운 공기가 몸을 감쌌다. 새벽에 갈채를 나올 때면 찬 공기의 상쾌함을 즐겼지만 오늘은 아니었다. 영민은 뒤를 돌아보았다. 다해가 한 걸음 비켜 어둠 속으로 숨어버렸다. 영민은 떨어지지 않는 발을 천천히 옮겨 가게를 빠져나왔다. 길 건너 편의점 주차장에 피닉스가 보였다. 그제야 헬멧을 놓고 온 게 생각났다. 뒤를 돌아보니 다해가 출입문에 머리를 기대고 서 있었다. 손에는 헬멧이 들려 있었다. 영민은 다해 앞으로 가서 똑바로 섰다. 다해가 헬멧을 내밀었다. 새벽빛이 다해 얼굴을 환하게 비추었다. 두 눈이 축축이 젖어 있었다. 조금 전 흘렸던 눈물 자국이 뺨에 그대로 남아 있었다. 영민이 헬멧을 받아

들자 다해가 돌아섰다. 영민은 마음이 급해졌다. 헬멧을 놓고 다해를 막아섰다. 피하려는 그녀를 안았다. 울고 있었다. 다해가 울고 있었다. 자신이 싫어져 헤어지자는 게 아니라는 건 알았다. 그래도 왜 헤어지자는 건지 몰랐다. 자격지심 같은 걸까? 나 또한 거지 같은 놈 아닌가. 모르겠다. 다해가 고개를 들어 입술을 찾았다. 두 사람은 입을 맞춘 채 한참을 서 있었다.

"다시는 찾아오지 마."

다해가 두 손으로 영민을 힘껏 밀고는 가게 문을 닫아버렸다.

"다해야!"

영민은 주먹으로 출입문을 힘껏 두들겼지만 아무 반응이 없었다. 날이 점점 밝아오고 있었다. 영민은 바닥에 떨어진 헬멧을 집어 들고 편의점 주차장으로 향했다. 피닉스에 올라타는데, 유리창 너머로 힐끔거리는 여드름투성이 점원과 눈이 마주쳤다. 점원이 황급히 고개를 돌렸다. 영민은 재빨리 피닉스를 몰고 주차장을 빠져나왔다.

15

총 맞은 것처럼 가슴이 아팠다. 가슴이 뻥 뚫린 기분이라는 게 어
떤 건지 알 것 같았다. 왜 헤어지자고 한 걸까? 아무리 생각해도 알
수 없었다. '보도'라는 말을 삼키지 못하고 내뱉은 건 아닐까? 말이
새어나오진 않았지만 입 모양을 보고 눈치챈 건 아닐까? 바보 같은
생각이다. 방 안은 충분히 어두웠다. 어쩌면 장난일지 모른다. 오늘
저녁에 아무렇지 않게 '마담 언니 퇴근했어. 빨리 건너와'라고 카톡
을 보낼지도 모른다. 배달을 마친 영민은 자유공원 계단에 멍하니
앉아 이런저런 생각을 했다. 발밑으로 황사에 가린 인천 시내가 뿌
옇게 보였다. 휴대폰이 울리지 않았다면 언제까지고 시내를 바라보
며 앉아 있었을 것이다.

"니가 좀 내려와야겠다."

외삼촌 목소리가 가늘게 떨리고 있었다.

"왜요? 엄마한테 무슨 일 있어요?"

영민은 저도 모르게 목소리가 커졌다.

"엄마 때문이 아니고 정혜 때문이야. 내려와서 얘기하자."

전화를 끊고 나서야 외삼촌 목소리에 노기가 섞여 있었다는 걸 알았다. 그러고 보니 돈을 부쳐달라고 한 이후 아직까지 정혜와 통화하지 못했다. 이 계집애가 무슨 일을 저지른 걸까? 영민은 불안한 마음으로 자리에서 일어났다.

오후가 한참 지난 시간인데도 조배가 나타나지 않았다. 어제 저녁 싸운 이후로 아직 조배의 얼굴을 보지 못했다. 싸움 때문일 리 없지만 은근히 신경이 쓰였다. 영민은 부채질을 하면서 통화하고 있는 사장을 바라봤다. 사장은 종일 책상에 앉아 한영건설 사람들과 전화를 주고받았다. 사장이 수화기를 내려놓는 걸 보고 책상 앞으로 다가갔다.

"저, 어머니가 아프셔서 시골 좀 다녀와야 할 것 같습니다."

사장이 책상 너머로 영민을 물끄러미 쳐다봤다.

"너, 요즘 조배가 안 나오는 거 알고 있지?"

"네. 지금 갔다가 저녁에 막차 타면 새벽까지는 올 수 있습니다. 내일 배달은 차질 없도록 하겠습니다."

"배달이 문제가 아니고 사무실이 문제야. 너, 금고 안에 약이 아직 빠지지 않은 거 알고 있지?"

어제도 사무실을 비우고 갈채에 갔지만 아무 일 없었다. 무거운 금고를 훔쳐가는 건 불가능했다. 그러나 대놓고 그런 말을 할 수는 없었다. 그저 고개를 숙이고 처분만 기다렸다.

178

"너, 여름에 가장 필요한 게 뭔지 알아?"

사장의 뜬금없는 말에 영민은 고개를 들었다.

"이 부채야 부채. 그런데 겨울이 되면 어떨까?"

니기미, 이 와중에 개드립이라니, 영민은 어벙한 표정을 짓고 사장을 쳐다봤다.

"천덕꾸러기가 되겠지. 여름에 가장 필요했던 게 겨울이 되면 천덕꾸러기로 변해 폐기 처분된다고 생각하면 무섭지 않아?"

사장이 커다란 눈을 부릅떴다. 영민은 다시 고개를 숙일 수밖에 없었다.

"늘 여름이라고 생각하지 마. 오늘은 내가 있을 테니까, 아침까지 돌아오도록 해."

사장이 큰 선심을 쓰듯 말했다. 영민은 재빨리 꾸벅, 인사하고 돌아섰다.

"돈은 있냐?"

사장이 그의 뒤통수에 대고 소리쳤다.

"네, 가다가 현금인출기에서 빼면 됩니다."

말은 그렇게 했지만 머릿속으로는 사장이 얼마쯤 집어주지 않을까 하고 기대했다. 조배 몫까지 돌고 있으니 용돈 정도는 받을 자격이 있었다.

"쓸데없이 시간 낭비하지 말고, 이걸로 차비해서 바로 내려가도록 해."

사장이 5만 원짜리 한 장을 책상 위에 던졌다. 영민은 한 번 더 고개를 숙이고 사무실을 빠져나왔다. 큰길로 나와 택시를 탔다. 택시 안에서 핸드폰으로 인천 종합터미널에서 떠나는 시외버스 시간을 검색했다. 다행히 네 시 십 분에 음성으로 출발하는 버스가 있었다. 도로만 막히지 않는다면 시간에 맞게 터미널에 도착할 수 있었다. 평일이라 표가 매진되지는 않을 것이다.

"평곡리까지 가시려면 적어도 3만 원은 주셔야 돼유."

배가 올챙이처럼 불룩하고 머리카락이 하얗게 센 기사가 영민의 행색을 아래위로 훑으며 말했다. 그러고는 가고 싶으면 알아서 하라는 듯 담배연기를 허공에 내뱉으며 시선을 피했다. 음성 시외버스터미널 앞 도로에는 빈 택시가 줄지어 서 있었다. 밤 늦게라도 올라가려면 시간을 아껴야 했다. 영민은 뒤쪽에 있는 택시 기사를 쳐다보았다. 슬리퍼를 신은 젊은 기사가 씁쓸한 미소를 지으며 고개를 저었다. 카르텔이라도 구축했는지 그 뒤에 있는 기사들은 아예 쳐다보지도 않았다.

"그 동네가 애매해서유. 거리는 멀지 않지만 사람이 없다 보니 터미널까지 빈 차로 나와야 해서유."

시커먼 얼굴에 주름이 가득한 택시 기사는 침이 가득 묻은 담배꽁초를 바닥에 던지며 변명을 늘어놓았다.

"빨리 가주세요. 오늘 밤 늦게라도 다시 서울에 올라가야 해요."

영민은 기름기가 번들번들한 기사의 뒷머리에 대고 택시 탄 목적을 분명히 말해주었다. 머릿기름 냄새가 택시 안에 가득해 저절로 인상이 찌푸려졌다.

"서울에서 오셨시유? 거기도 말이 아니쥬, 요즘 좌파 새끼들이 설처대는 통에 나라꼴이 말이 아니에유."

영민은 그건 박물관에 전시할 만큼 낡은 언어라고 말하려다 그만 두었다. 택시 기사도 박물관에 있어야 할 만큼 늙었기 때문이다. 구색이 맞는 건 짝으로 두어야 어울렸다. 영민이 잠자코 있는데도 기사는 계속 떠들어댔다. 노무현이 나오기 전에 평곡리에 도착했으면 했다. 아직 문재인을 까고 있는 걸 보면 시간은 좀 있었다. 다행히 기사는 노인네답지 않게 터프하게 차를 몰았다.

택시가 시내를 벗어나자 영민의 생각이 달라졌다. 기사는 좁은 이차선 도로를 시속 120킬로로 밟아대기 시작했다. 앞차를 추월하기 위해서 중앙선을 수시로 넘나들었다. 반대편 차선에서 달려오던 차가 상향등을 켜며 지나칠 때마다 영민은 간이 콩알만 해졌다.

"아저씨 좀 천천히 갑시다."

"바쁘다면서유."

"네 바빠요. 하지만 목숨까지 걸 정도로 절박하지는 않으니까, 중앙선 좀 넘지 마세요."

"하하하, 괜찮아유. 이 동네는 내가 빠삭해유."

기사는 능글맞게 웃으며 속력을 줄이지는 않았다. 말하는 것보다 운전에 집중하도록 내버려두는 게 현명할 것 같아 입을 다물어버렸다.

"나갈 때 콜 해주세유."

마을 입구에 도착하자마자 계산도 하기 전에 기사가 명함을 건넸다. 영민은 택시가 떠나자마자 명함을 갈기갈기 찢어 바닥에 뿌려버렸다.

군대 가기 전에 오고 처음이니 거의 3년 만에 찾는 외갓집이었다. 마을 입구에는 아름드리 은행나무 두 그루가 서 있어 마을 이름도 은행나무골로 불리었다. 방학이 되면 영민은 정혜랑 음성에 내려와 지내다 가곤 했다. 좁고 냄새 나는 자기 집보다 커다란 담뱃잎이 무성하게 펼쳐져 있는 이 동네가 좋았다. 재석이 형을 따라 개울에서 헤엄치고 물고기를 잡으러 다녔다. 하지만 정혜는 외갓집에 잘 적응하지 못했다. 여기서는 조심스럽게 행동해야 했다. 외사촌들이 불쑥불쑥 내뱉는 가시 있는 말을 잘 참아야 했다. 정혜는 견디기 힘들어했다. 일주일만 지나면 아버지가 보고 싶다며 울먹였다. 정혜는 아버지 옆에 배를 깔고 누워 책을 읽었고 아버지는 그 소리를 자장가 삼아 잠들곤 했다. 어머니와 영민이 아버지에게 냉랭한 반면 정혜는 언제나 살갑게 아버지 편을 들었다. 정혜가 사춘기가 되기 전에 아버지가 세상을 떠난 건 행운이었다. 그 덕분에 아버지는 정혜에 대한 좋은 기억만 간직한 채 세상을 떠났다. 정혜 또한 아버지에 대한 애틋한 감정만 남아 있었다. 힘들고 눈물 나는 기억은 어머니와 영민이 짊어졌다.

영민은 은행나무 사이를 통과해 마을로 들어섰다. 황토를 이겨 바른 담배 저장소를 몇 개 지나쳐 외삼촌 집으로 갔다. 붉은 녹이 가득한 철문을 열고 안으로 들어가자 개 짖는 소리와 함께 커다란 누렁이 한 마리가 달려들었다. 영민은 깜짝 놀라 뒤로 물러섰다. 다행히 줄에 묶여 있어 발밑에서 더 이상 다가오지 못했다. 누렁이는 팽팽히 당겨진 줄이 불편한 듯 고개를 좌우로 흔들어댔다.

"이런, 개새끼가?"

영민은 안전하게 묶인 걸 확인하자 발을 들어 차는 시늉을 했다. 누렁이가 커다란 이빨을 드러내며 지지 않고 으르렁거렸다. 외삼촌이 급히 뛰어왔다.

"안녕하셨어요? 어휴, 갑자기 달려들어서 깜짝 놀랐네요."

영민은 놀란 척하며 평상 쪽으로 물러났다. 외삼촌이 개를 달래고는 영민 쪽으로 다가왔다. 담배 밭에서 돌아와 씻고 있던 중이었는지 손등이 젖어 있었다. 외삼촌은 뒤춤에서 수건을 꺼내 물기를 닦으며 평상에 앉았다. 영민도 터미널에서 산 음료박스를 평상 위에 놓고 외삼촌 옆에 앉았다.

"복이가 원래는 조용한데, 어제 사람들 때문에 좀 놀란 것 같다."

"쟤가 복이예요?"

영민은 바닥에 엎드린 누렁이를 쳐다봤다. 3년 전 마당에서 뛰어다니던 조그마한 강아지였다는 사실이 믿기지 않았다. 재민이 형이 결혼하면서 두 분만 계시면 적적할 거라며 사다 놓았다. 군대 가기 전에 인사하러 내려왔던 영민은 손바닥만 한 복이를 데리고 놀았다. 머리를 쓰다듬으며 귀여워해주었더니 손가락을 핥으며 곁에서 떠나려 하지 않았다. 복이는 바닥에 배를 깔고 이쪽을 슬금슬금 쳐다봤다. 자신과 눈이 마주칠 때마다 이빨을 드러내며 적의를 보였다. 둘이 친한 사이였다는 사실은 까맣게 잊은 듯했다.

"외숙모는 어디 가셨어요?"

"재숙이가 둘째 낳아서, 거기 가 있어. 이번 주말은 지나야 올 거야."

그래서인지 집 안이 조용했다. 외삼촌이 허리춤에서 담배를 꺼냈다. 영민은 라이터를 꺼내려다 그만두고 대신 음료수를 따서 외삼촌 옆에 놓아드렸다.

"식사는 어떻게 챙겨 드세요?"

"니 엄마가 해놓고 가서 차려 먹기만 하면 돼. 재민이 처가 자주 왔다 갔다 하니까, 불편한 건 없어."

담배를 쥐고 있는 외삼촌 손가락이 가늘게 떨리는 게 보였다. 나이 탓이라 생각했다.

"엄마는 아직 안 오셨어요?"

"니 엄만 매일 늦어. 야근하는 사람들 밥까지 해줘야 하니까, 일찍 올 수가 없어. 그 나이에 무슨 고생인지…….."

외삼촌이 중얼거리듯 말했다. 뒷말을 흐렸지만 영민은 어렵지 않게 짐작할 수 있었다. 외삼촌은 어머니가 가난하고 병약한 아버지와 결혼한 것을 탐탁지 않게 생각했다. 아버지와 어머니는 신발 공장에서 만났다. 아버지가 플라스틱 구두골에 갑피를 씌워 넘겨주면 어머니는 밑창에 누런 본드를 쓱쓱 발라대는 일을 했다. 시골에서 올라온 어머니는 키가 크고 허옇게 생긴 아버지한테 한눈에 반했다. 아버지 신장이 망가지기 전까지 두 사람의 결혼 생활은 행복했다. 영민이 태어났고 3년 뒤 정혜가 태어났다. 아이들의 미래를 위해 저축도 할 수 있었다. 불행의 그림자가 드리운 건 아버지가 피로감을 호소하며 자주 자리에 눕기 시작하면서부터였다. 아버지의 콩팥이 제 기능을 하지 못하고 투석을 해야 하는 상황에 이르자, 더 이상 버틸 여력이 없었다. 할아버지 보상금으로 얼마간을 더 버틸 수 있었던 것이 불행 중 다행이었다.

영민은 대문 왼쪽에 있는 문간채를 바라봤다. 방 한 칸에 작은 쪽마루, 그리고 외삼촌이 급히 만들어준 부엌이 있었다. 인천을 떠나야 했던 어머니는 정혜와 여기서 살아야 했다. 이제 자신은 인천에, 아버지는 하늘나라에, 어머니는 음성에, 정혜는 청주에 제각기 살고 있었다. 이렇게 완벽하게 해체된 가족도 드물었다.

"어제 사채업자들이 왔다 갔다. 정혜가 빌려간 돈을 갚으라고 한바탕 난리를 치고 갔어. 니 외숙모가 집을 비워 다행이지, 이게 뭔 망신인지. 이번 주까지 돈을 갚지 않으면 다시 오겠다고 엄포를 놓고 갔어."

"사채요?"

영민은 놀라서 눈이 동그래졌다. 일찌감치 채무자로 살아왔기에 빚이 얼마나 무서운지 잘 알았다. 그런데 은행 빚도 아니고 사채라니. 은행에서 돈을 빌렸다던 정혜의 말이 떠오르면서 오만 가지 생각이 머릿속을 오갔다. 점포, 융자, 백만 원, 그 돈도 사채업자에게 뜯긴 건 아닐까?

"니 엄마한테 차용증서 주고 갔으니까, 자초지종은 엄마한테 들어봐라. 혼자서 공부한다고 고생하는 건 알지만 너도 알아야 할 것 같아 전화했다."

외삼촌이 어둑어둑해진 허공을 바라보며 말했다. 하루 종일 땡볕에서 일하느라 새까맣게 탄 얼굴에는 근심이 가득했다.

"무슨 말인지 알겠습니다. 엄마하고 상의해서 바로 수습하겠습니다. 죄송합니다."

영민은 외삼촌에게 고개를 숙였다. 외삼촌은 평생 음성에서 담배

농사만 짓고 살았다. 사채업자의 행패 같은 건 꿈에서도 상상하지 못했을 것이다. 똥치 골목에 살 때 아버지를 문병하러 외삼촌이 왔다 간 적이 있었다. 외삼촌은 방을 잠깐 들여다보고는 골목 축대에 기대어 아무 표정 없이 담배만 피우다 돌아갔다. 어머니 몰래 자신의 손에 지폐를 한 장 쥐여주었기 때문에 영민은 외삼촌이 또 오길 기다렸다. 외삼촌이 다시 온 것은 아버지 장례식 때였다. 장례식장에서도 안에 있기보다는 항아리 재떨이 옆에서 담배만 피웠다. 장례식이 끝나고 외삼촌이 트럭을 몰고 왔다. 정혜는 눈물을 흘리며 영민의 곁을 떠나려 하지 않았다. 고등학교 입학을 앞둔 영민은 잠시 상구네 집에 머물기로 했다. 짐 정리가 끝나고 출발해야 하는데, 정혜가 차에 오르려 하지 않았다. 어머니가 정혜의 등짝을 때리며 소리를 질러댔다. 외삼촌은 어머니를 밀치고 정혜 옆에 서 있는 그를 쳐다보았다. 영민은 고개를 끄덕이고 정혜 손을 잡고 앞좌석에 같이 올랐다. 정혜가 자리에 앉자 차에서 내렸다. 외삼촌이 그의 머리를 한 번 쓰다듬고 차에 올랐다. 그때부터 외삼촌에 대한 믿음이 생겼다. 어머니 말로는 외숙모 몰래 도와준 적이 한두 번이 아니라고 했다. 보답은 못할망정 폐를 끼쳐서는 안 될 일이었다.

영민은 평상에서 일어나 문간방으로 들어갔다. 방 안은 깨끗하다기보다 허전했다. 옷장 하나, 화장대 하나, 텔레비전 한 대가 전부였다. 아버지가 남긴 빚을 갚느라 꼭 필요한 것 이외에는 살 엄두를 내지 못했다. 자취방에서 에어컨을 보고 어머니의 눈빛이 변한 것도 무리가 아니었다. 어머니는 빚이 거의 정리되어간다고 했다. 빚만 정리되면 대학 등록금을 도와줄 수 있을 거라며 기뻐했다. 그 말은 아직 빚을 3년 더 갚아야 한다는 말과 다를 바 없었다. 배달을 계속할 수 있다면 학교는 자신의 힘으로 마칠 수 있었다. 영민은 어머니를 설득해 정혜를 다시 공부시킬 생각이었다. 그런데 이 계집애가 사고를 쳤다. 얼마나 빌렸을까? 복학을 위해 모아둔 통장의 잔고를 헤아려봤다. 액수가 크지 않다면 그 돈으로 막을 생각이었다. 사장이 준 돈을 화장대 서랍에 넣고 밖으로 나왔다. 외삼촌은 방으로 들어갔는지 마당에는 복이만 있었다. 외삼촌한테 꾸중을 들어서인지 바닥에 납작 엎드려 있었다. 이제는 영민과 눈이 마주쳐도 이빨을 드러내지 않고 멀뚱멀뚱 쳐다만 봤다. 옛날처럼 이름을 부르며 머리를 쓰다듬어줄까 망설였다. 그러나 조금 전에 이빨을 드러내며 적의를 보였던 모습이 떠올라서 그만두었다.

"어머니 좀 만나러 왔는데요, 장경순 씨라고 식당에서 일하는데."

영민은 파란 텔레비전 화면이 반사된 작은 유리창 밑으로 고개를 숙이고 말했다.

"누구? 식당 아줌마? 저쪽 건물로 들어가면 지하로 내려가는 계단이 보일 거유. 그리로 내려가보슈."

경비 아저씨가 경비실 문을 열고 나와 건물을 가리켰다. 붉은 벽돌로 지은 3층 건물은 불이 환하게 들어와 있었다. 창문으로 작업에 열중하고 있는 여공들의 모습이 보였다. 대기업에 전자부품을 납품하는 공장이라고 들었다. 어머니는 음성에 내려오자마자 일자리를 찾았다. 처음에는 시내 중심가에 있는 식당에서 일했다. 식당을 몇 군데 옮겨 다니다 지금 회사의 구내식당에 취직했다. 영민은 계단을 내려가 식당 안으로 들어갔다. 넓은 홀에 불이 켜져 있었지만 사람은 보이지 않았다. 주방 안을 들여다봐도 아무도 없었다. 어디선가 첨벙거리는 물소리가 들렸다. 안으로 좀 더 들어가 반쯤 열린 새시 문 안을 들여다보았다. 대형 냉장고를 중심으로 농협 마크가 찍힌 쌀자루가 보였다. 그 옆으로 부식이 든 나무상자가 가지런히 놓여 있었다. 어머니가 바닥에 털썩 주저앉아 물이 담긴 고무 대야에 양파를 까 넣고 있었다. 바닥에는 양파를 담았던 붉은 망이 흩어져 있었다. 어머니는 영민을 보고도 그다지 놀란 표정이 아니었다.

"요것만 까놓고 가려 했는데, 벌써 시간이 이렇게 됐네. 홀에 잠깐 앉아 있어봐."

어머니는 일어서서 주섬주섬 주변을 정리했다. 영민은 어머니가 고무 대야를 들고 나오면 같이 들어주려고 문 앞에서 기다렸다.

"앉아 있으라니까?"

어머니는 반쯤 남은 양파자루만 부식상자에 집어넣고 홀로 나왔다.

"저녁은?"

"먹었어."

영민이 대답했지만 어머니는 그 말을 무시하고 주방으로 들어갔다. 잠시 후 쟁반에 반찬 몇 가지와 밥을 챙겨 들고 나왔다.

"찌개 데우고 있으니까, 천천히 먹어."

두 사람은 서로에게 거짓말을 밥 먹듯 하며 살았다. 돈 있니? 있어. 밥 먹었니? 먹었어. 등록금은? 다 마련했어. 이런 거짓말이 습관처럼 몸에 배었다. 정혜는 달랐다. 아니 안 먹었어. 빨리 밥 차려줘.

있으면 줘, 없으면서 맨날 줄 것처럼 말하지 말고. 어머니는 가시나가 기가 너무 세서 큰일이라고 했다. 하지만 영민은 그런 정혜가 부러웠다. 남 눈치 보지 않고 자신의 감정을 드러낼 수 있는 건 깔때기 출신 아이들에겐 쉬운 일이 아니었다.

"정혜가 도대체 무슨 일을 저지른 거야?"

수저를 들었지만 밥이 넘어가지 않았다. 영민은 반찬만 이리저리 헤집었다. 어머니가 주방으로 들어가더니 된장찌개를 쟁반에 받쳐 들고 나왔다. 손에는 고지서 몇 장이 들려 있었다.

"그동안 카드회사에서 돈을 빌려 쓴 모양이야."

어머니가 건네준 세 장의 카드 명세서를 들여다봤다. 돌려막기를 하다 감당이 안 됐는지 그대로 연체됐다. 금액은 생각보다 크지 않았다. 영민의 통장에 있는 돈으로 막을 수 있는 액수였다.

"외삼촌 말로는 이것 말고 또 다른 빚이 있다고 하던데?"

어머니가 우울한 표정으로 고개를 끄덕였다.

"카드빚은 내가 어떻게 해보겠는데……."

말끝을 흐리며 손에 움켜쥐고 있던 종이를 내보였다. 복사된 차용증에서 2천만 원이라는 글자와 숫자를 보는 순간 영민은 머리가 아찔했다. 자신의 예상을 훌쩍 넘어선 금액이었다.

"이 사람들 연락처 가지고 있어?"

영민은 애써 덤덤한 표정을 지으며 물었다. 굳이 호들갑을 떨지 않아도 어머니는 이미 상당한 충격을 받았을 것이다.

"가면서 명함 하나 주고 가더라."

"그거 나 줘, 내가 전화해볼게. 근데 커피전문점 한다더니 그때 빌린 건가?"

"아직 통화를 못 해봐서 모르겠는데, 그것 말고 걔가 빚질 일이 뭐가 있어. 그때 말렸어야 했는데, 설마 이런 짓을 하고 다닐 줄은 꿈에도 몰랐지."

"전화가 안 돼?"

"핸드폰이 꺼져 있어서 연락할 방법이 없어."

어머니가 답답한 듯 한숨을 내쉬었다.

"알았어. 내가 수습해볼 테니까, 정혜한테 연락 오면 나한테 바로 전화하라고 해."

답답하긴 영민도 마찬가지였다. 2천만 원이면 통장에 있는 돈으로는 어림없었다. 어떻게든 해결 방법을 찾아야 했다. 사채업자에게 돈을 빌렸다면 한숨만 쉬고 있을 수만은 없는 문제였다. 사채의 무서움은 인터넷이나 텔레비전을 통해 익히 들었다. 시간이 갈수록 이자는 눈덩이처럼 불어날 것이다.

"난 바로 올라갈게. 내일도 일해야 돼."

영민은 핸드폰으로 시간을 확인하며 말했다. 인천까지 직접 가는 시외버스 막차 시간은 지난 지 오래였다. 일단 동서울로 가서 인천까지 심야버스를 타야 했다.

"형편이 조금 괜찮아진다 싶으면 꼭 이렇게 일이 터지더라. 나도 돈을 좀 마련해볼 테니까, 이번만은 너도 도와줘라. 사채라니까, 너무 겁이 난다. 그 사람들이 말하는 거 보니까, 그냥 넘어갈 사람들 같지 않더라."

"너무 걱정 마. 돈 좀 빌려 쓴 것뿐인데. 내가 알아서 할게."

영민이 자리에서 일어서며 말했다. 어머니는 식당 정리를 마저 끝내야 했기에 영민이 먼저 식당을 나섰다. '이 정도 시련이야 헤쳐 나갈 수 있어. 돈 몇 푼 쓴 건데 뭐, 잘 생각해보면 방법이 있을 거야.' 영민은 대범하게 생각하며 회사 정문을 빠져나왔다. 하지만 돈과 연관되면 쉬운 일이 없다는 걸 이미 경험으로 잘 알고 있었다. 발걸음이 무거워지는 건 어쩔 수 없었다. 또 한 번 자신의 인생에 시련이 불어닥쳤다는 걸 인정해야만 했다.

16

"어서 오세요."

건물이 낡아서 사무실도 허름할 거라 생각했는데 의외로 아담하고 깨끗했다. 사무실 한가운데 푸른 대나무를 심어놓은 화분이 있어 아늑함마저 느껴졌다. 사채업자 사무실이라는 생각이 전혀 들지 않았다. '햇살금융'이라는 아크릴 간판만 보면 그럴듯한 금융회사 같았다.

"어떻게 오셨어요?"

입구 옆 책상에 앉아 있던 여직원이 일어서며 물었다. 그녀는 머리에 딸기 모양 핀을 꽂고서 해맑은 미소를 짓고 있었다.

"여기, 이 사람을 만나러 왔는데요."

영민은 어머니에게 받은 명함을 여직원에게 내밀었다.

"아, 부장님이요. 그러지 않아도 오시는 중이라고 전화 왔어요. 조금만 기다리세요. 커피 드릴까요?"

영민은 생글거리는 여직원이 영 거북했다. 부장이라는 사람과 통화했다면 자신이 왜 왔는지 알 텐데도 계속 생글거렸다. 나이는 있어 보이는데 하얀 레이스가 달린 블라우스에 빨간 체크무늬 주름 원피스를 입고 있었다. 머리에 하얀 캡만 없으면 애니메이션에서 자주 볼 수 있는 메이드와 똑같았다.

"괜찮습니다."

영민은 정중히 사양하고 소파가 있는 쪽으로 갔다. 사무실에는 여직원밖에 없었다. 파티션으로 가려진 곳이 사장 자리 같았다. 파티션 좌측에 책상 두 개가 더 있었다. 사채업자라, 영민은 화분 앞에 있는 소파에 앉아 머리를 뒤로 기댔다. 이 작자들을 어떻게 상대할지 걱정이 됐다. 상구와 같이 왔더라면 좋았을 텐데. 아니다, 괜히 오버해서 날뛰다가는 일만 커진다. 정혜가 한 짓을 상구가 아는 것도 싫었다. 대신 오늘 배달이나 잘 마쳐주면 그걸로 만족해야 한다. 사장한테 들키지 않으려면 빨리 일을 마치고 인천으로 올라가야 했다.

속이 타들어가는데 아무도 나타나지 않았다. 영민은 여직원 머리 위에 있는 벽시계를 올려다봤다. 약속한 시간이 30분이나 지났다. 이것도 수법일까? 고속버스 안에서 사채업자에 대한 정보를 검색해 봤다. 드라마 같은 이야기만 있지 도움 될 만한 내용은 많지 않았다.

"죄송해요. 금방 오실 거예요."

그와 눈이 마주치자 여직원이 또 한 번 생글거렸다. 영민이 눈을 감아버렸다. 생글거리는 저년도 한통속이 분명했다. 상황극을 만들고 있는 걸까? 그러고 보니 여직원이 했던 말이 모두 연극 대사처럼 느껴졌다. 메이드풍의 코스프레도 상황극 소품이고. 약 장사도 전략이 있는데, 여기에도 그들만의 노하우가 있을 것이다. 시간을 끌어 채무자를 초조하게 만드는 게 첫 번째 순서이고, 두 번째 순서는 무얼까? 정혜가 볼모로 잡힌 상황에서 뾰족한 수가 없었다. 이 자식들 이야기를 들어봐야 협상을 하든지 배를 째든지 할 것이다. 사무실 문이 열리는 소리에 영민은 눈을 떴다.

"시팔, 날씨 더럽게 덥네. 도대체 올여름은 언제까지 더울 거야."

드디어 연출자가 나타났다. 건장한 남자 두 명이 들어왔다. 점퍼를 입은 스포츠머리가 어깨라는 생각이 들었다. 그렇다면 양복을 입은 대머리가 회유책일 것이다. 저들이 자신 앞에 다가올 때까지 영민은 자리에서 꼼짝하지 않기로 마음먹었다.

"아까부터 기다리고 계셨어요."

스포츠머리가 영민을 향해 고개를 돌렸다. 붉은 얼굴과 굵은 목덜미에서 땀이 줄줄 흘러내렸다. 영민을 바라보는 시선이 험악했다. 영민은 엉겁결에 자리에서 일어날 뻔했다. 아랫배에 힘을 주고 시선을 다른 곳으로 돌렸다. 스포츠머리가 성큼성큼 다가왔다. 영민은 팔짱을 낀 채 굳은 표정을 유지하며 꿋꿋하게 자리를 지켰다. 대머리는 슬그머니 옆으로 빠져 파티션 안으로 들어갔다.

"야, 넌 손님 왔으면 커피라도 한잔 타서 올리지 뭐 하고 있었냐?"

스포츠머리가 영민의 앞에 아무것도 없는 걸 보고 여직원에게 소리쳤다. 생긴 것만큼이나 성질도 급해 보였다.

"제가 괜찮다고 했습니다."

상대를 곤혹스럽게 만드는 팀 플레이라도 하는 걸까? 스포츠머리는 커피를 사양한 영민을 죄인처럼 만들었다. 여직원이 주름치마를 나풀거리며 오줌처럼 노란 차를 가져왔다.

"동생분한테서는 연락 왔어요?"

스포츠머리가 구수한 메밀차 향이 나는 찻잔을 들었다.

"아니요, 아직……."

영민은 찻잔에 손대지 않았다. 땀이 줄줄 흐르는데도 뜨거운 메밀차를 호호 불어가며 마시는 스포츠머리가 신기하기만 했다.

"이런 니기미, 돈 빌릴 때는 간이라도 빼줄 것 같더니, 돈 받고 나서는 쌩을 까? 우리 하는 일이 애들 잡는 건데, 도망가면 못 잡을 것 같아서?"

'어련하시겠어.' 영민은 스포츠머리가 물티슈를 뽑아 목덜미를 문질러대는 것을 지켜보았다. 무슨 말부터 해야 하는 걸까? 갚을 돈이 얼마인지부터 따져볼 필요가 있지 않을까?

"저……."

영민이 말을 꺼내려고 하는데, 사무실 문 열리는 소리가 났다.

"저기, 여기서 돈 빌릴 수 있다고 해서 왔는데요."

한 아주머니가 문가에 서서 다 죽어가는 목소리로 입을 열었다. 이런 곳은 처음인 듯 선뜻 안으로 들어오지 못했다.

"이리 오세요. 어떤 대출을 원하시는데요?"

여직원이 또 생글거리며 아주머니를 자신의 책상 앞으로 데려갔다.

"박 부장, 올라가서 얘기해. 사무실에서 큰소리 내지 말고."

파티션에서 언제 나왔는지 대머리가 소파 뒤에서 서류철을 던졌다. 검은색 파일이 탁자 위에 떨어졌다.

"고객님, 이리 와 앉으시죠."

대머리가 아주머니에게 부드러운 목소리로 말했다. 박 부장이라는 사내가 서류철을 들고 일어섰다. 영민도 따라 일어섰다. 아주머니가 한쪽으로 비켜섰다. 두 사람이 지나갈 때까지 아주머니는 죄지은 사람처럼 고개를 들지 못했다. 박 부장이 녹색 화살 표시가 있는 비상구를 통해 옥상으로 올라갔다. 옥상 출입문 옆에 작은 옥탑방이 있었다. 박 부장이 아무 말 없이 안으로 들어갔다. 무작정 따라들어가는 게 내키지 않았지만 달리 방법이 없었다. 안에 들어서자회의용 테이블과 의자가 보였다. 테이블 위에는 서류양식이 담긴플라스틱 케이스, 전자계산기, A4용지 등 사무용품이 놓여 있었다.

"앉으셔."

먼저 의자에 앉은 박 부장이 건너편 자리를 가리키며 퉁명스럽게말했다.

"오빠 되신다고?"

"네."

영민은 얼굴을 보면서 이야기하고 싶었지만 박 부장이라는 사내는 서류철에 고개를 박고 있어 땀이 찬 정수리밖에 보이지 않았다.

"쓸데없는 이야기 집어치우고 본론으로 들어갑시다. 내가 지금부터 당신 동생이 갚아야 할 돈을 계산해줄 테니까, 당신이 그 돈만 갚으면 끝나는 거야."

박 부장이 반말과 존댓말을 적당히 섞어가며 말했다. 말이 끝나자 서류철을 딱, 소리 나게 덮고 고개를 들었다. 질문이 아니기에 따로 대답할 필요가 없었다. 영민은 그저 박 부장을 지그시 노려봤다. 영민과 눈길이 마주치자 박 부장은 싱긋 웃으며 여유를 부렸다. 가만히 영민을 쳐다보기만 했지 그도 말이 없었다. 짧지만 길게 느껴지는 시간이 흘러갔다. 의도한 만큼 시간이 지났다고 생각했는지 박 부장이 다시 서류철에 고개를 박았다. 영민은 박 부장의 정수리에 다시 눈길을 주었다. 스포츠머리들은 왜 목이 짧고 굵은 걸까? 박 부장이라는 이자의 목도 자라처럼 어깨에 파묻혀 있었다. 한 손으로는 힘들겠지만 두 손으로 잡아당기면 무처럼 쑥 뽑힐 것 같은 느낌이 들었다.

"어디 보자, 이 아가씨가 우리에게 뭔 짓을 했을까나? 어이쿠, 2천만 원을 월 5부로 주기로 하고 받아가셨네."

박 부장이 서류철을 영민에게 내밀었다. 손으로 짚은 부분에 방금 말한 내용이 적혀 있었다.

"그러니까, 2천만 원에 5부면 월 이자가 백만 원인데, 이 아가씨가 돈도 안 갚고 그냥 토꼈구나. 계산기가 어디 있냐? 요놈이 여기 있었구나. 자 그럼, 우리가 받을 돈을 계산해봅시다."

박 부장이 신이 난 듯 콧노래를 흥얼거리며 전자계산기를 두들겨대기 시작했다.

"4월까지는 잘 주셨는데, 5월부터 이 아가씨가 생을 까기 시작했구려. 그럼, 5월에 받을 돈이 2,100만 원이 되겠구나. 6월로 넘어가면 이자가 105만 원이 되니까, 이자를 더하면 받을 돈이 2,205만 원이 되는구나."

박 부장이 리듬에 맞춰 머리를 흔들었다. 한 달 계산이 끝날 때마다 A4용지에 숫자를 적어나갔다. 원금에 이자를 더해 다시 이자를 계산하고 있었다. 영민은 가만히 지켜보기만 했다.

"시팔, 숫자가 왜 이렇게 안 맞아."

혼자 잘 놀던 박 부장이 신경질적으로 계산기를 두들겼다. 만 단위에 찍혀야 할 숫자가 자꾸 십만 단위에 찍혔다.

"어디까지 했더라? 6월까지 했구나. 그럼 7월로 넘어갑시다. 이자가 110만 2,500원이 되니까, 받을 돈이 2,315만 2,500원이 되는구나. 8월로 접어들면 이자가 115만 7,625원이 되니까, 받을 돈이 2,431만 125원이로구나. 자알, 넘어간다! 지금이 9월이니, 9월까지 계산합시다. 9월 이자를 계산하니 121만 5,506원이 나오는구려. 그러므로 받을 돈이 무려 2,552만 5,631원이 되시겠구나."

박 부장이 달 타령을 끝냄과 동시에 A4용지에 25,525,631원이라는 글자를 크게 썼다.

"자, 우수리 떼고 2,552만 원을 여기로 보내시면 되겠습니다."

박 부장은 5,631원을 우수리라고 감액해주었다. 니기미, 영민은 속으로 중얼거리며 박 부장이 내민 쪽지를 들여다보았다. 은행명과 계좌번호 그리고 수취인 성명이 적혀 있었다. 자신의 일이 끝났다고 생각했는지 박 부장은 어깨를 의자 뒤에 붙인 채 고개를 좌우로 흔들며 피로를 풀었다. 갚아야 할 돈이 나왔으니 이제 협상에 들어갈 순서였다. 영민은 거만하게 목을 돌리고 있는 놈의 면상에 주먹을 내리꽂는 상상을 하며 입을 열었다.

"이거 불법 아닙니까?"

이런 사채업자가 법을 제대로 지킬 리 없었다. 달라는 대로 다 줄 수는 없었다. 좌우로 돌아가던 굵은 목이 멈췄다. 박 부장은 놀란 듯 눈을 동그랗게 뜨고 영민을 바라봤다.

"가셔."

박 부장이 A4용지를 구깃구깃 뭉쳐 테이블 위에 던져버렸다. 그러고는 정색을 하며 자리에서 일어섰다.

"돈은 내가 그 시발년한테 받을 테니까, 댁은 그냥 가시라고."

표정이 싸늘하게 변한 박 부장이 옆에 있는 의자를 걷어찼다. 의자 두 개가 우당탕 소리를 내며 바닥에 뒹굴었다.

"뭐 시발년? 시발, 어디서 욕이야?"

영민도 일어서서 소리쳤다. 자신보다 한 뼘 정도 작은 박 부장을 내려다보았다. 우선 자신의 덩치를 무기로 삼아 상대가 책잡힐 만한 건수를 잡아 물고 늘어지기로 했다.

"그래, 그럼 좋은 말로 해드릴게. 돈 갚으세요."

박 부장이 유들거리며 테이블 위에 있던 서류철을 집어 들었다.

"법정 이자 한도가 27.9프로인데, 당신 말대로 계산하면 60프로가 넘잖아. 이게 불법이 아니고 뭡니까?"

영민이 할 수 있는 거라곤 인터넷에서 주워들은 정보를 내세우는 수밖에 없었다. 배 째라고 막무가내로 우겨볼까도 생각했지만 어머니와 외삼촌을 생각하면 그것도 쉬운 일이 아니었다.

"어디서 그런 개소리를 듣고 왔는지 모르겠지만, 우린 계약서에 적힌 대로 하는 겁니다."

박 부장이 계약서가 들어 있는 서류철을 영민의 눈앞에서 흔들어 댔다.

"아무것도 모르는 애를 꼬여 돈 빌리게 해놓고 고리로 돈 뜯어먹고 있는 거 아닙니까?"

영민은 계속해서 따지고 들었다.

"하!"

박 부장 입에서 감탄사가 터져 나왔다.

"당신 말대로 우리는 고리, 즉 높은 이자로, 대금, 돈을 받는 일을 하는 사람이야. 고. 리. 대. 금. 업. 자."

박 부장이 고리대금업자라는 단어를 또박또박 끊어 발음했다.

"시팔, 서류 다 읽고, 도장 잘 찍고, 돈 잘 받아가고서는, 이제 와서 니미, 불법 타령이야. 진짜 어이가 없네. 당신하고 할 얘기 없으니까, 동생 년이나 데려와."

박 부장이 바닥에 넘어진 의자를 발로 걸어차며 테이블을 돌아 나오려 했다.

"어디다 대고 자꾸 욕이야?"

영민은 앞으로 나오려는 박 부장을 가로막고 섰다.

"좆같으면 돈 갚으라고."

박 부장이 얼굴을 앞으로 쭉 내밀며 이죽거렸다.

"갚으면 될 거 아냐."

영민은 주먹을 꼭 쥐었다. 다시 한 번 정혜를 욕하면 가만두지 않을 생각이었다.

"네, 그러세요? 그럼 갚으세요. 시팔, 이달 말까지 입금만 안 해봐. 그년을 잡아다가…….."

"조용히 안 해?"

영민이 놈의 멱살을 잡으려는 순간 누가 뒤에서 소리쳤다. 돌아보니 대머리가 문 앞에 서 있었다. 대머리는 자연스럽게 두 사람 사이에 끼어들었다. 박 부장이 쓰러진 의자 뒤로 물러났다.

"그 아가씨가 잠적하는 바람에 우리도 힘이 들어서 그래요. 이자도 안 주지, 연락도 안 되지. 가게에 가보니, 의자 하나 없이 아주 깨끗하게 정리해서 도망갔지. 우리가 불우이웃돕기 하는 사람도 아니고, 돈 2천만 원을 그냥 날리게 생겼는데, 좋은 말이 나오겠습니까? 우리 계산에 문제 있으면 계약서에 도장 찍은 사람보고 오라고 하세요. 괜히 알지도 못하는 사람 앞에 놓고 핏대 올릴 생각 없으니까."

대머리가 테이블 위에 공처럼 뭉쳐진 A4용지를 펼쳐서 액수를 확인하고는 고개를 끄덕였다.

"이번 주 안에 동생분이 나타나지 않으면 진짜 곤란해집니다. 우리도 땅 파서 장사하는 거 아니고 손해볼 수는 없는 거 아닙니까? 돈 갚을 때까지 집으로 찾아갈 거고, 당신 어머니 회사에도 찾아갈 겁니다. 그렇게 되면 큰소리가 나오고 서로 민망한 상황이 생길 수밖에 없어요. 외삼촌이라는 분이 동네에 오래 사셔서 땅이 좀 있으시던데."

대머리가 A4용지를 네모반듯하게 두 번 접어 그에게 내밀었다. 영민은 대머리가 내민 용지를 받아 들었다. 이들은 이미 조사를 다 끝냈다. 정혜가 사라져도 돈 떼일 염려가 없다는 사실을 알고 이자가 늘 때까지 느긋하게 기다리다 회수 작업에 나선 것이다. 박 부장이란 놈은 의자에 앉아 담배를 피우며 딴청을 피웠다.

영민은 대머리가 써준 합의서를 들고 사무실을 나왔다. 이달 말까지 2,500만 원을 송금하는 걸로 모든 채무가 변제된다는 내용이었다. 대머리는 50만 원을 감해주며 생색을 냈다. 그래도 5천 원짜리 스포츠머리보다는 나았다. 원금만 갚는 걸로 결말을 지어보려던 자신의 계획은 입 밖에 꺼내보지도 못했다. 역시 인생은 호락호락하지 않았다. 돈이 걸린 일이라면 더욱 그랬다. 그나마 50만 원을 빼준 게 여기까지 내려온 보람이라면 보람이었다.

"저, 저기요."

영민이 빠른 걸음으로 건물을 빠져나가는데, 입구에서 그를 부르는 소리가 들렸다. 고개를 들어보니 좀 전에 사무실에서 봤던 아주머니였다.

"여기서 정말 돈을 빌려줄까요?"

아주머니는 영민이 돈을 빌려주는 사람이라도 되는 것처럼 간절한 눈빛으로 그를 쳐다봤다.

"글쎄요. 저는 돈 빌리러 온 게 아니라 잘 모르겠는데요."

"내일 통장에 돈을 넣어준다고 했는데, 정말인지 모르겠어요. 내일까지는 우리 애 수술비를 꼭 마련해야 하거든요."

아주머니가 영민에게 한 발짝 다가왔다. 일을 하다 왔는지 때 이른 스웨터 안에 고동색 작업복이 보였다.

"빌려준다고 했으면 빌려주겠죠. 하지만 웬만하면 다른 방법을 찾아보세요. 여기 이자가 엄청 비싸요."

영민이 한 걸음 뒤로 물러서며 말했다. 웬만하지 않으니까 여기까지 왔겠지만, 해줄 말은 그것밖에 없었다. 아주머니가 힘없이 고개를 끄덕였다.

"얼마나 빌리시는데요?"

어머니도 아버지가 임종을 앞두고 집으로 가고 싶다고 했을 때 사채를 빌리자고 했다. 다행히 방이 빠지는 바람에 전세 보증금으로 병원비를 갚고 아버지를 데려올 수 있었다.

"천만 원이요. 선이자 떼고 950 넣어준다고 하던데."

"그래요? 그래서 고마워서 비타500 갖다주려는 겁니까?"

아주머니가 손에 든 하얀 비닐봉지를 내려다보며 고개를 끄덕였다. 어이없기도 하고 안쓰럽기도 했다.

"그런다고 저 사람들이 봐주고 그런 거 없어요. 돈 못 갚으면 무슨 짓을 할지 모르는 사람들이니까, 돈 생기면 빨리 갚고 빠져나오세요."

영민은 자신의 처지도 별반 다를 게 없는데 충고하는 게 우스웠다. 더 이상 이야기할 것도, 지체할 시간도 없어 아주머니를 뒤로하고 버스터미널을 향해 걸음을 재촉했다.

17

"영민아, 차 트렁크에서 골프백 좀 가져와봐라."

통화를 끝낸 사장이 차 키를 영민에게 던지며 말했다. 밖으로 나오자 뜨거운 열기가 얼굴을 감쌌다. 올여름은 유난히 더위가 심했다. 1994년 이후 최고의 폭염이라고 했다. 9월 중순이 넘었는데도 더위가 가시지 않았다. 기상청에서는 오키나와 해상에서 발생한 태풍이 우리나라 쪽으로 올라오고 있다고 했다. 조만간 무더위가 가실 거라고도 했다. 자신의 로또만큼 적중률이 없는 자들이라 믿음이 가지 않았다. 그래도 한 번 정도는 맞추지 않을까? 영민은 소박한 희망을 품으며 사장의 에쿠스 앞으로 갔다.

사장은 이 더위에도 자주 골프를 치러 다녔다. 지금도 한영건설곽 소장하고 재개발 이야기는 잠깐 하고 골프 얘기만 잔뜩 늘어놓았다. 작대기를 휘두르는 게 뭐 그리 재밌는지, 그로서는 알 수 없는 세계였다. 트렁크를 열자, 라벨도 떼지 않은 화려한 골프백이 보였다. 'Aloha Standard.' 생소한 브랜드는 얼마 전 사장이 구입한 골프백과 같은 상표였다. 가방 앞뒤에는 열대지방에서나 볼 수 있는 커다란 나뭇잎과 거북 문양이 요란하게 새겨져 있었다. 우리나라 기후가 아열대로 변해가자 발 빠른 업체에서 열대지방을 상징하는 문양으로 골프백을 만든 모양이다. 재질도 에나멜이어서 유난히 반짝였다. 연예인이나 조폭이 가지고 다니기에 딱 좋아 보였다.

영민이 골프백을 가지고 사무실 안으로 들어갔을 때 사장은 금고 앞에 무릎을 꿇고 있었다. 골프백을 책상 옆으로 놓으며 사장 어깨 너머로 금고 안을 훔쳐봤다. 안에는 마닐라삼줄로 엮은 자루가 가득했다. 약을 가지러 온다던 서울에서는 아직도 소식이 없었다. 사장 말로는 서울도 예전만큼 경기가 좋지 않다고 했다. 옛날 같으면 약이 들어오기 무섭게 가져갔는데, 이제는 이런저런 핑계를 대며 미룬다고 투덜댔다. 사장이 아래쪽 금고 안에서 두툼한 5만 원권 다발을 꺼냈다. 영민은 사장이 일어서기 전에 몸을 돌려 소파로 다가갔다. 금고 안에 얼마나 많은 돈이 들어 있을까? 황철배에게 누명을 씌웠던 돈도 저 안에서 나왔을 것이다. 사장이 현금을 은행에 맡기지 않는 이유는 세금을 피하려는 게 아니라 비자금으로 사용하기 위해서라고 보는 게 맞았다.

"영민아, 너 이리 좀 와봐라."

골프백을 책상 위에 올려놓고 이리저리 감상하던 사장이 영민을 불렀다.

"이 골프백 어떠냐? 멋있지?"

"대박 멋있는데요. 먼저 사신 골프백보다 훨씬 근사해요."

눈썰미하고는, 누가 조폭 아니랄까 봐. 영민은 자신의 과장된 미소가 이율배반적이라 느끼면서도 일부러 감탄스러운 표정을 지었다.

"너, 마케팅인가 비즈니스인가 전공한다고 했지?"

"네."

"그럼, 비즈니스에서 가장 중요한 게 뭔지 알아?"

"그야 돈이죠."

영민의 거침없는 대답에 사장이 어이없다는 표정을 지었다. 전공이 뭔지도 정의 내리지 못하는 판에 내가 알 리가 있나, 영민은 꿋꿋하게 사장을 쳐다보며 다음 말이 나오길 기다렸다.

"그럼, 비즈니스와 식사의 공통점이 뭔지 아니?"

영민은 '돈이요'라고 말하려다 참았다. 젠장, 비즈니스를 하려면 돈이 필요하고, 밥을 먹으려면 돈이 필요하고, 그게 공통점이지.

"때야, 때. 비즈니스와 식사에서 가장 중요한 건 때를 잘 맞추는 거야. 오죽하면 밥때를 놓치면 안 된다는 말이 나왔겠어. 비즈니스도 마찬가지야. 때를 놓치면 편하게 갈 수 있는 길도 가시밭을 헤치며 돌아가야 해. 기름칠할 때가 되면 바로 기름을 칠해줘야 한단 말이지."

사장의 드립이 또 시작됐다. 영민은 사장의 말에 고개를 끄덕이며 공감을 표했다. 연기는 배우만 하는 게 아니었다. 오랫동안 눈치를 보고 살면 소울 없는 연기가 몸에 배는 법이다.

"골프장에서 곽 소장이 내 골프백을 보고 멋있다고 계속 칭찬하더라. 그게 무슨 뜻인지 알겠니?"

"갖고 싶다는 거겠죠."

"그래, 이제 네가 비즈니스를 이해하는구나. 갖다줘라."

"네에?"

"곽 소장, 그 새끼한테 이거 갖다주고 오라고."

사장이 사람 좋아 보이는 미소를 지으며 영민에게 차 키를 다시 내주었다. 그냥 갖다주라고 하면 될 일을 드립까지 쳐가며 말하는 걸 보면 사장도 꽤나 심심한 모양이었다. 아니면 자신의 유머 감각을 키우기 위해 그를 제물로 삼는 건지도 몰랐다. 영민은 골프백을 문 옆에 세워놓고 탁자 위에 있는 핸드폰을 챙겼다.

"한잔 줄까?"

언제 꺼냈는지 사장은 양주병을 들고 있었다. 금고 오른쪽에 있는 캐비닛은 사장의 전용 창고였다. 낚시용품, 등산 배낭, 골프 연습 채 등 개인 용품이 가득했다. 아래쪽 서랍에는 고급 양주를 넣어두고 가끔 얼음 잔에 부어 홀짝이곤 했다.

"골프백 갖다주라면서요, 운전도 해야 하는데."

말은 그렇게 하면서 영민은 슬그머니 소파에 앉았다. 양주라는데 마다할 이유가 없었다. 사장은 온더록스를 만들어 그에게 주었다. 오늘은 상당히 기분이 좋아 보였다.

"골프가 재밌으세요?"

사장은 틈만 나면 퍼팅 연습을 했다. 가끔 원목 더미 뒤에서 긴 채를 휘두르기도 했다.

"너, 이 세상에서 가장 재미있는 운동이 뭔 줄 알아?"

물어본 게 잘못이었다. 사장의 드립이 또 시작됐다.

"누워서 하는 운동은 섹스, 앉아서 하는 운동은 마작, 서서 하는 운동은 골프가 제일 재미있다고 하지. 이 셋의 공통점은 바로 중독이야."

마작이 무슨 운동이야 노름이지, 영민은 속으로 비웃으며 사장의 말에 공감한다는 표시로 고개를 끄덕였다. 그 대가로 양주를 한 모금 들이켰으니 손해볼 건 없었다. 운전한다는 사람 붙잡고 술까지 먹이는 걸 보면 드립도 중독성이 있다고 봐야 할 것이다.

"마약과 같아서 한번 중독되면 빠져나오기가 힘들어. 그러니까, 처음부터 발을 담그지 않는 게 좋아."

"근데, 왜 사장님은 그렇게 골프를 열심히 연습하세요?"

"그건 다 비즈니스 때문이란다, 비즈니스."

사장이 껄껄껄 웃었다. 사장의 말을 듣다 보면 기승전 그리고 비, 모든 게 비즈니스로 귀결됐다.

"사장님, 깔때기가 재개발 들어가면 진짜 여기서 손 떼실 건가요?"

영민은 사장의 기분이 좋은 걸 보고 그동안 궁금했던 질문을 던졌다. 조배에게 넘길 건지 정말 신경 쓰였다. 자신의 앞날이 걸린 문제였다.

"누가 그래?"

사장의 언성이 높아졌다. 그새 드립의 효과가 사라진 걸까? 영민은 얼음이 든 양주잔으로 시선을 돌렸다.

"그냥……"

누가 그랬는지 말하지 않아도 사장이 알아서 정리해주기 때문에 뒷말을 흐렸다.

"조배, 그 자식이 그러지? 네가 보기에는 이 장사가 쉬운 것 같니? 우리가 왜 송도 쪽으로 안 넘어가는데, 그리고 그쪽에서도 왜 여기에 얼씬도 안 하는데. 다 이유가 있는 거야. 조배한테 맡기면 한 달도 못 가 손 털고 일어날 거야. 세상이 그리 호락호락하지 않아. 내가 여기서 손 떼는 일은 없을 거니까, 넌 걱정 말고 일이나 열심히 해."

사장의 말을 들으니 안심이 됐다. 북성동 일대 술집이 모두 단골이라 땅 짚고 헤엄치기로 돈을 벌었다. 아무리 조배가 커다란 공을 세웠다고 해도 이 좋은 장사를 통째로 넘겨줄 리가 없었다. 사장이 계속 관리한다면 조배가 어떤 위치에 있든 상관없었다. 이제 자신도 옛날처럼 조배에게 호락호락 당할 짬밥이 아니었다.

"지금 몇 학년이라고 했지?"

"내년에 복학하면 2학년이 됩니다."

"휴, 아직 한참 남았네. 그래, 졸업할 때까지 여기서 일한다 생각하고 딴생각 말아. 복학하더라도 내 말만 잘 들으면 계속 일하게 해줄게. 깔때기는 지금 난장판이야. 너 같은 애가 낄 자리가 아냐. 상구가 바람 넣는다고 넘어가지 말고, 여기서 대학 마치고 제대로 된 직장 잡아라. 뒤는 내가 봐줄 테니까, 알았지?"

사장이 훌륭한 말만 골라 하는 바람에 영민은 저절로 미소가 지어졌다. 마치 돈 많은 형이 가난한 동생의 장래를 걱정해주는 훈훈한 아침드라마 같은 분위기가 연출됐다. 사장의 말이 구구절절 옳았다. 농담거리도 안 되는 일당을 주면서 일만 진지하게 시키는 놈들이 널린 세상이었다. 이 정도 알바면 최상의 조건이었다. 이 상태로 3년만 더 지낼 수 있다면 졸업장을 거머쥐게 된다. 영민은 사장의 말을 듣고 나니 그동안 심란했던 상황이 한꺼번에 정리되는 느낌이었다.

"감사합니다, 사장님. 곽 소장님한테 골프백 갖다드리고 오겠습니다."

사장의 배려에 감격한 나머지 목이 메었다. 반이 넘게 남은 양주잔을 내려놓고 일어섰다. 자신의 단점은 너무 쉽게 감격한다는 것이다. 더 큰 단점은 그걸 꼭 시간이 지나서야 깨닫는다는 것이다. 영민은 에쿠스 문을 열면서 사장의 말에 또 울컥했다는 사실을 알았다. 그래도 미래를 보장해준다는 말을 들었기 때문에 기분이 나쁘지 않았다. 그의 장래를 걱정해준 사람은 많았지만, 실질적인 도움을 준 사람은 사장밖에 없었다. 조배와 등을 진 이상 사장의 호의가 절대적으로 필요했다.

공사 현장은 높은 회색 철제 펜스로 둘러싸여 있었다. 곽 소장은 다행히 현장사무소로 가져오라고 했다. 집으로 갖다달라고 하면 서울까지 올라가야 했다. 입구를 찾기 위해 펜스를 따라 한 바퀴 도는데, 피켓을 든 사람들이 보였다. 그쪽으로 다가가자 입구가 보였다. 입구 앞에서 안전모를 쓴 직원이 사람들을 통제하고 있었다. 영민은 차를 출입문 앞에 대고 창문을 내렸다.

"곽 소장님 뵈러 왔거든요."

에쿠스는 신분증이나 다름없었다. 직원이 별다른 확인 절차 없이 굳게 닫힌 철문을 열어주었다. 영민은 옆에서 시위하고 있는 사람들을 쳐다보았다. '상업성 위주의 졸속 복합민자 역사 건립 반대'라는 문구가 적힌 피켓을 들고 있었다. '인천도시공공성네트워크연대', 꽤나 긴 단체명이 녹색 조끼에 찍혀 있었다.

펜스 안에서는 허물어진 인천 역사를 치우는 작업이 한창이었다. 거대한 포클레인 두 대가 조각난 잔해물을 덤프트럭에 싣고 있었다. 먼지를 가라앉히기 위해 뿌린 물로 바닥이 흥건했다. 물구덩이에 바퀴가 빠지지 않도록 조심하며 현장사무소 앞에 차를 댔다.

곽 소장은 사장의 심부름으로 한 번 본 적이 있었다. 상구 말로는 별명이 불도저라고 했다. 한영건설 사장의 심복으로, 일을 시작하면 무섭게 밀어붙인다고 했다. 깔때기도 그의 손에 들어가면 3년 안에 마천루로 변할 거라고 상구는 엄지손가락을 추켜올리며 말했다. 2층에 있는 사무실로 올라가자 캐러멜 색상의 나무 책상 앞에 대머리 남자가 고개를 숙인 채 일에 열중하고 있었다. 모자를 벗은 모습은 처음이라 조금 지나서야 그 남자가 곽 소장이라는 사실을 알아차렸다.

"안녕하세요?"

영민이 큰 소리로 인사하자, 곽 소장이 고개를 들었다. 누군지 모르겠다는 듯 멀뚱멀뚱 그의 얼굴을 쳐다봤다.

"아, 연안부두."

곽 소장은 유행가 가사를 뽑아내듯 한마디 하고 자리에서 일어났다. 그러고는 옷걸이에 걸린 점퍼를 뒤적였다.

"트렁크에 실어놔. 차는 뒤편에 주차시켜놨어."

말이 끝남과 동시에 차 키가 영민을 향해 날아왔다. 싸가지라는 건 애당초 키우지 않는 새끼였다. 영민은 차 키를 낚아채 밖으로 나왔다. 에쿠스를 사무실 뒤편으로 몰고 갔다. 은회색 그랜저가 펜스 옆에 주차되어 있었다. 소장의 차 키로 열림 버튼을 누르자 삐, 소리와 함께 그랜저에 불이 들어왔다. 영민은 트렁크 안에 화려한 알로하 스탠다드 골프백을 밀어넣었다. 시선이 자꾸 골프백 앞쪽에 있는 보조 주머니로 향했다. 그 안에 사장이 금고에서 꺼낸 5만 원권 돈다발이 들어 있었다. 사채업자에게 갚아야 할 정혜의 빚이 생각났다. 무슨 놈의 팔자가 이리 좋은지, 이놈들은 이리 쉽게 돈다발을 주고받는데, 나는 빚 걱정으로 근심이 한 바가지라니. 영민은 골프백 보조 주머니를 손가락으로 톡톡 치며 한숨을 토해냈다. 아까부터 한 다발 정도는 슬쩍 꺼내도 문제없을 거라는 뱀의 속삭임이 그를 유혹하고 있었다. 들통났다가는 일자리에서 쫓겨날 수 있었다. 사장과 곽 소장은 수시로 전화를 주고받는 사이였다. 영민은 트렁크 문을 힘껏 닫는 것으로 뱀의 대가리를 끊어버렸다. 신이라는 작자가 하는 일이란 불행한 놈은 더 불행하게 만들고, 행복한 놈은 더 행복하게 만드는 것임이 분명했다. 멍청한 신 덕분에 가난은 끊임없이 대물림해야 하는 유전병이 되고 말았다. 재수 없게도 영민은 그 유전병을 물려받았다. 자식이 생겨 물려준다면 퍽이나 기뻐할 유산이었다.

차 키를 주려고 사무실에 다시 올라갔을 때 곽 소장은 여전히 민머리를 보이며 책상에 코를 박고 있었다.

"차에 잘 실어놨습니다."

할 수만 있다면 영민도 입구에서 곽 소장의 면상을 향해 키를 집어던지고 싶었다. 하지만 현실은 책상 앞까지 가서 두 손으로 공손하게 차 키를 내밀어야 했다. 차 키를 받아 든 곽 소장이 옷걸이 쪽으로 걸어갔다. 책상 위에는 커다란 조감도가 펼쳐져 있었다. 지하 4층, 지상 15층, 연면적 8만 1,537평방미터, 그 안에 오피스텔, 식당, 전문매장, 멀티플렉스영화관 등이 들어설 예정이었다. 인천역을 헐고 15층짜리 복합민자 역사를 짓는 공사였다. 조감도로 본 역사는 꽤 그럴싸하게 보였다.

영민은 곽 소장에게 인사하고 사무실을 나왔다. 조감도대로 완성되면 인천역 주변도 완전히 변할 것이다. 오랫동안 봐서인지 구역사도 나름 친밀감이 있었다. 이렇게 싹 없애는 것이 능사가 아닐 텐데, 공사만 했다 하면 옛날 모습은 온데간데없이 사라졌다. 조감도만 보면 그럴싸해 보이지만, 실제 지어놓고 보면 '아니올시다'인 경우가 많았다. 건물만 거창하게 올리는 걸 보니 인천역도 '아니올시다'가 될 확률이 높았다.

영민은 2층에 있는 소장실을 올려다봤다. 싸가지 없는 새끼는 수고했다는 말 한마디 없었다. 바닥에 널린 철사 쪼가리를 서너 개 주워 사무실 뒤편으로 갔다. 주위에 아무도 없는 것을 확인하고 그랜저 타이어 밑에 철사 쪼가리를 던져놓았다. 민대가리가 퇴근길에 고생 좀 할 거라 생각하니 마음이 조금 풀렸다. 소심한 복수가 제대로 성공하길 바라며 에쿠스에 올랐다.

공사장 출입문을 빠져나가는데 녹색 조끼를 입은 사람이 다가와 유인물을 내밀었다. 인천역사의 과거 스토리를 살려야 한다는 굵은 고딕체 글씨가 눈에 들어왔다. 그 밑으로 역사성과 공공성의 조화를 이룬 새 인천역사 건립을 주장하는 문구가 적혀 있었다. 영민은 고개를 흔들었다. 땅값이 역사보다 소중한 대접을 받는 세상이었다. 역사성이 결코 복합민자 역사를 이길 수는 없었다. 그들도 상구 할머니처럼 무모한 시도를 하고 있을 뿐이다.

18

영민은 피닉스를 세워놓고 콘크리트 방파제 끝으로 걸어갔다. 바닷가 특유의 비린내가 갯바람을 타고 코끝으로 스며들었다. 방파제 위에 서서 물 빠진 갯벌을 바라보았다. 거멓게 드러난 진흙 뻘 위로 갈매기 서너 마리가 총총거렸다. 또 다른 갈매기 무리가 밑창까지 드러낸 폐선 주변에서 먹이를 찾고 있었다. 낮게 깔린 갈색 구름 탓에 포구 분위기가 스산했다. 아직 밀물 때가 아니라 사람들의 모습은 보이지 않았다. 영민은 바다를 향해 뻗은 콘크리트 구조물을 따라 갯벌로 다가갔다. 구조물 위에는 배를 잡아매기 위한 묵직한 쇠말뚝이 일정한 간격으로 박혀 있었다. 그는 제일 끝에 있는 말뚝 위에 엉덩이를 걸치고 담배를 꺼냈다. 포구 건너편으로 할아버지가 젊었을 때 일했다는 제철 공장이 보였다. 우뚝 솟은 회색 굴뚝에서 하얀 연기가 흘러나오고 있었다. 어릴 적에는 하루도 쉬지 않고 연기를 뿜어내는 굴뚝이 신기했다. 제철 공장 안에 있는 고로에서 365일 쉬지 않고 쇳물을 쏟아내기 때문이라는 걸 할아버지가 알려줬다. 제철 공장이 자동화되면서 할아버지는 많은 사람과 함께 해고되었다. 공장에 계속 다녔다면 원목 더미에 깔려 죽는 일은 없었을 것이다.

영민은 담배꽁초를 갯벌 위로 튕겨버리고 일어섰다. 지금은 시커먼 뻘만 보이지만 밀물 때가 되면 갯벌 사이로 난 물길을 따라 바닷물이 밀려들어온다. 작은 고깃배가 그 물길을 타고 들어와 쇠말뚝에 밧줄을 걸고 배 위에서 난전을 펼친다. 그러면 포구 앞에 몰려 있던 사람들이 배에 올라 갓 잡아온 생선을 고르며 흥정을 시작한다. 이곳에 포구가 있다는 사실을 아는 사람은 많지 않았다. 토박이들과 오랫동안 드나든 단골들이 주로 찾아왔다.

어릴 적에 어머니를 따라 김장 새우를 사러 깔때기 포구에 여러 번 왔었다. 출렁이는 배 위에는 자잘한 새우, 손바닥만 한 조기, 병어, 간자미, 이름 모를 잡어가 한 무더기씩 쌓여 있었다. 어머니는 들통 가득 생새우를 사서 젓을 담가 김장철이 되면 깔때기 시장 한 구석에서 팔았다. 새우를 집까지 가져가려면 어머니 혼자 힘으로는 버거웠다. 영민은 어머니와 들통 손잡이를 양쪽에서 잡고 깔때기 포구에서 집까지 걸어갔다. 새우가 가득한 들통은 어깨가 빠질 듯 무거웠다. 거리도 멀었지만 언덕을 올라야 했기에 힘이 곱절로 들었다. 어머니보다 키가 작은 탓에 힘이 조금만 빠져도 들통이 기울어져 새우가 바닥으로 떨어졌다. 그때마다 어머니는 자리에 쭈그리고 앉아 한 마리도 빠짐없이 주워 담았다. 영민은 죄인이 된 기분으로 구멍 난 운동화만 내려다보았다. 도중에 학교 친구들을 만날까 봐 고개를 숙이고 운동화 끝만 보며 올라갔다. 깔때기에서 나올 때 정혜가 가장 기뻐한 일이 공동화장실에서 벗어난 것이었다면, 그는 무거운 들통을 들고 언덕길을 오르지 않아도 되는 것이 무엇보다 기뻤다. 그 당시 들통의 무게나 지금 원목의 무게나 가난의 무게는 차이가 없었다.

피닉스를 포구집 앞에 세웠다. 주인아줌마는 구청에서 매년 철거 통지서를 보낸다고 엄살을 떨었지만 철제 빔으로 고정시켜놓은 가건물은 그대로였다. 건물의 반이 갯벌 위에 걸쳐 있어 운치가 있었다. 게다가 창문으로 넓은 갯벌 풍경을 바라볼 수 있어 본채보다 인기가 좋았다.

"안녕하세요. 잘 계셨죠?"

"이게 누구야? 경순이 아들 아냐. 엄마는 잘 계시지?"

"네. 잘 계세요."

영민은 건성으로 대답하고 철제계단을 통해 가건물로 올라갔다. 술 마시기엔 이른 시간이라 가게 안은 텅 비어 있었다. 깔때기 포구가 잘 보이는 창가에 자리를 잡았다. 아직 물이 들어오지 않아 포구는 한산했다. 가게 앞 갯벌에는 알맹이가 빠진 굴 껍데기가 패총처럼 쌓여 있었다. 갈매기 몇 마리가 그 위에서 서성거리며 곧 들어올 고깃배를 기다리고 있었다. 아주머니가 물병과 컵을 들고 올라왔다.

"여기는 여전하네요. 이제 구청에서 철거하라고 안 하나 보죠?"

"이제 그건 문제도 아냐. 재개발 때문에 장사를 접어야 하는 판에 계고장이 무슨 대수라고."

"여기까지 재개발해요?"

"처음엔 갈매기 시장까지만 한다더니, 이제는 이곳까지 싹 밀어 버리고 여기를 수산물센터로 만들 거래. 관광객이 찾아오기 편하도록 뜯어고칠 모양이야."

"그럼 좋은 거 아니에요?"

"그동안 장사는 어떡하고? 게다가 여기도 못 쓰게 되고, 진짜 장사는 여기서 다 했는데. 이건 보상에 안 들어간대. 올해까지만 하고 내년에는 장사를 접어야 할 판이야. 뭐 먹을래? 오늘은 우럭이 괜찮은데."

"친구 온다고 해서요. 오면 주문할게요."

상구가 갈매기에서 내려오려면 시간이 걸릴 것이다. 영민은 담뱃갑을 들고 계단 옆 공간으로 나왔다. 갯벌에서 불어오는 바람을 맞으며 담배를 피웠다. 재를 털자, 갈매기 한 마리가 무리에서 떨어져 난간 밑으로 다가왔다. 재를 한번 쪼아보고는 뒤로 물러나 고개를 갸웃거리며 그를 쳐다봤다. 영민은 불을 튕겨버리고 갈매기를 향해 꽁초를 던졌다. 갈매기가 부리나케 다가와 꽁초를 쪼기 시작했다. 사람의 손에서 나온 거면 무엇이든 먹을 수 있다고 생각하는 걸까? 어쩌면 날카로운 부리와 발톱이 퇴화되어 바다비둘기로 변했는지도 모른다. 빌어먹는 삶이란 어쩔 수 없었다. 마음 같아서는 사채업자고 나발이고 다 뒤엎고 싶었다. 정혜는 무슨 생각으로 사채업자에게 돈을 빌린 걸까? 장사하면 금방이라도 떼돈을 벌 수 있다고 생각한 걸까? 영민은 담배를 하나 더 꺼내 물었다. 어젯밤에는 갈채 앞에서 한참을 서성거리다 돌아왔다. 정말 마음이 돌아선 걸까? 그

218

날 이후 다해한테 몇 번이나 카카오톡 메시지를 보냈지만 확인조차 하지 않았다. 잠을 잤으니 누구보다도 편한 사이라고 생각했는데 냉랭한 태도 한 번에 놀이터 이전의 불편하기만 한 관계로 돌아갔다. 정혜 문제까지, 요즘은 제대로 풀리는 일이 하나도 없었다. 가슴도 답답한데 시원하게 비라도 한 줄기 쏟아지면 좋겠다. 영민은 흐린 하늘을 보며 한숨을 토해냈다.

사장의 심부름으로 깔때기에 올라갔다가 상구를 만났다. 상구가 오랜만에 깔때기 포구에서 소주나 한잔하자고 했다. 다음으로 미루려다가 정혜의 빚이 생각났다. 혹시나 하는 생각에 먼저 내려가서 기다리겠다고 했다. 상구한테까지 손 벌릴 생각을 하니 마음이 편치 않았다. 이번 달 말까지 어떡하든 2천만 원을 마련해야 한다. 5백만 원은 통장의 잔고와 현금 서비스로 충당하고 나중에 방 보증금을 빼서 정리할 생각이다. 방을 빼면 그때부터는 사무실에서 지내야 한다. 역시 조배가 문제였다. 조배가 다시 사무실에 들어온다면 일이 복잡해진다. 익수처럼 오토바이에서 떨어져 대가리가 깨져 죽었으면 좋으련만. 영민은 익수의 뼛가루가 떠돌고 있을 바다를 바라보았다. 매일 술을 마시고 오토바이를 타는데도 사고 한 번 나지 않는 놈이니, 그런 행운이 따라줄 것 같지 않았다.

상구가 돈이 있을까 해서 기다리고 있지만 믿음이 가지 않았다. 그래도 말이나 한번 해볼 작정이었다. 사장에게 부탁해볼까도 생각했지만 좋은 방법이 아니었다. 빚에 쫓겨 산다는 이미지만 박힐 뿐이다. 금고 안에서 돈을 꺼내던 사장의 모습이 떠올랐다. 그 안에서 2천만 원만 꺼낼 수 있다면 영혼이라도 팔 수 있을 것 같았다.

"어이, 친구."

영민은 계단 아래를 향해 고개를 돌렸다. 상구가 양복 차림으로 철제계단을 밟고 올라오고 있었다. 노랗게 염색했던 머리카락이 검은색으로 돌아왔다. 왁스를 발라 바싹 붙인 머리카락은 반들반들 윤이 났다. 이제 제법 건달 티가 났다. 손을 들며 건들거리는 폼이 꼭 황정민을 닮았다. 영화를 많이 보면 이런 부작용이 나타난다. 영민은 피식, 웃고 말았다.

"새끼가, 형님 보고 웃어? 하여튼 민주화가 되고 나서 우리 사회 위계질서가 엉망이 됐어, 엉망이."

"신수가 나날이 훤해지십니다, 형님."

영민은 허리를 90도로 굽혀 깍듯이 인사했다. 상구가 웃으며 그의 배를 가볍게 치고는 가게 안으로 들어갔다.

"약은 잘 팔리냐? 니네 사장은 요즘 깔때기에서 살더라. 우리 회장님하고 매일 대책회의야. 이젠 약 장사보다 깔때기에 더 공을 들이는 것 같은데?"

"그러게, 약 장사는 흥미를 잃어나 봐. 사무실에 있을 때도 건설회사 사람들하고만 놀아. 오늘도 불도저랑 골프장 갔을걸."

"고것이 비즈니스 아니겠냐. 우리 회장님도 같이 갔어. 중요한 결정은 골프장 안에서 다 이루어진다는 거 몰라? 나도 이참에 후계자 수업하는 셈 치고 슬슬 골프를 배워볼까 봐."

"지랄도 풍년이라더니. 왜 승마도 좀 하시고, 요트도 좀 타시고, 그러셔야지."

"시발, 대학생이라는 놈이 인생을 그렇게 부정적으로 살아서야 쓰겠냐. '꿈은 꾸는 자만이 이룰 수 있다'라는 말도 몰라? 지금은 비웃을지 몰라도 조금만 지나봐라. 이 엉아의 눈부신 모습에 눈도 못 뜰 날이 올 거다."

상구가 마냥 즐거운 듯 싱글거렸다.

"어련하시겠어. 근데 어느 세월에? 토끼 머리 뿔 날 때?"

영민이 계속 이죽거리자, 상구가 나무젓가락을 그의 목에 들이대며 위협했다.

"그나저나 모두 개떼처럼 몰려다니는 걸 보면 깔때기 재개발도 진척이 있나 보지?"

영민은 상구 손에 있던 나무젓가락을 낚아채 식탁 위에 던져버렸다.

"너 아무에게도 말하면 안 돼."

상구가 정색을 하며 의자를 끌어당겨 영민의 앞으로 바싹 다가왔다.

"이번에 황철배가 날아갔잖아. 그래서 한영에서 본격적으로 관 작업에 들어갔대. 곧 일이 벌어질 거야. 애들 맞추고 있거든. 우리가 올라가서 떨거지들을 싹 쓸어내기만 하면 불도저가 그대로 밀어붙여 아파트를 올리고, 빌딩을 세울 거야. 이 일대가 천지개벽이 되는 거라고."

"아 그래? 좋겠다."

"시발놈아, 깐죽대지 말고 내 말 좀 잘 들어봐. 내가 계획서를 봤는데, 똥치 골목에는 아파트가 들어서고, 시장에서부터 상가까지는 먹자골목이 들어설 거야. 북성동에 있는 술집이 다 이리로 옮겨올 거라고. 그러면 우리한테는 황금알을 낳는 나와바리가 생기는 거야. 우린 그냥 어장 관리만 해도 먹고살 수 있어."

"그렇게 해서 양아치들은 장사치들에게 돈을 뜯어먹으면서 늙어죽을 때까지 행복하게 살았습니다."

영민이 다리를 꼬고 동화책을 읽듯이 조용히 읊어댔다.

"아 진짜, 고만 좀 깐죽대라니까."

상구가 화가 난 듯 물컵을 들어 올렸다.

"아줌마, 우리 우럭 매운탕으로 주세요."

영민은 아주머니가 계단을 올라오는 걸 보고 일부러 큰 소리로 말했다.

"매운탕은, 회부터 한 접시 해야지. 아줌마, 물 좋은 놈으로 한 마리 썰어주세요."

상구가 고개를 돌려 아주머니를 보고 씨익, 웃었다. 부러진 이 안쪽이 썩어가는지 시커멓게 드러났다. 자기 이도 제대로 관리 못 하는 놈이 어장 관리는, 영민은 혀를 찼다.

"할머니한테는 가봤냐?"

"말 마라, 노친네가 또 인천상륙작전 기념식에 가서 데모하다가 사람들한테 떠밀려 허리를 삐끗한 모양이야. 할미가 죽어가는데 코빼기도 안 보인다고 성화여서 얼굴만 내밀고 왔다."

"괜찮으신 거야?"

"말만 아프다고 했지, 가보니까 쌩쌩하더라. 보나마나 누가 슬쩍 미니까 허리 잡고 누웠겠지. 우리 할머니도 빨갱이 다 됐어."

"시발놈아, 할머니한테 빨갱이가 뭐냐. 할머니도 억울하니까 그

222

러는 거 아냐. 니 말대로 민주화가 됐고, 이만큼 먹고살 만하면 이제
는 보상해주는 게 맞지 않아? 남의 땅 빼앗은 놈은 애국자고, 뺏긴
사람은 빨갱이냐?"

이런 새대가리한테 짜증내봤자 소용없다는 걸 알면서도 영민은
목소리를 높이고 말았다.

"이 새끼도 완전 종북이네."

"우리 집 똥개 이름이 종북이다, 씹새야."

영민은 상구가 따라준 소주를 단숨에 들이켰다. 정혜가 왜 그런
바보 같은 짓을 저질렀을까? 누구보다도 똑똑하고 야무진 애였다.
자신이 대학을 포기하고 대신 정혜를 보냈어야 했다. 그랬다면 이
런 무모한 짓을 저지르지 않았을 것이다.

"이 새끼가 돌았나? 왜 그래, 뭔 일 있어?"

장난기가 넘쳤던 상구가 정색했다. 영민은 아무 말도 하지 않고
소주를 한 잔 더 따라 마셨다. 의도한 건 아니지만 말하기 좋은 분위
기가 잡혔다. 그래도 한참을 망설였다.

"너, 돈 좀 있냐?"

영민은 상구를 바라보며 힘겹게 말을 꺼냈다.

"우리가 언제 돈 모아놓고 살았냐? 뭔 일 있긴 있구나."

상구의 굳어진 표정을 보자, 괜히 돈 얘기를 꺼냈다는 생각이 들
었다. 상구 말대로 양아치처럼 사는 인생이 무슨 돈을 모으고 살겠
는가. 기대했던 자신이 어리석었다.

"엄마가 돈이 좀 필요하다고 해서."

"얼마나? 한 십억?"

상구의 얼굴에 웃음이 돌아왔다.

"십억 가지고 되겠냐. 울 엄마 손이 얼마나 큰데, 한 백억은 있어야지."

영민도 따라 웃었다. 돈 빌릴 데가 없어 이런 양아치에게 기대야 하다니, 나도 참 한심한 놈이다. 영민은 농담으로 넘기고 나자 마음이 편해졌다.

"그러니까, 새끼야. 니가 그때 그년을 잡았어야 했어."

"누구를?"

"이 새끼, 대학생이라는 놈이 진짜 머리 나쁘네. 태후가 소개시켜 준다고 했던 유치원 원장 딸 말이야."

"아하."

영민은 웃고 말았다. 대학교에 들어간 지 얼마 안 돼 상구와 태후가 찾아왔다. 그때 상구는 백수였고, 태후는 유치원에 물건을 납품하는 보육사라는 곳에서 아르바이트를 뛰고 있었다.

"그 원장이 엄청 부자였거든. 신포동 일대가 거의 그 원장 땅이었잖아."

"왜, 인천 땅이 다 그 원장 아줌마 건 아니고?"

"아무튼 그 원장이 부자였던 건 사실이잖아? 그때 새끼야, 니가 눈 한번 질끈 감고 그년을 꼬셨어야 했다니까."

"니가 눈 한번 질끈 감고 꼬시지 그랬냐?"

"학벌만 되면 내가 진작 꼬셨다, 새끼야."

둘이 작당을 하고 영민을 억지로 봉고차에 태워 동화책 속에 나오는 궁궐처럼 꾸민 유치원 앞으로 데려갔다. 영민은 솔깃한 마음으로 봉고차에 앉아 태후가 말한 유치원 원장 딸이 나오기만을 기다렸다. 괜찮은 여자가 여러 명 드나들었지만 모두 유치원 교사였다. 드디어 원장 딸이 나왔는지 태후가 손짓했다. 영민은 그 여자를 보자마자 바로 차를 돌리라고 했다.

"새끼야, 니가 그때 희생만 했으면 지금쯤 우리 친구들이 다 떵떵거리며 살고 있을 거야."

"야, 이 시발놈아, 그게 희생이냐? 제물이지."

지금이라면 주먹만 한 들창코도 돈만 있다면 예쁘게 보일는지 모른다. 하지만 갓 대학에 들어간 풋풋한 스무 살 청춘에게는 어림없는 이야기였다.

"하긴 그년이 좀 심하긴 했지."

상구가 실실 웃으며 말했다. 누군지도 모르는 남의 집 딸을 도륙내고 있는 놈의 미소치고는 순진해 보였다.

"참, 어제 조배 만났다."

"그래? 어디서?"

조배가 사무실에 나타나지 않은 지 벌써 5일째였다. 사장하고는 연락을 취하고 있는지 별다른 말이 없었다.

"다해라고 알지? 갈채 똥갈보."

상구 입에서 다해라는 이름이 나오는 순간 하얀 생선살을 집던 손가락이 그대로 멈췄다.

"걔가 왜 똥갈보야?"

영민은 감정을 누르며 건조한 음성으로 말했다.

"너 모르는구나. 그년 이름이 왜 다했데. 돈만 주면 아무하고나 다

한다고 해서 다해야. 월미도에서 조배하고 같이 걸어가던데? 빠구리 한탕 뛰고 나왔겠지."

상구가 낄낄거리며 회 접시에 젓가락을 올렸다. 영민의 젓가락이 툭, 부러졌다. 상구가 앞에 있던 나무젓가락을 내밀었다. 영민은 거들떠보지 않고 부러진 젓가락 끝만 바라보았다. 그걸로 상구의 목을 찌르고 싶은 충동이 강하게 일었다. 더 앉아 있다가는 실제 그런 일이 벌어질 것만 같아 젓가락을 식탁 위에 집어던지고 밖으로 나왔다.

"왜 새끼야, 돈 안 빌려줘서? 얼마나 필요한데?"

상구가 그의 뒤통수에 대고 소리쳤다. 영민은 대꾸도 하지 않고 철제난간에 기대어 바닷바람에 몸을 맡겼다. 담배에 불을 붙이는 손가락이 떨렸다. 상구가 나오는 소리를 듣고 시선을 밑으로 깔았다. 갈매기 한 마리가 여전히 혼자 놀고 있었다. 담배꽁초를 다 쪼아 먹었는지 흔적도 보이지 않았다.

"얼마가 필요한데?"

상구가 그의 옆에 와서 담배를 꺼내 물고 다시 물었다. 살의가 느껴졌다. 영민은 이런 기분이라면 사람을 죽일 수도 있겠구나 하는 생각이 들었다.

"됐어."

최대한 감정을 가라앉히며 말했다.

"이 새끼 봐라, 금방 지 입으로 돈 필요하다고 해놓고선."

"됐으니까 신경 끄라고, 시발놈아."

영민은 갑자기 피가 머리 위로 확 솟구치는 걸 느꼈다. 정혜 때문인지 다해 때문인지 모르겠지만 화가 머리끝까지 치밀어 오른 것만은 확실했다. 상구가 혀를 차더니 불이 붙은 담배를 갯벌로 튕겨버리고 가게 안으로 들어갔다. 갈매기가 황급히 담배꽁초를 향해 날아갔다.

갑자기 앞쪽이 소란스러워졌다. 어느새 밀물 때가 됐는지 고깃배 서너 척이 포구에 들어와 있었다. 영민은 배 위에 먼저 오르려고 한바탕 소동을 벌이는 사람들을 쳐다보았다. 어릴 적 자기 또래 정도의 꼬마도 여럿 보였다. 자신처럼 새우 담은 들통을 들어주려고 온 아이들이 아니라 부모를 따라 나들이 나온 축복받은 아이들이었다.

19

오후 네 시가 지나고 있었다. 오늘따라 배달이 많았다. 이제 마지막으로 한 건만 더 해치우면 배달이 끝난다. 영민은 빨리 마치고 깔때기 상황을 보러 가고 싶었다. 배달하는 내내 마음이 불안했다.

"지금 출발할 거야."

상구가 흥분된 목소리로 속삭였다.

"뭐가?"

영민은 블루투스 이어폰으로 상구의 이야기를 듣고 있었다.

"시발, 깔때기를 쓸어버리러 간다고. 해체 애들이 삽차 갖고 올라와서 대기하고 있어."

"뭐?"

별다른 감흥 없이 듣고 있던 영민은 깜짝 놀라 피닉스를 도로변에 세웠다.

"지금 차 타야 하니까, 나중에 연락할게. 시발, 존나 흥분된다."

그때가 열두 시가 조금 넘어서였다. 지금쯤이면 어떤 식으로든 결말이 났을 것이다. 위령제에서 할아버지들은 내년이 돼야 본격적인 협상이 진행될 거라고 했다. 이렇게 빨리 철거가 시작되리라고는 아무도 예상치 못했다.

용역 깡패 수백 명이 들이닥쳐 사람을 때려잡고, 거대한 포클레인이 판잣집을 부수는 장면이 머릿속에 그려졌다. 위령제에서 봤던 할아버지들은 하나같이 말라비틀어진 수수깡처럼 허약했다. 한번 밀면 그대로 나가떨어질 게 뻔했다. 딸기코 할아버지는 할아버지가 원목 더미에 깔려 죽은 걸 안타까워했지만 본인 또한 건물 더미에 깔려 죽을지 모를 운명이 되었다.

상구에게 상황을 알려달라는 문자를 보냈지만 답장이 없었다. 용산에서는 쇠구슬이 발사되고, 최루탄과 화염병이 난무했다. 사람도 죽어나갔다. 문자에 신경 쓸 경황이 없을 것이다. 어쩌면 어디 한 군데 터져서 길바닥에 나뒹굴고 있을지도 몰랐다. 핸드폰으로 뉴스를 검색해봤지만 인터넷 세상은 태평했다. 깔때기 철거와 관련된 내용은 아무것도 뜨지 않았다. 허름한 건물 3층에 자리한 성인용품점에 비알 두 갑을 넘겨주는 것으로 배달을 마쳤다.

핸드폰을 들여다봤지만 아무런 답신이 없었다. 영민은 전화를 걸어볼까 고민했다. 지금도 상황이 급박하게 돌아가고 있다면 방해가 될 수 있었다. 일단 깔때기 근처까지 가보기로 했다. 동인천역 앞을 지나는데 핸드폰이 울렸다.

"나야."

상구의 목소리는 차분했다.

"어떻게 됐어? 넌 괜찮은 거야?"

"나? 나야 말짱하지. 상황은 깨끗이 종료됐어. 배달 끝났으면 올라와봐. 아름다운 풍경을 보여줄게. 지금 어디야?"

"동인천역 앞이야. 넌 지금 어디 있는데?"

"목소리 좀 낮춰라, 뭔 큰일이라고 호들갑이야. 사무실에 있어. 다들 술 마시러 나가서 나 혼자 가게 지키고 있어."

"우리 사장도 거기 있어?"

"당근이지. 조금 전 회장님하고 나갔어. 한잔하러 갔겠지, 스무스하게 끝낸 기념으로 말이야. 빨리 올라와. 우리도 한잔해야지."

흥분한 목소리로 전화했을 때와 달리 상구의 목소리는 태평하기 그지없었다.

"깔때기는 어떻게 됐어? 사람들하고 충돌은 없었어?"

"올라와보면 알 거야. 아주 깨끗이 정리했어. 애들밖에 없어서 충돌이라고 할 만한 건덕지도 없었어. 빨리 올라와, 와서 얘기하자."

깔때기 시장 안은 썰렁했다. 좌판을 끌어안고 장사하던 할머니들은 철수했는지 빈 좌판만 덩그러니 남아 있었다. 상점 앞에는 상인들이 서너 명씩 모여 깔때기 쪽을 바라보며 수군거렸다. 시장통에는 지나다니는 사람이 없었다. 장사할 수 있는 분위기가 아니었다.

영민은 시장을 빠져나와 이차선 도로에 올라섰다. 머리 위로 똥치 골목의 전경이 눈에 들어왔다. 허리케인이 쓸고 간 듯 판자촌은 완전히 쑥대밭이 되었다. 무너진 판잣집 위에서 사람들이 잔해를 헤집고 있었다. 피닉스를 도로에 세우고 골목 안으로 들어갔다. 골목 양쪽에 늘어서 있던 집들이 형체를 알아보기 힘들 정도로 폭삭 무너졌다. 깨진 슬레이트 지붕 위에는 전선줄이 뒤엉킨 채 덮여 있었다. 발길을 돌려 도롯가로 나왔다. 아버지가 햇볕을 쬐던 축대에는 붉은 페인트로 '철거'라는 글자가 적혀 있었다. 피닉스를 몰고 골목을 두 개 더 올라갔다. 이쪽 골목도 엉망이기는 마찬가지였다. 소식을 듣고 뒤늦게 쫓아온 사람들이 폐허 속에서 세간을 끄집어내고 있었다. 흐느끼는 소리가 골목 안에 가득했다. 피닉스를 익수네 집 근처에 세웠다. 지난번 약 포장하러 깔때기 시장을 지나칠 때 좌판 앞에 앉아 있는 익수 할머니를 보았다. 그때부터 죽은 익수가 떠올라 마음 한구석이 묵직했다. 익수 할머니가 머리를 풀어헤친 채 길바닥에 주저앉아 통곡하고 있었다. 할머니 옆에는 엎어진 냄비와 뚜껑 열린 전기밥솥이 나뒹굴었다. 강아지 한 마리가 눈치 없이 전기밥솥 안에 코를 박고 있었다. 익수네 식구들은 진작 깔때기를 떠났다. 할머니만 익수가 잠들어 있는 깔때기에서 혼자 살고 있었다. 영민은 익수 할머니를 한동안 지켜보다 발길을 돌렸다.

도로 위에는 포클레인 캐터필러가 긁고 간 하얀 자국이 보였다. 군데군데 깨진 슬레이트와 주먹만 한 콘크리트 조각이 널려 있었다. 영민은 피닉스를 몰고 천천히 포장 골목을 향해 올라갔다. 사람들의 고성이 들려왔다. 도시빈민연합회 명패가 걸린 3층 건물 앞에 사람들이 모여 있었다. 흥분한 사람들이 욕설을 내뱉으며 목청을 높였다. 잠시 피닉스를 멈추고 사람들이 하는 이야기에 귀를 기울였다. 한영건설의 기습 철거를 전혀 눈치채지 못하고 속수무책으로 당한 듯했다. 약속을 위반한 시장이 그들의 집중적인 성토 대상

이었다. 장바우 이야기가 나올지 귀를 기울였지만 한마디도 나오지
않았다.

"어이, 장바우한테 올라가는 건가?"

공구상가 앞을 지나쳐 올라가는데 누가 부르는 소리가 들렸다.
영민은 피닉스 속력을 줄이고 옆을 쳐다봤다. 밀짚모자를 쓴 신부
가 천막가게 앞 나무의자에 다리를 꼬고 앉아 있었다.

"아니요, 친구 만나러 가요."

그냥 지나칠걸, 잘못했다는 생각이 들었다. 신부가 더운지 밀짚
모자를 벗어 부채질을 시작했다.

"자네도 한몫 거들었나?"

신부가 밀짚모자로 똥치 골목 쪽을 가리키며 물었다.

"아니요, 저도 연락받고 오는 길입니다."

영민은 헬멧을 벗고 신부가 앉아 있는 그늘막을 쳐다보았다. 천
막가게에서 홍보용으로 쳐놓은 그늘막이 따가운 햇볕을 가려줬다.
피닉스를 세워놓고 안으로 들어갈까 했지만 이야기가 길어질 것 같
아 망설여졌다.

"그래, 장바우 보게 되면 내가 또 수금하러 간다고 전하게. 이번에
는 좀 많이 내야 할 거야."

"회장님이 왜 신부님한테 돈을 내요?"

지난번 만났을 때도 신부는 장바우에게 기부를 강요하고 있었다.

"그거야, 낙타가 바늘구멍을 통과하는 기적이라도 이뤄보고 싶어
서가 아닐까?"

신부가 웃으며 밀짚모자를 다시 머리에 썼다. 영민은 신부를 뚫

어지게 쳐다봤다.

"회장님하고 친하세요?"

"옆집 살다 보니까 친해질 수밖에. 그놈이 다른 건 대충 하고 사는데, 술 하나만은 기똥찬 걸 가지고 있거든."

신부가 입맛을 다셨다.

"지금 재고 다 합쳐도 물량 맞추기는 힘들 것 같은데요."

가게 안에서 작업복을 입은 사내가 나와 영민을 힐끗 보더니 신부에게 말했다.

"태풍이 올라오고 있다니까, 그 전에 빨리 손을 써봐."

"그깟 놈들 말을 믿느니, 내 무릎 관절을 믿는 편이 나을 걸요."

사내가 말을 마치고 껄껄껄 웃어댔다.

"가보겠습니다."

깔때기 상황을 본 터라 마음이 울적했다. 아무리 신부라도 장바우와 인연이 있는 사람이라고 생각하니 좋게 생각할 수 없었다. 영민은 헬멧을 쓰고 액셀을 당겼다.

상구가 가게 앞에 의자를 붙여 임시 테이블을 만들어놓았다. 그 위에 치킨과 페트병에 담긴 생맥주가 놓여 있었다.

"봤냐?"

가게 건너편 축대 위에서 상구가 손을 흔들었다. 한쪽 다리를 시멘트 턱에 올려놓고 아래쪽 전경을 내려다보고 있었다. 영민은 피닉스를 가게 앞에 세우고 상구 옆으로 갔다. 위에서 내려다본 깔때기 판자촌은 거대한 토네이도가 휩쓸고 간 듯 폐허 그 자체였다. 잔해 위에서 분주하게 움직이는 사람들이 개미 떼처럼 보였다. 여기서 보니 석양을 등지고 쓰레기를 뒤지는 제3세계 난민 같았다.

"이게 진정한 창조의 아름다움이지."

상구가 손가락으로 사각 앵글을 만들어 폐허를 그 안에 집어넣었다.

"저 쓰레기 더미 위에서 빌딩이 솟아오르면 우리 나와바리에 황금 어장이 생기는 거야. 인생이 새로 시작되는 거라고. 그동안 고생많이 했잖아? 이제 우리도 앞날만 보며 제대로 즐기고 살아야지."

상구의 얼굴이 더없이 행복해 보였다. 과거를 후회하지 말고, 미래를 두려워하지 말고, 현재를 즐겨라. 그래, 참 좋은 말이다. 〈죽은 시인의 사회〉에서 키팅 선생이 했던 그 좋은 말을 상구 같은 양아치가 즐기고 있었다. 인생이 꼭 불공평한 것만은 아닐지 몰랐다.

"고향이 박살난 감상이 어떠셔?"

상구가 영민에게 몸을 기대며 이죽거렸다.

"가슴이 찢어질라고 한다. 일사후퇴 때 고향에서 도망쳐 나올 때도 이 정도로 아프진 않았다."

영민은 상구를 밀쳐내고 가게 앞으로 갔다. 땡볕에 계속 있었더니 목이 말랐다.

"아이고, 그러셨어요. 공덕비 하나 세워드려야겠네요."

상구가 따라오며 계속 이죽거렸다. 영민은 상관하지 않고 테이블 위에 있던 맥주를 따라 단숨에 들이켰다. 익수 할머니의 울음소리가 계속 귓전에서 맴돌고 있었다.

"익수 할머니 봤다."

영민이 상구를 노려보며 말했다. 마냥 즐거워하는 상구가 마음에 들지 않았다. 이런 새끼를 계속 걱정하고 있는 자신이 한심하기까지 했다.

"누구?"

"시발놈아, 익수 할머니 봤다고. 무너진 집 앞에서 펑펑 울고 계시더라."

"그래서 어쩌라구, 새끼야."

상구가 어깨를 들썩이며 대꾸했다. 자기가 무슨 상관이냐는 제스처였다. 영민은 말문이 막혔다. 깔때기를 쑥대밭으로 만든 장본인은 이리 당당한데, 자신은 죄지은 기분이 가시지 않았다. 상구가 테이블에 놓인 담뱃갑에서 담배를 한 개비 빼냈다.

"익수 부모님이 도화동에서 곱창가게 한다더라. 깔때기에서 혼자 사시느니, 거기 가서 일 도와주며 지내시는 게 나을 거야. 이젠 익수는 잊을 때가 됐잖아. 벌써 6년 전 일이야."

상구가 담배에 불을 붙였다. 상구에게는 벌써 6년이 지난 일인지 모르겠지만 영민에게는 아직 6년밖에 안 된 일이었다. 골목에서 울부짖던 익수 할머니의 모습이 그 당시 병원에서 오열하던 모습과 겹쳐지면서 마음이 편치 않았다.

"그런데 왜 갑자기 쓸어버린 거야?"

상구가 곧 쓸어버릴 거라고 큰소리칠 때만 해도 허세라 생각했다. 적어도 올겨울은 지날 수 있을 거라 생각했다.

"이게 정석이래. 노조 분쇄는 야간 습격, 재개발 철거는 한낮의 기습 공격."

상구의 손날이 좌우로 오갔다.

"나도 이번에 알았어. 철거민들은 대개 일 나가잖아. 낮에 애들밖에 더 있어. 기습해서 밀어버리니까, 반나절도 안 걸리더라고. 쓸어버리러 간다고 해서 복대까지 한 내가 한심했다니까."

상구가 검은색 윗옷을 들추고 압박붕대로 친친 감은 아랫배를 보여주었다. 깔때기에서는 하루 벌어 생계를 연명하는 사람이 대부분이었다. 젊은 사람들은 부두 하역장이나 공장으로 일하러 나갔고, 노인들은 폐지를 주우러 다녔다. 철부지 아이들만 집에 남아 뚱치 골목에서 뛰어놀았다.

"그래도 너무 쉽게 끝난 거 아냐?"

영민은 죽어도 못 나가겠다며 종주먹을 불끈 쥐고 결의를 다지던 딸기코 할아버지가 생각나서 물었다.

"깔때기는 이미 다 끝난 거나 마찬가지였어. 한영에서 관 작업을 확실히 해놨거든. 언제든 몰아내도 문제가 없었어. 황철배까지 구속되는 바람에 거저먹게 된 거지."

"올겨울은 넘기기로 한 거 아냐? 시장하고 면담에서 그렇게 하기로 했다던데."

깔때기 사람들은 모두 그렇게 알고 있었다.

"그거야, 지들이 명을 재촉했으니 어쩔 수 없지. 그렇게 왜 쓸데없는 짓을 하냐고."

영민이 맥주를 따라주지 않자 상구는 페트병을 들어 직접 자기 잔을 채웠다.

"지난번 인천상륙작전 기념식 때 상륙작전 재현 행사 본다고 서울에서 이게 내려왔잖아."

상구가 엄지손가락을 추켜올렸다. 영민은 고개를 끄덕였다. 그날 사장과 깔때기로 약 포장을 하러 가다 신호가 잡히는 바람에 인중로에서 30분이나 허비했다.

"근데, 무엄하게도 행사장 옆에서 데모를 한 거야."

"할머니가 허리 다친 거 말하는 거냐?"

"맞아. 그 노인네가 할리우드 액션을 취해준 덕분에 깔때기 정리가 훨씬 수월해진 거지."

"그게 무슨 말이야?"

"그날 데모하는 걸 보고, 위에서 눈살을 찌푸린 모양이야. 경찰서장이 불려가서 조인트 엄청 까이고 왔대. 그래서 깔때기를 바로 정리하기로 결정한 거래."

"월미도하고 깔때기하고 무슨 상관인데?"

"아, 이 새끼, 대학생이라는 놈이 하이바가 이리 안 돌아가서야. 깔때기 사람들 대부분이 월미도에서 쫓겨난 사람들 아니냐. 여기를 조지면 깔때기 문제 해결하기 바빠 월미도 보상은 뒷전으로 밀려날 거 아냐. 성동격서 몰라?"

상구의 손날이 다시 한 번 허공을 갈랐다. 영민은 상구 말을 곰곰이 씹어봤다. 월미도 보상 문제야 60년이 넘은 일이지만 깔때기 철거는 바로 코앞에 떨어진 일이었다. 곧 찬바람이 불어닥치고 겨울이 찾아올 것이다. 관심이 깔때기 철거에 쏠릴 수밖에 없었다. 그러면 월미도 보상 문제는 자연스럽게 뒤로 물러날 것이다. 상구 말이 옳았다. 그들은 어디를 때려야 깔때기 사람들이 아파하는지 정확히 알고 있었다.

"성동격서가 뭔 말인지나 알고 하는 말이야?"

"종로에서 뺨 맞고 한강에서 화풀이하는 거 아냐? 니네 사장이 그렇게 말하던데?"

상구가 부러진 이를 내보이며 웃었다. 월미도에서 뺨 맞고 깔때기에서 화풀이를 했으니, 성동격서, 맞는 말이다. 사장의 드립이 양아치들 앞에서 멋지게 작렬했을 걸 생각하니 영민은 씁쓸한 마음을 지울 수 없었다.

"불상사는 없었어?"

인터넷에 떠다니는 철거 사진을 보면 화염병이 난무하고, 사람들이 피를 철철 흘리며 바닥에 나뒹굴었다.

"준비가 완벽했거든. 경찰이 일차로 장벽을 쳐주고, 그 뒤를 용역 애들이 막아줘서 마음 놓고 작업할 수 있었어. 2인 1조로 집집마다 돌아다니며 안에 사람이 있나 살펴보고, 빈집이 확인되면, 바로 기사한테 무전 때리는 거야. 그러면 기사가 삽차를 몰고 와서 그냥 뭉개버리는 거지. 골목 하나 해치우는 데 30분도 안 걸렸어. 집이 허술해서 삽차로 쓰윽 미니까, 쭈르르 무너지더라고."

"시장에서 장사하는 사람들이 몰려왔을 텐데?"

"여기가 깔때기 아니냐? 전경하고 용역 애들이 입구를 꽉 막고 있으니까, 소리만 빽빽 지르지 한 발짝도 못 들어오더라고. 나중에 시의원하고 단체에서 쫓아왔지만 그때는 상황이 마무리된 상태라 길을 터주고 우린 싹 물러났지."

상구는 연기를 내뿜으며 느긋하게 말했다.

"이렇게 심하게 밀어붙이면 나중에 시끄러워지는 거 아냐?"

"안 그러면 걔들이 어서 옵쇼 하고 비워줄 것 같아? 무허가 건물만 조진 거니까, 법적으론 문제없대. 그리고 그런 거야 윗선에서 알아서 할 문제고, 우리야 굿이나 보고 떡이나 먹으면 되는 거지. 이제 3년만 지나면 여긴 황금알을 낳는 유흥가로 변할 거야. 똥치 골목에 불야성을 이루는 환락가가 쫙 펼쳐지는 거지. 이제 우리나라도 풍족해졌으니까, 국민들도 여유 좀 즐겨야지. 안 그래?"

"우리나라가 풍족하다고? 누가 그래? 풍족한 건 4대 강에 썩은 물밖에 없다, 새끼야."

"넌 새끼야, 대학생이라는 놈이 뭐든 삐딱하게만 보려고 해. 너도 이참에 깔때기로 올라오는 게 어때?"

상구가 싱글거리며 다시 영민을 끌어들이려 했다.

"됐다. 난 소박한 꿈이나 꾸련다. 내려가봐야겠다. 사장이 보면 사무실 비워놨다고 지랄할 거야. 약이 아직 안 빠졌거든."

"서울에서 아직 안 가져갔어? 나 있을 때는 재깍재깍 가져갔는데. 약 장사는 이제 한물갔다니까. 이게 대세야. 부동산, 컨설팅. 아우, 그만 올라오시게."

"됐수다, 형님. 우리 사장 봐도 나 여기 왔다는 얘기 하지 마라. 요즘 사무실 비우는 걸 엄청 싫어하거든."

"알았네, 아우. 니네 사장도 오늘 식겁했을 거야. 꼬맹이 두 명 잡을 뻔했거든."

영민은 헬멧을 쓰다 말고 상구를 쳐다보았다.

"2팀에서 아무도 없다고 해서 삽차를 불렀는데, 기사가 집을 부수다 말고 이상한 소리가 나서 포클레인을 세웠대. 문이 자물쇠로 잠겨 있어 확인을 제대로 안 했나 봐. 문을 뜯고 들어가보니까, 꼬맹이 둘이 서로 끌어안고 울고 있더라는 거야. 그냥 밀어버렸으면 재개발은 완전 좆날 뻔했어. 사장이 길길이 날뛰면서 2팀 애들 죽통 엄청 날렸어. 그담부터는 사장이 직접 한 번 더 살피고 무전 때렸다니까."

너무나 끔찍한 이야기를 상구는 아무렇지도 않게 했다. 어쩌면 세상이 다 함께 미쳐가고 있는 건지도 몰랐다. 영민은 헬멧을 쓰고 시동을 걸었다.

"일 끝나고 내려갈게. 정식으로 한잔하자. 갈채 가서 똥갈보 얼굴도 한번 보고. 오늘은 내가 살게."

상구가 피닉스로 한발 다가서면서 말했다. 영민은 속에서 뜨거운 것이 솟구쳐 오르는 걸 느꼈다. 헬멧을 쓰고 있었기 망정이지 손에 들고 있었으면 그대로 상구의 면상을 갈겼을 것이다.

"시팔, 니 꼴리는 대로 해. 하지만 난 밖에 못 나가. 약 때문에 사무실 지켜야 해."

영민은 매정하게 말하고 액셀을 힘껏 잡아당겼다. 피닉스 앞바퀴가 1미터쯤 들리더니 굉음을 내며 튀어나갔다. 상구가 기겁해서 한걸음 물러났다. 무너진 똥치 골목이 보기 싫어 다른 길로 가고 싶었지만 상구 말대로 여기는 깔때기였다. 장바우는 G포인트를 타면 큰길로 나간다고 했지만 이디를 말하는 건지 알 수 없었다. 정혜가 달걀 두 개를 쥐고 달려 내려갔던 골목길을 영민은 피닉스를 타고 전속력으로 내려가는 수밖에 없었다.

20

밤새도록 내리던 비가 아침이 되자 소강상태에 접어들었다. 아침에 피닉스에 올라탔을 때만 해도 구름 사이로 햇살이 비치는 게 날씨가 갤 것 같았다. 그러나 배달을 시작하자마자 비가 다시 쏟아졌다. 우비를 걸치기 전이라 영민은 비를 그대로 맞고 말았다. 젖은 옷 위에 우비를 걸치고 배달하자니 죽을 맛이었다. 빠져나가지 못한 수증기가 우비 안에서 맴돌았다. 마치 옷을 입고 사우나에 들어앉은 기분이었다. 이런 날 주문하는 놈들이 의외로 많았다. 비 때문에 골방에 처박힌 수컷들은 암컷을 흥분시키기 위해 몸이 달았다. 비알보다는 스패니시 같은 여성흥분제가 더 많이 나갔다. 지금까지 열두 놈이나 빗속에서 약을 기다렸다. 약을 받아 든 놈들은 하나같이 눈알을 번뜩였다. 욕망을 위해서라면 빳빳한 신사임당을 얼마든지 뿌릴 수 있는 놈들이었다.

배달을 마치고 돌아오니 문이 잠겨 있었다. 중국에서 들어온 물건이 아직 금고에 있었다. 사장이 사무실을 비워놓고 외출하는 일은 드물었다. 영민은 비밀번호를 눌러 문을 열고 안으로 들어갔다. 형광등이 켜져 있는 걸 봐서는 멀리 나간 것 같지 않았다. 비에 젖은 몸을 깨끗이 씻어내고 싶었지만 컨테이너 안에는 샤워 시설이 없었다. 영민은 옷을 모두 벗고 팬티만 걸친 채 싱크대 앞으로 갔다. 개수대 안에 머리를 집어넣으려는데 바퀴벌레 한 마리가 수챗구멍 사이로 빠져나가는 게 보였다. 수채통 안에 퉁퉁 불은 라면가닥이 걸려 있었다. 사장이 라면을 끓여 먹었을 리 없었다. 조배가 왔다 간 걸까? 조배의 얼굴을 못 본 지 일주일이 넘었다. 상구 말로는 깔때기 정리할 때도 나타나지 않았다고 했다. 조배가 유일하게 모습을 드러내는 곳은 갈채밖에 없었다. 월미도에서 둘이 걸어가는 모습을 봤다는 상구 말이 생각났다. 시팔, 영민은 나지막이 욕설을 내뱉으며 수채통을 들어냈다. 라면 찌꺼기를 쓰레기통에 버리고 개수대 안에 다시 머리를 디밀었다. 대충 머리를 감고 드라이어로 물기를 말렸다. 젖은 몸은 수건에 물을 묻혀 닦아냈다. 몸의 물기를 제거하고 간이침대로 갔다. 침대 발치에 새로운 캐비닛을 들여놨다. 조배가 들어오지 않는 바람에 당분간 사무실은 영민의 차지가 되었다. 캐비닛에서 꺼낸 마른 옷으로 갈아입고 나니 기분이 상쾌해졌다.

"시팔, 날씨 좆같네. 무슨 비가 이렇게 쏟아져. 조배한테 연락 온 거 없냐?"

영민이 젖은 옷을 짜서 비닐봉지에 담고 있는데, 사장이 카키색 판초 차림으로 들어왔다. 손에 헬멧이 들려 있는 걸 봐서는 배달을

갔다 온 것 같았다. 주문은 대부분 인터넷으로 받지만 가끔 단골들이 사장 핸드폰으로 직접 주문하기도 했다.

"아니요, 아무 소식 없었는데요."

영민은 수건을 꺼내 사장에게 건넸다. 수채통에 박혀 있던 라면 찌꺼기가 생각났지만 아무 말 하지 않았다.

"이 새끼가 요즘 감감무소식이네."

사장이 수건으로 젖은 머리를 박박 문질렀다. 판초에서 흘러내린 물이 바닥에 떨어져 조그마한 웅덩이가 생겼다. 판초를 옷걸이에 걸었으면 했지만 사장은 그대로 바닥에 빗물을 떨어뜨렸다.

"전화도 안 받고, 이 새끼가 막나가네. 갈 데 없어 받아줬더니, 이제 머리 꼭대기에 올라앉으려고 해. 요즘 조배 수상하지 않아? 영민아, 너 뭐 아는 거 없냐?"

영민이 대걸레로 바닥을 밀자, 그제야 사장은 판초를 벗어 입구 쪽으로 던져버렸다.

"모르겠는데요, 본 지도 오래됐고."

영민은 무덤덤한 목소리로 말했다. 조배가 무슨 짓을 하고 다니든 자신과는 관계없는 일이었다. 이제 모든 일에 관심을 끊기로 했다. 다해하고 헤어졌으니, 정혜 빚만 정리되면 진짜 죽은 듯이 지내고 싶었다.

"조배, 일에서 손 놓은 거 알지? 곧 내보낼 거니까, 그때까지만 참아라. 그래도 네가 있어 다행이다. 이제 여기는 네가 맡아서 관리해야 할 거야. 깔때기가 정리된 거 알지? 재개발 시작되면 내가 올라가서 일을 봐줘야 하니까, 아무래도 배달은 신경 못 쓸 거 같다."

"정말 조배 형을 내보낼 겁니까?"

영민은 반신반의하며 사장에게 물었다. 조배는 자기가 이곳을 접수할 것처럼 말하고 다녔다. 그런데 사장은 지금 조배를 내보낸다고 말하고 있었다. 서로 전혀 다른 말을 하고 다녔지만 방을 빼야 하는 영민의 처지로서는 사장의 말에 더 솔깃할 수밖에 없었다.

"저러고 다니는데 어쩌겠냐. 인간은 말이야, 분수를 알아야 돼. 자기가 뿌린 씨는 자기가 거둬야지. 그게 자업자득이야."

사장이 드립을 날리고 금고 앞으로 갔다. 영민은 대걸레로 사무실 바닥을 닦는 척하며 사장을 주시했다. 사장이 비밀번호 네 자리를 누르고 열쇠를 돌렸다. 3890, 삼팔구에 장땡. 수십 번을 훔쳐본 끝에 내린 결론이었다. 사장은 거의 무릎을 꿇다시피 하고 아래쪽 작은 금고 비밀번호를 눌렀다. 몸에 가로막혀 작은 금고 비밀번호는 도저히 읽어낼 수 없었다. 사장이 수금한 돈을 금고 안에 넣고 일어섰다. 이로써 하루 일과를 마쳤다는 듯 금고 옆에 있는 캐비닛 문을 열었다. 사장은 선반에서 스트레이트 잔을 집어 들고 양주를 가득 채워 한입에 털어넣었다. 매일 퇴근하기 전에 하는 습관이었다. 한때는 알코올중독이 의심될 만큼 술을 많이 마셨다고 한다. 자신이 애주가였음을 잊지 않기 위해서인지 지금도 수시로 양주를 홀짝였다.

"난 들어갈 테니, 오늘까지는 절대 사무실 비우지 마라. 약은 내일 가져가기로 서울 백 사장하고 통화했으니까, 오늘만 고생하면 될 거야."

사장은 사무실을 한번 둘러보고 나갔다. 영민은 사장을 배웅하고 금고를 쳐다보았다. 금고 안에서 돈을 꺼내는 상상을 수십 번도 더 해봤다. 열쇠만 있으면 금고를 열 수 있었다. 하지만 현금이 든 아래쪽 금고를 열려면 또 다른 비밀번호를 알아내야 한다. 금고 안에서 2천만 원을 꺼내는 것은 상상 속에서나 가능한 일이었다.

바닥에 떨어진 판초를 옷걸이에 걸고 돌아서는데, 사장의 밤색 파우치가 눈에 띄었다. 영민은 책상 앞으로 가서 손가방을 들어 올렸다. 꼼꼼한 양반이 술 마시는 건 챙기면서 가방을 놓고 갔다. 전화를 걸까 하다 말았다. 필요하면 찾으러 올 것이다. 그보다 안에 무엇이 들었는지 궁금했다. 차콜색 지퍼를 열자 수첩과 카드지갑, 담배와 라이터가 보였다. 그리고 바닥에 묵직한 금고 열쇠가 있었다. 영민은 굳게 닫힌 금고를 쳐다봤다. 비밀번호를 확인해볼 수 있는 좋은 기회였다. 창밖을 내다봤다. 에쿠스가 보이지 않았다. 돌아온다면 엔진 소리가 먼저 들릴 것이다. 영민은 망설이지 않고 금고 앞으로 갔다. 비밀번호만 확인해보는 거야, 뭘 훔치자는 게 아냐, 그냥 한번 보는 거지. 속으로 자신을 다독이며 금고에 열쇠를 꽂았다. 번호 네 자리를 누르고 열쇠를 돌리자, 금고가 거짓말처럼 열렸다. 안에는 비알이 담긴 갈색 자루가 가득했다. 아래쪽에 키패드가 부착된 작은 금고가 보였다. 현금은 그 안에 들어 있었다. 영민은 침을 삼키며 키패드를 쳐다봤다. 비밀번호 네 자리를 눌러야 열 수 있었다. 3890을 다시 눌러보았다. 빨간 빛의 에러 표시가 나타났다. 당연히 같은 번호를 쓸 리 없었다. 이번에는 에쿠스 넘버 네 자리를 눌러보았다. 역시 열리지 않았다. 실망감보다는 다행이라는 생각이 먼저 들었다. 만일 열렸다면 자신이 어떤 선택을 했을지 가늠이 안

됐다. 견물생심이었다. 돈을 본다면 자신도 환장할 수 있었다.

영민은 위에 쌓인 비알 자루를 쳐다봤다. 포장을 해서 팔면 한 자루에 3천만 원은 나온다고 했다. 한 자루만 빼내 팔면 적어도 2천만 원은 받지 않을까? 어디에 팔아야 할지도 모르고, 판다 해도 들키지 않는다는 보장이 없었다. 어느 일이나 위험 부담이 너무 컸다. 영민은 금고 문을 닫고 손가방을 제자리에 돌려놓았다.

오랜만에 사무실 정리를 하기로 마음먹었다. 심란해져 그냥 있을 수가 없었다. 금고 안에 돈이 쌓여 있지만 자신에게는 그림의 떡이었다. 비에 젖은 바닥을 마대로 깨끗이 닦았다. 커피포트로 물을 끓여 바퀴벌레가 들어간 수챗구멍 안에 잔뜩 부어버렸다. 김이 펄펄 나는 싱크대 안을 세제를 묻힌 스펀지로 박박 문질렀다. 스테인리스 선반 위에 있던 먼지 쌓인 사기그릇과 유리컵을 죄다 꺼내 물속에 넣고 깨끗이 씻어주었다. 끈적끈적한 진액이 달라붙어 있는 유리재떨이도 물속에 넣어 크리스털처럼 반짝이도록 닦아주었다. 한 시간 정도 부지런을 떨자 사무실 안이 제법 말끔해졌다.

영민은 냉장고에서 캔맥주를 꺼내 소파에 앉았다. 바람이 거세지는지 유리창이 심하게 흔들렸다. 이런 날씨라면 갈채에도 손님이 없을 것이다. 다해 혼자서 가게를 지키고 있을 것이다. 아니면 조배와 술을 마시고 있을지도 몰랐다. 오늘 같은 날 몸이 달아오르는 놈들이 많았다. 조배가 이런 좋은 기회를 놓칠 리 없었다. 영민은 마음이 무거워졌다. 월미도에서 다해를 봤다는 상구의 말이 다시 떠올랐다. 상구가 잘못 봤을 수 있었다. 아니면 우연히 둘이 만난 것을 오해했을 수도 있었다. 다해와 헤어졌으니 상관할 바 아니지만 신경이 쓰이는 건 어쩔 수 없었다. 영민은 맥주 캔을 내려놓고 핸드폰을 들여다봤다. 이 시간이 되면 카카오톡 메시지를 들여다보는 게 습관이 되었다. 편의점으로 담배를 사러 가면서도 혹시나 하는 기대를 했지만 우연이 또다시 찾아오는 일은 없었다. 정혜를 생각하면 머리가 아팠고, 다해를 생각하면 가슴이 아팠다.

태풍이 점점 거세지는지 원목을 치고 지나가는 바람 소리가 예사롭지 않았다. 컨테이너 뒤편에 원목이 산처럼 쌓여 있었다. 원목 더미가 무너지면 컨테이너는 박살난다. 바람 소리가 거칠어질수록 불안감도 커져갔다. 할아버지는 원목 밑에서 작업을 하다 밧줄이 끊어지는 바람에 원목 더미에 깔려 죽었다. 할아버지의 죽음으로 깔때기에서 벗어날 수 있었던 사실을 떠올릴 때마다 영민은 인생이 아이러니하다는 생각이 들었다. 할아버지의 죽음으로 인한 슬픔과 깔때기를 벗어난 기쁨, 어느 쪽이 더 클까? 할아버지의 죽음에 대한 슬픔은 희미했지만 깔때기에서 이사 간다는 소식을 들었을 때의 기쁨은 또렷이 기억났다. 할아버지는 죽음으로써 가족에게 기쁨을 줬다. 상구 할머니 말대로 죽음에는 보상이 따라야 한다. 아픔의 대가를 몇 마디 말로 대신할 수는 없었다. 고통을 상쇄할 수 있는 기쁨이란 돈밖에 없었다. 명예회복이라는 건 빛 좋은 개살구일 뿐이다. 깔때기가 무기력하게 당했다. 그들도 이 싸움에서 이길 수 없다는 사실을 알고 있을 것이다. 하지만 끈질기게 버틴다면 보상금 액수가 많아진다는 사실도 알고 있을 것이다. 역시 돈이 중요했다.

영민은 내년부터는 시위에 참석할지 진지하게 고민 좀 해야겠다고 생각했다. 보상을 받았다면 정혜도 대학에 다녔을 것이고, 2천만 원 때문에 고민하는 일은 애당초 발생하지도 않았을 것이다.

'시팔, 그동안 이자로 지불한 돈만 거의 천백만 원이야.' 정혜한테
서 전화가 왔다. 그럼 사채업자가 자선사업가인 줄 알았냐고 소리
치고 싶은 걸 꾹 참았다. 영민이 어디냐고 묻자, 정혜는 대답은 하지
않고 돈은 나중에 벌어서 갚겠다는 말만 되풀이했다. 화가 나서 돈
얘기 고만하고 빨리 집으로 돌아오라고 소리를 지르고 말았다.

'언제부터 나한테 관심이 많았어? 대학생이 되더니 여유가 생겼
나 보지? 간만에 오빠 노릇 하니까 어깨에 힘이 절로 들어가나 봐.
돈은 갚을 테니까 걱정 말고, 우리 집 대들보인 오빠나 잘하셔.'

정혜가 빈정거리며 전화를 끊었다. 예전의 순진한 정혜가 아니었
다. 사회에 나온 지 2년도 안 돼 정혜는 완전히 다른 사람으로 변해
버렸다.

원목을 치고 지나가는 바람 소리가 계속 거세졌다. 영민은 신경
이 쓰여 그냥 앉아 있을 수가 없었다. 사장의 판초를 뒤집어쓰고 밖
으로 나갔다. 빗줄기는 가늘어졌지만 대신 바람이 장난이 아니었
다. 컨테이너 뒤로 돌아가 랜턴으로 원목 더미를 비춰봤다. 원목은
버팀목으로 튼튼히 고정되어 있었다. 손으로 흔들어보았지만 꿈쩍
도 하지 않았다. 시퍼런 번개가 눈앞에서 번쩍이더니 천둥이 지축
을 울렸다. 거센 바람은 금방이라도 원목장을 뒤집어놓을 것만 같
았다.

사무실에 들어와 텔레비전을 켜자 기상 특보가 떴다. 강풍을 동
반한 태풍이 태안반도를 지나 북상하고 있었다. 태풍의 직접적인
영향을 받는 충청남도 지방에 호우주의보가 내려졌다. 북상 중인

태풍은 오늘 밤 늦게 인천 앞바다를 거쳐 발해만 부근으로 올라간다고 했다. 아나운서는 오늘 밤부터 내일 새벽까지가 고비라고 했다. 영민은 텔레비전을 끄고 소파에 머리를 기댔다. 졸음이 밀려왔다. 눈이 저절로 감겼다. 차라리 잘됐다. 잠이 들면 모든 걸 잊을 수 있었다. 아침에 눈을 뜨면 태풍은 깨끗이 사라지고 맑은 하늘이 나타날 것이다. 다해도, 정혜 문제도 그렇게 깨끗이 해결되면 좋겠다. 어깨에 걸린 원목 더미가 너무 무거웠다. 언제까지 이 짐을 지고 살아야 할지 막막했다. 이대로 영원히 잠들었으면 좋겠다는 생각이 들었다. 죽음만큼 깔끔한 해결책은 없었다. 영민은 서서히 나락으로 빠져들었다.

오토바이 소리에 눈을 떴다. 벽시계가 열 시를 가리키고 있었다. 빗줄기가 다시 굵어졌는지 컨테이너를 치는 빗물 소리가 요란했다. 이 시간에 여기에 올 사람은 조배밖에 없었다. 빈 맥주 캔을 쓰레기통에 던져버리고 일어섰다. 싱크대 위에서 마른 수건을 꺼내 들고 문 앞으로 갔다. 문이 활짝 열리면서 빗줄기가 사선으로 들이쳤다. 그 뒤를 조배가 비틀거리면서 들어왔다. 손에 든 검은 비닐봉지가 제멋대로 춤을 췄다. 이런 날씨에 저렇게 만취했는데도 사고 없이 여기 온 걸 보면 신은 역시 자신의 편이 아니었다. 영민이 수건을 건넸지만 조배는 거칠게 잡아채서 책상 위로 던져버렸다.

"김영민, 남자 대 남자로 술 한잔하자. 맥주잔 가져와 봐."

조배가 소파에 앉아 소리쳤다. 조배의 몸에서 빗물이 흘러내렸다. 조금 전 깨끗이 닦아놓은 바닥에 물이 고이기 시작했다. 조배가 봉지 안에서 소주병을 꺼냈다. 영민은 팔짱을 끼고 문틀에 기대서서 조배가 하는 짓을 지켜봤다. 하나, 둘, 셋……. 소주 여섯 병이 탁자 위에 나란히 세워졌다.

"시발놈아, 내 말이 우습게 들려? 맥주잔 가져오라니까."

조배가 재떨이에 가래를 뱉으며 다시 한 번 소리쳤다. 시팔, 기껏 닦아놓았더니, 영민은 인상을 찡그렸다. 무슨 짓을 하는지 보자는 마음에 선반으로 가서 깨끗이 닦아놓은 유리컵 두 개를 꺼내서 조배와 마주 앉았다. 조배가 유리컵 가득 소주를 부어 그에게 내밀었다.

"시팔, 한 번에 마시는 거야."

조배가 먼저 잔을 들었다. 영민은 술을 벌컥벌컥 들이켜는 조배를 쳐다봤다. 그래, 까짓거 못 마실 이유도 없었다. 영민은 가뿐하게 잔을 비웠다. 금방 사왔는지 소주는 냉장이 잘돼 있었다. 식도를 타고 내려가는 찬 기운이 느껴졌다. 잠시 후 알코올 기운이 전신으로 퍼져가는 싸한 느낌에 몸을 부르르 떨었다. 잔을 내려놓자 조배가 또다시 소주 한 병을 맥주잔에 똑같이 나눠 따랐다.

"마셔."

조배가 이번에도 숨을 쉬지 않고 들이켰다. 그러고는 빨리 마시라는 듯 영민을 노려보았다. 영민은 조배의 눈길을 피하지 않고 같이 노려보면서 단숨에 잔을 들이켰다. 두 번째 잔이 들어가자 취기가 올라왔다. 알코올 기운이 퍼지면서 조배에 대한 두려움이 없어졌다. 이 새끼는 그냥 비 맞은 쥐새끼일 뿐이다. 술기운을 빌려 히세나 부리고, 술집이나 가야 큰소리치는 찌질한 놈이다. 조배가 갈채에 가지 않고 여기에 왔다는 사실이 기뻤다. 적어도 오늘 밤에는 다해가 조배에게 희롱당하는 일은 없을 것이다.

영민은 자신감을 갖고 조배를 쳐다봤다. 헬멧을 쓰지 않고 왔는지 머리카락이 흠뻑 젖어 있었다. 비 맞은 생쥐라는 말이 딱 어울렸다. 머리에서 흘러내린 빗물이 눈으로 들어가는지 조배는 계속 눈을 깜박거렸다.

"시발, 수건 좀 갖다줘."

조배가 눈을 비비며 말했다. 시발, 던져버릴 땐 언제고. 영민은 소파에서 일어나 책상 앞으로 갔다. 조금 전 조배가 던진 수건이 보이지 않았다. 책상 뒤로 돌아가자 의자 밑에 떨어져 있었다. 새걸 갖다줄까 하다 그냥 주워왔다.

"마셔."

물기를 대충 닦은 조배가 앞에 놓은 잔을 집어 들었다. 그러고는 쭉 들이켰다. 영민은 꿀꺽꿀꺽 술이 넘어가는 조배의 목울대를 쳐다봤다. 놈은 술로 자신을 제압하려는 중이다. 술로 이기면 모든 걸 다 이겼다고 생각하는 놈이다. 이런 단순한 놈은 단순하게 상대하는 게 정석이다. 영민은 자신의 의지를 보여주기 위해 유리컵에 가득 찬 소주를 단숨에 들이켰다. 술은 얼마든지 자신 있었다. 이런 양아치에게 질 생각은 눈곱만치도 없었다. 기다렸다는 듯이 조배가 또다시 두 개의 잔 술을 가득 따랐다. 이번에는 한 번에 마시기 힘든지 중간에 꺾어 두 번에 나눠 마셨다. 그것도 다 마시지 못하고 조금 남겼다. 영민은 그런 조배를 비웃으며 한 번에 쭉 들이켰다. 조배가 한숨을 토했다. 더는 마시기 힘들어 보였다.

"너, 우리 형이 누군지 알아?"

조배가 낮게 가라앉은 목소리로 말했다. 조배의 눈동자가 완전히 풀려 있었다.

"황철배다. 도시빈민연합회 인천지부장 황철배, 깔때기재개발반대위원회 위원장 황, 철, 배. 그 유명한 황철배 새끼가 우리 형이라고."

조배가 황철배의 이름을 내뱉을 때마다 목소리에 분노가 섞여 있었다.

"사람들은 황철배가 대단하다고 생각하지만 그건 그 새끼에 대해서 아무것도 몰라서 그래. 빈민운동? 꼴값하고 있는 거지. 집안 하나 건사하지 못한 주제에……."

조배가 남은 소주를 들이켜며 횡설수설했다. 알코올 기운이 올라오는지 머리가 아프고 속이 울렁거렸다. 정신을 가다듬고 설치류처럼 생긴 조배를 쳐다보았다. 이런 새끼와 다해는 월미도에서 무엇을 하고 있었을까? 상구가 말한 그런 짓은 절대 하지 않았을 것이다. 아무리 돈이 좋다고 해도 이런 놈하고는 절대 그러지 않았을 것이다.

"집 한 채 있는 것도 재판받는다고 다 들어먹고, 엄마 배 속에 암덩어리가 있는 것도 모르고, 개새끼."

조배가 이를 갈았다. 인터넷 기사에서 본 황철배는 나이를 먹어서인지 우락부락했던 옛 모습을 찾아볼 수 없었다. 부리부리했던 눈도 서글서글하게 변했다. 조배 같은 놈을 동생으로 두었다는 사실이 안타까울 뿐이었다. 이 정도면 조배의 가정사는 충분히 들었다. 다해를 생각하니, 영민은 더 이상 조배를 상대하고 싶은 마음이 없어졌다.

"말씀 중에 죄송한데, 여기서 주무실 거면 저는 그만 집으로 가보겠습니다."

영민은 정중하게 말하고 자리에서 일어났다. 취했는지 다리가 휘청거리는 바람에 오른손으로 소파 끝을 잡았다.

"앉아, 시발놈아. 아직 내 얘기 안 끝났어."

조배가 다시 맥주잔에 소주를 가득 부었다. 그러고는 서 있는 그에게 내밀었다. 영민은 머리가 아파 더 이상 마시고 싶지 않았다. 그렇지만 조배에게 나약한 모습을 보이기도 싫었다. 자리에 다시 앉아 조배가 건네준 소주를 들이켰다. 조배는 잔에 입만 대고 내려놓았다.

"좋아, 본론으로 들어가자. 그동안 사장한테 붙어 살살거리고 잘 다녔지? 이제 여기는 내가 접수할 거야. 내 밑에서 일할 생각이 있는지 없는지 대답해봐."

또 그 얘기였다. 착각도 자유라고, 조배 이 새끼는 뭔가 단단히 오해하고 있었다. 사장은 조배를 내보낸다고 분명히 말했다. 혼자 각본을 쓰면서 자아도취에 빠져 있었다. 조배의 말이 정말이라고 해도 그 밑에서 일할 생각은 추호도 없었다.

"됐습니다."

영민은 조배의 눈을 똑바로 쳐다보며 말했다. 입가에 조소가 어리는 건 그가 어떻게 할 수 있는 문제가 아니었다.

"됐어? 뭐가 됐는데. 시발놈이, 웃어? 내 말이 같잖아?"

"됐으니까, 그만하자고요."

수틀리면 그대로 들이박을 생각을 하며 영민은 목소리를 높였다.

"그만해? 이거 미안해서 어쩌나, 못 그만두겠는데. 이제 컸다고 슬슬 맞먹어? 대학생이라고 뵈는 게 없냐? 싸가지 없는 새끼."

조배가 손바닥으로 영민의 뺨을 툭툭 쳤다. 영민은 몸을 뒤로 뺐다. 조배가 자신의 몸에 손을 댔다. 축축하고 끈적거리는 느낌이었다. 다해도 매번 이런 느낌을 받았을 것이다. 욕이 목구멍까지 치고 올라왔다.

"왜, 또 엉겨보지. 다해, 그년을 올라타니 세상이 돈짝만 해 보이지?"

조배가 기어코 다해를 끄집어냈다. 역시 이 새끼가 시비를 거는 이유는 다해 때문이었다. 다해와 만나고 있었다는 걸 조배가 알고 있는 게 분명했다.

"씨팔, 그만합시다."

영민은 주먹을 쥐고 이를 악물었다. 월미도에서 둘이 팔짱을 끼고 걸어갔다는 상구의 말이 생각나 화가 치밀었다. 다시 한 번 자신의 몸에 손을 대면 가만두지 않겠다고 마음먹으며 조배를 노려봤다.

"오 그래, 씨팔이라. 이 새끼가 드디어 본색을 드러내네. 새벽마다 갈채에서 다해랑 붙어먹으니까, 용된 기분이지?"

느긋한 말투는 평상시 조배와 달랐다. 풀려버린 줄 알았던 조배의 눈동자가 사악하게 빛나고 있었다. 영민은 심상치 않다는 걸 느꼈다. 빨리 여기를 벗어나야 한다는 긴박감이 밀려왔다. 자리에서 일어서려는 순간, 눈앞이 핑 돌면서 모든 게 흐릿해졌다. 아차, 싶었다. 조배를 잡으려고 손을 내밀었지만 거리를 가늠할 수 없었다.

"어쭈, 놀고 있네. 이 좆만 한 새끼, 너 오늘 제삿날인 줄 알아."

조배의 목소리가 멀리서 들려왔다. 영민은 안간힘을 쓰며 소파에서 일어나보려 했다. 반쯤 일어섰던 그는 퍽 하는 소리와 함께 눈앞에서 불이 번쩍이는 걸 보았다. 깨진 병 조각이 우수수 떨어졌다. 영민은 두 손으로 얼굴을 감쌌다. 볼 안에 피가 고이는 게 느껴졌다. 침을 삼키자 피비린내가 났다.

"뭐, 그만합시다? 그래, 그만하자 개새끼야. 대학생이라고 다해가 널 좋아한다고 생각하는 모양인데, 다해는, 다해는……."

조배의 주먹이 그의 머리 위로 쏟아졌다. 영민은 두 손으로 머리를 감싸고 소파 구석으로 숨었다. 이번에는 복부에 심한 통증이 몰려왔다. 조배의 구둣발이 그의 몸을 마구 짓밟았다. 그만하라고 소리치고 싶었지만 입안에 피가 가득 차서 아무 말도 할 수 없었다. 영민은 최대한 몸을 웅크렸다. 조배가 날뛰는 소리가 아득히 들려왔다. 정신이 가물가물해지며 눈앞이 깜깜해졌다. 아무 생각도 할 수 없었다.

21

사이렌 소리가 들렸다. 소리는 한동안 사라지지 않고 이명처럼 귓가에서 울어댔다. 영민은 눈을 뜨려 했지만 접착제를 발라놓은 듯 눈꺼풀이 무거웠다. 한동안 눈을 감고 있었다. 투두둑, 강철판을 치는 빗소리가 들렸다. 천장 배관 파이프를 타고 흘러가는 물소리와 달랐다. 그렇다면 여기는 자신의 자취방이 아니었다. 여기가 어딜까? 기억을 더듬었다. 앞쪽에서 숨결이 느껴졌다. 눈꺼풀을 들어 올리려는 순간 차가운 기운이 얼굴을 훑고 지나갔다. 영민은 손을 들어 얼굴로 가져갔다. 젖은 수건이 손에 잡혔다.

"정신이 드냐?"

수건 위로 따뜻한 손이 만져졌다. 영민은 눈꺼풀을 천천히 들어 올렸다. 사장의 얼굴이 흐릿하게 비쳤다. 일어서려 했지만 몸이 말을 듣지 않았다.

"그냥 누워 있어."

사장이 어깨를 누르는 바람에 반쯤 일으킨 몸이 다시 소파 위에 떨어졌다. 사장이 영민의 얼굴을 꼼꼼히 닦아냈다. 머리카락 사이를 헤치는 사장의 손길이 느껴졌다. 소독약을 붓는지 쓰라린 통증이 밀려와서 신음을 내뱉고 말았다. 핸드폰이 울리자 사장이 물수건을 그의 손에 쥐여주고 책상 쪽으로 걸어갔다. 영민은 물수건으로 눈 주위를 닦아냈다. 가물대던 사물이 뚜렷하게 보이기 시작했다. 천천히 일어나 몸을 소파에 기댔다.

"네, 그렇게 됐습니다. 죄송합니다. 제 불찰이 큽니다. 물건을 포장한다고 해서 열쇠를 몇 번 건네주었더니 복사를 뜬 모양입니다. 네, 말씀하신 대로 서울 백 사장하고 통화했습니다. 아직 인천에 있다고 합니다. 애들 좀 풀어서 토끼몰이 한번 해주십시오. 아닙니다. 청소는 제가 하겠습니다. 몰아만 주십시오. 염치없습니다. 뒤처리는 확실히 하겠습니다."

사장이 전화기에 대고 굽실거렸다. 사장 어깨 너머로 금고가 활짝 열려 있는 게 보였다. 통화를 끝낸 사장이 영민에게 다가왔다. 얼굴이 심각하게 굳어 있었다. 비아그라 자루가 가득했던 금고가 텅비어 있었다. 영민은 무슨 일이 벌어졌는지 짐작이 갔다.

"괜찮냐?"

"네. 하지만 머리가……."

머리가 쪼개질 듯 아팠다. 영민은 엄지손가락으로 관자놀이를 누르며 정신을 차려보려 애썼다.

"일어서서 이 선을 따라 걸어봐라."

사장이 원목무늬 장판에 그어진 선을 가리켰다. 장판 위로 발을 내디뎠지만 몸이 갈지자로 움직여 선을 밟기가 쉽지 않았다.

"그럴 줄 알았다. 조배 새끼가 술에 약을 탄 모양이야. 이것 마셔라. 해독제니까, 마시고 나면 금방 괜찮아질 거야. 병원엔 나중에 가봐라. 지금 가서 시끄럽게 문제 만들지 말고. 머리 깨진 데는 소독했으니까, 괜찮을 거야."

사장의 말에 영민은 머리를 만져보았다. 거즈를 붙였는지 헝겊이 손에 잡혔다. 사장이 갈색 유리병 안에 든 액체를 종이컵에 따라주었다. 약은 커피처럼 검고 썼다. 약을 다 마시자 사장이 생수병을 건네주었다.

"어떻게 된 일인지 설명이나 해봐라."

영민은 생수병을 내려놓고 다시 한 번 텅 빈 금고를 보았다. 다행히 현금이 들어 있는 작은 금고는 잠겨 있었다. 조배는 처음부터 금고를 털 생각으로 그에게 접근했다. 그런 줄도 모르고 그는 의기양양해하며 조배가 주는 술을 넙죽넙죽 받아 마셨다.

"죄송합니다. 저 때문에 물건이……."

차마 고개를 들 수 없었다. 다해 이야기만 빼고 조배와 있었던 일을 자세히 설명했다.

"음……."

사장이 인상을 쓰며 눈을 감았다. 미간에 굵은 주름이 잡히면서 진한 눈썹이 꿈틀거렸다. 두꺼운 입술 끝이 미세하게 흔들렸다. 절간 입구에 세워놓은 사천왕 같은 형상이었다. 눈을 뜨면 왕방울만 한 눈동자가 튀어나올 것 같았다. 상구는 사장이 무서운 사람이라

고 했다. 수많은 깡패들이 그의 손에 죽어나갔다고 했다. 영민은 텅
빈 금고를 다시 보았다. 수억이 넘을 거라던 사장의 말이 생각났다.
그냥 넘어갈 일이 아니었다. 갑자기 두려움이 몰려왔다. 통증이 살
아나는지 옆구리가 욱신거리기 시작했다. 입안이 허전해 혀끝으로
이빨을 훑어보았다. 이가 부러졌는지 날카로운 사기질이 혀끝에 닿
았다.

사장이 눈을 떴다. 영민은 마주 볼 용기가 나지 않아 고개를 숙였
다. 정수리 가운데로 사장의 뜨거운 시선이 느껴졌다. 심장이 쏙, 가
라앉는 느낌이었다. 간담이 서늘해진다는 말이 무슨 말인지 실감이
났다.

"니 탓이 아니다. 조배, 이 새끼가 작정하고 있었어. 그러잖아도
의심이 갔는데, 내가 좀 더 주의해야 했어. 조배 일은 내가 알아서
처리할 테니, 너는 몸이나 잘 챙겨라."

사장이 차분한 목소리로 말했다. 약을 모두 도난당했는데도 사장
은 눈 하나 깜짝하지 않았다. 역시 상구의 말처럼 보통 사람이 아니
었다.

"그리고 넌 여기 없었던 거야. 깔때기에서 알면 문제가 될 수 있
으니까, 무조건 발뺌해. 그래, 넌 어머니가 아파서 음성에 가 있었던
거야."

상구가 그랬던 것처럼 사장도 이번 일에서 그를 빼주려 했다. 사
장의 말을 듣고 나자 영민은 마음이 놓였다.

"계속 아프면 나중에 이거 하나 더 마셔라. 모르핀이 들어 있어 통
증에는 그만이야."

사장이 갈색 병을 영민의 손에 쥐여주었다. 영민은 약병을 받아 주머니에 넣고 싱크대로 갔다. 검은 바퀴벌레 한 마리가 재빠르게 수챗구멍 속으로 사라졌다. 싱크대 옆에 붙어 있는 거울을 들여다보았다. 얼굴이 엉망이었다. 왼쪽 턱 부분에 피멍이 제대로 잡혀 있었다. 머리카락은 피떡이 되어 엉켜 있었다. 입안이 껄끄러워 싱크대 안에 침을 뱉었다. 침이라기보다는 걸쭉한 핏물이 나왔다. 입안을 들여다보니 윗니 두 개가 부러져 있었다. 잇몸에서 새어나온 핏물로 입안이 빨갛게 물들었다. 다시 한 번 침을 뱉고 윗옷을 들췄다. 퍼런 멍 자국이 가득했다. 성한 곳이 한 군데도 없었다. 그래도 다행이었다. 이걸로 지긋했던 조배와의 인연은 끝났다. 다시는 이곳으로 돌아오지 못할 것이다. 다해에게도 더 이상 집적대지 않을 것이다. 몸이야 삼사 일 추스르면 회복할 수 있었다. 물건은 사장이 알아서 한다고 했다. 오히려 싸움이 전화위복이 됐다. 이런 생각이 들자 영민은 얻어맞은 사실을 잊을 정도로 기분이 좋아졌다. 사장이 준 약이 무엇인지 몰라도 효과가 확실했다. 통증이 사라졌고, 울렁대던 속도 가라앉았다.

영민은 수건에 물을 적셔 얼굴에 묻은 핏자국을 조심스럽게 닦아 냈다. 입을 벌릴 때마다 부러진 이 때문에 모자란 사람처럼 보였다. 상구를 비웃었지만 자신 또한 상구의 전철을 그대로 밟고 있었다. 사장이 손가방을 챙기는 모습이 거울에 비쳤다. 사장이 가방을 가지러 오지 않았다면 아침까지 소파에 널브러져 있었을 것이다.

갑자기 사이렌이 울리며 경광등 불빛이 창가를 스치고 지나갔다. 소리는 점점 멀어져갔다.

"불을 다 끈 모양이네."

사장이 격자무늬 창틀에 다가서며 말했다.

"조배 새끼가 갈채에 불을 지른 모양이야. 거기 있는 기집애가 조배 깔치라며? 조금 전만 해도 소방차가 요란하게 사이렌을 울리며 지나갔는데 이제 다 끄고 돌아가는 모양이지."

영민은 갑자기 둔기로 머리를 얻어맞은 것처럼 정신이 멍해졌다. 사장을 향해 고개를 돌렸다. 사장은 창문에서 눈을 떼지 않고 어둠 속을 바라보고 있었다. 영민은 손에 쥐고 있던 수건을 내던지고 밖으로 뛰쳐나갔다.

"야, 영민아! 너 어디 가?"

사장이 소리쳤지만 무시했다. 밖엔 비가 무자비하게 쏟아지고 있었다. 영민은 비에 젖은 피닉스에 올라탔다. 핸드폰을 꺼내 다해 전화번호를 찾았다. 버튼을 누르는 손가락이 심하게 떨렸다. 신호는 갔지만 받지 않았다. 숨쉬기가 곤란할 정도로 심장이 쿵쾅거렸다. 영민은 시동을 걸고 급히 액셀을 당겼다. 피닉스가 튀면서 에쿠스 백미러를 치고 나갔다. 빗물이 사정없이 영민의 얼굴을 때렸다. 헬멧은 선반 위에 있었다. 갈채 앞에 경찰차 한 대가 서 있어 피닉스를 편의점 앞으로 몰고 갔다. 계산대에 서 있던 점원이 유리창 너머로 그를 쳐다봤다. 영민은 모른 체하고 피닉스를 세워놓고 빠른 걸음으로 갈채를 향해 걸어갔다. 갈채는 엉망이었다. 유리창이란 유리창은 모두 박살났다. 그을린 창틀에는 날카로운 잔해만 남아 있었다. 뻥 뚫린 창문 안으로 빗물이 사정없이 들이쳤다. 창문 너머로 소파와 테이블이 보였다. 소파 일부가 불에 탔는지 누런 스펀지가 튀

어나와 있었다. 안쪽은 어두워서 아무것도 보이지 않았다. 골방에
가보고 싶었지만 경찰차가 앞에 있어 그럴 수 없었다. 어두워서 다
행이었다. 그의 몰골을 봤다면 수상하게 여길 수도 있었다. 영민은
지나가는 사람인 양 왔다 갔다 하면서 안을 들여다보았다. 마담도
다해도 보이지 않다. 비가 와서인지 주변에 나와 있는 사람도 없
었다. 편의점 주차장에서 점원이 담배를 문 채 그를 바라보고 있었
다. 그와 눈이 마주치자 점원이 고개를 돌리고 편의점 안으로 들어
가버렸다. 영민은 편의점을 향해 뛰어갔다.

"검정 헬멧을 쓴 남자가 갑자기 나타나서는 야구 방망이로 가게
를 마구 때려 부쉈대요. 그러고는 거기 있는 아가씨한테 불을 지르
고 도망쳤대요."

점원이 영민에게 수건을 건네주며 말했다. 수건을 쥔 손이 부들
부들 떨렸다. 다해에게 불을 지르다니, 다시 한 번 확인하고 싶었지
만 묻기가 겁이 났다.

"소방차도 오고 앰뷸런스도 오고 난리가 났었어요. 불은 금방 꺼
졌지만 아가씨가 화상이 심해 병원으로 실려갔어요."

"어느 병원으로 갔는지 아세요?"

점원에게 수건을 돌려주며 물었다.

"인하대 병원 구급차던데. 그쪽으로 갔겠죠."

점원의 말이 끝나기 무섭게 영민은 밖으로 뛰쳐나와 피닉스에 올
라탔다. 비 때문에 속력을 낼 수 없었다. 태풍 때문에 차량이 적은
게 그나마 다행이었다. 병원에 도착하자마자 응급실로 뛰어 들어갔
다. 제일 먼저 눈에 띄는 간호사를 붙잡았다.

"이리 오세요. 선생님 불러올 테니까."

그의 몰골을 본 간호사가 오히려 그의 팔을 잡아당겼다.

"아니, 전 괜찮습니다. 그보다 조금 전 화상 입은 환자가……."

대기실 의자에 고개를 숙이고 앉아 있는 마담이 보였다. 간호사에게 잡힌 팔을 빼내고 마담에게 다가갔다.

"어떻게 된 거예요? 다해는 괜찮아요?"

마담이 고개를 들었다. 울고 있었는지 눈이 부어 있었다. 마담이 손에 쥔 손수건으로 코를 풀었다.

"말도 마라. 온몸에 불이 붙어서 내가 담요 덮어서 겨우 껐다. 미친놈이지, 갑자기 뛰어 들어와 가게를 때려 부수고 다해에게 불을 붙이고는 그냥 내빼는 거야. 나도 술장사로 평생을 굴러먹었지만 그런 망종은 첨이야. 세상에 흉악한 놈 같으니."

마담이 끔찍해하며 치를 떨었다.

"다해는, 다해는 괜찮아요?"

"고통이 심해서 주사 놔서 재웠대. 나도 겁이 나서 들어가보지 못했어. 이제 쟤, 어떡하냐? 식구라고는 남동생 하나뿐인데. 걔 대학 보내려고 이 고생하며 살았는데. 치료비는 또 누가 댄다냐. 근데 넌 얼굴이 왜 그래?"

영민은 마담을 뒤로하고 응급실로 들어갔다. 침대를 하나하나 살피며 안으로 걸어갔다. 다행히 그의 몰골이 여기서는 문제되지 않았다. 민경음. 제일 안쪽 커튼에 이름표가 붙어 있었다. '경음, 내 이름이야. 완전 좋지? 아빠가 지어주셨어. 이런 데서 함부로 불리고 싶지 않아. 자기한테만 알려주는 거야.' 언젠가 골방에서 다해가 말

해주었던 이름이었다. 커튼을 열자 소독약 냄새가 코를 찔렀다. 다
해가 침대에 누워 있었다. 링거가 꽂힌 팔만 빼놓고 온몸이 붕대로
감겨 있었다. 영민은 침대 곁으로 바싹 다가가서 귀를 인공호흡기
가까이 댔다. 가냘픈 숨소리가 호흡기를 통해 들려왔다.

"다해야."

귓가에 대고 작은 소리로 속삭였다.

"나야 나, 영민이. 내 말 들려?"

다해는 아무 반응이 없었다. 붕대가 감긴 가슴 위에 손을 얹어보
았다. 숨이 겨우 오르락내리락했다. 핏물이 고이는지 아래쪽 붕대
가 선홍빛으로 물들었다.

'나 진짜 열심히 살았거든. 그런데 왜 이렇게 사는 게 힘든지 모르
겠어. 하긴 아빠 엄마도 열심히 살았지만 늘 가난했으니까. 엄마가
병이 있었어. 말도 없이 종일 방에만 틀어박혀 있었어. 우울증에 걸
린 사람은 그래서는 안 되는 거래. 햇빛을 보고 사람들과 말도 해야
하고, 그래야 나아진대. 하지만 아빠가 '빨갱이' 소리 들어가며 회사
앞에서 복직을 요구하다가 죽고 나서는 밖으로 나오질 않았어. 조
용히 아빠가 있는 곳으로 살짝 넘어가버렸어. 우리만 남긴 채 말이
야. 난 힘들어도 늘 웃고 다녔어. 우울해지면 엄마처럼 죽을지도 모
른다는 생각이 들었거든. 경호 혼자 남기고 죽을 수는 없잖아. 할머
니도 돌아가셔서 핏줄이라고는 개 하나밖에 없어. 미안해, 너무 우
울한 이야기만 해서. 그래도 자기 만나서 기분 좋다. 내가 왜 자길
좋아하는지 알아? 자기 딱 봤을 때 나랑 같은 부류라는 걸 알았어.
자기도 여동생 있다고 했지? 나처럼 되지 않게 잘해줘. 나도 내 동

생이 자기처럼 힘들게 대학 다니지 않게 돈 많이 벌 거야. 내가 여기서 버틸 수 있는 유일한 희망이 돈이라고. 나, 완전 속물이지. 조배가 대추 팔자고 했을 때 솔깃했다니까, 하하하.'

웃음이 나오면 참지 못하고 목젖이 다 보이도록 크게 웃던 다해가 끔찍한 모습으로 누워 있었다. 영민은 무릎을 꿇고 다해 손을 잡았다. 따뜻한 온기가 느껴졌다. 깨진 이 사이로 울음이 비집고 나왔다.

"여기 마음대로 들어오시면 안 돼요. 빗물까지 떨어뜨리고, 빨리 나가세요. 이차감염되면 어쩌려고요. 빨리 나가세요, 빨리요."

간호사가 그의 팔을 잡아당겼다. 영민은 눈물을 흘리며 커튼 밖으로 끌려나왔다. 다해가 이렇게 된 건 나 때문이었다. 내가 아니었으면 다해가 이 지경까지 되지 않았을 것이다. 영민은 자신을 책망하며 응급실 복도로 나왔다.

"다해는 어때, 괜찮아?"

마담이 물었지만 영민은 눈물을 흘리는 것 이외에 아무 말도 할 수 없었다. 조배, 이 개새끼를 그냥 두지 않겠다. 가슴속에서 뜨거운 분노가 끓어올랐다. 영민은 사장이 토끼몰이를 한다고 했던 통화 내용이 떠올랐다. 조배를 잡기 위해서는 빨리 사장을 만나야 한다. 영민이 밖으로 나가려는데 사내 한 명이 응급실로 뛰어 들어왔다. 마담이 사내에게 다가가 손을 잡으며 울먹였다. 영민이 사내를 쳐다보자 사내도 영민을 바라봤다. 두 사람은 잠시 시선을 교환했다. 영민이 고개를 돌리고 밖으로 뛰어나갔다. 피닉스에 올라타서 액셀을 당겼다. 피닉스가 물길을 가르며 튀었다. 젖은 도로 위를 피닉스가 미친 듯이 달렸다.

22

사무실 문이 잠겨 있었다. 영민은 문을 열고 안으로 들어갔다. 바
닥에는 아직 치우지 못한 병 조각이 널려 있었다. 소파 모서리에는
자신이 흘린 피가 검붉은 얼룩으로 남아 있었다. 영민은 사장의 캐
비닛을 열고 밸런타인을 꺼냈다. 냉동실에서 얼음을 꺼내려다 말았
다. 지금은 찬 것보다 독한 게 필요했다. 유리컵에 양주를 붓고 들이
켰다. 독한 기운이 식도를 뚫고 뱃속으로 내려갔다. 입안에 알코올
이 닿자 쓰린 통증이 몰려왔다. 다해의 처참한 모습이 머릿속에서
떠나질 않았다. 영민은 눈물을 흘리며 남은 양주를 들이켰다. 입안
통증 따위는 무시했다. 다해는 시너를 뒤집어쓰고 불기둥이 됐다.
입안에 불이라도 지르고 싶은 심정이었다. 어디선가 조배의 비열한
웃음소리가 들리는 듯했다.

약이나 갖고 도망가면 됐지 갈채까지 쫓아가 다해한테 불을 지를

필요는 없었다. 그냥 찌질한 양아치 새끼일 줄 알았지, 이렇게 잔인한 놈일 줄은 몰랐다. 다시 만나면 오늘 같은 실수는 하지 않을 것이다. 보자마자 머리통을 박살낼 것이다. 오늘도 처음부터 상대하지 말았어야 했다. 자신이 조심했더라면 다해가 불에 타는 끔찍한 일을 당하지 않았을 것이다. 영민은 다시 잔에 양주를 채웠다. 마시지 않고는 견딜 수 없었다. 조배한테 맞은 몸뚱이도 아팠지만 그보다 더 아픈 건 가슴이었다. 병원에 누워 있는 다해를 생각하면 가슴이 꽉 막혀 숨을 제대로 쉴 수 없었다. 가슴에 칼이라도 박고 싶었다. 그래야 숨통이 트일 것만 같았다. 양주를 단숨에 들이켰다. 알코올이 들어가자, 통증이 다시 시작됐다. 잇몸에서 피가 나는지 재떨이에 침을 뱉을 때마다 핏물이 섞여 나왔다.

배달은 이제 자릴 잡았다. 수입도 좋았고, 사장하고도 잘 맞았다. 오랜만에 일이 잘 풀리기 시작했다. 영민은 어머니의 얼굴을 떠올렸다. 아버지 병 수발로 구겨진 종잇장 같은 인생을 살던 어머니였다. 아버지의 죽음으로 숨통이 트이기 시작했다. 어머니는 그가 대학만 졸업하면 아무 걱정 없다고 했다. 믿는다고 했다. 어머니는 자신만 믿는다고 했다. 어머니 말대로 그동안 잘해왔다. 고등학교를 무사히 마치고 대학도 들어갔다. 하지만 더 이상 잘할 수 없었다. 다해를 생각하면 조배, 이 개새끼를 그냥 둘 수 없었다.

영민은 입술을 깨물며 자리에서 일어섰다. 사장의 캐비닛에서 낚시용 캡 라이트를 꺼냈다. 가죽조끼도 꺼내 걸쳤다. 정강이 보호 장치가 달린 시디부츠가 보였다. 꺼낼까 하다 사장이 이태리제라고 자랑하던 생각이 나서 그냥 두었다. 헬멧을 챙기고 포장 테이프를 가지고 밖으로 나왔다. 밖에는 여전히 강한 빗줄기가 쏟아지고 있었다. 영민은 바이저를 내려 빗물이 들어오는 걸 막았다. 피닉스 양쪽 사이드 미러에 캡 라이트를 단단히 고정시켰다. 스위치를 넣자 강렬한 불빛이 일직선으로 뻗어나갔다. 전조등까지 세 개의 불빛이 한곳에 모이도록 조정했다. 이 정도 빛이면 녀석은 눈도 뜨지 못할 것이다.

라이트가 이상이 없는지 다시 한 번 확인하고 원목장을 빠져나왔다. 도로에 들어서자 바람이 사납게 몰아쳤다. 맞은편에서 육중한 덤프트럭이 다가와 스칠 듯 지나갔다. 바퀴에 치인 빗물이 피닉스를 덮쳤다. 피닉스가 휘청거렸다. 다행히 헬멧이 빗물을 막아주어 시야는 방해받지 않았다. 영민은 피닉스를 똑바로 하고 속도를 올렸다. 태풍 때문인지 트럭이 지나간 뒤로 차가 한 대도 보이지 않았다.

아치형 깔때기 시장 철제 간판이 나타났다. 영민은 속력을 줄이고 시장 안으로 천천히 들어갔다. 할머니들이 장사를 접었는지 좌판이 구석에 무질서하게 쌓여 있었다. 파란색 포장이 좌판을 덮고 있었다. 바람이 지나칠 때마다 포장이 소리를 내면서 펄럭였다. 바람을 등지고 시장을 빠져나와 이차선 도로에 올라섰다. 어둠에 갇힌 똥치 골목의 풍경은 음산했다. 무너진 잔해가 어둠 속에 웅크리고 있었다. 폐허 중간중간에 노란 불빛이 보였다. 가까이 가보니 곳곳에 천막이 세워져 있었다. 불빛은 천막 안에서 새어나오고 있었다.

똥치 골목 양쪽에는 방 하나, 부엌 하나인 집이 나란히 들어서 있었다. 노동으로 지친 사람들은 하루의 마지막 고비인 언덕을 넘어 개미굴 같은 집으로 들어갔다. 그제야 아늑한 방에서 두 다리를 뻗을 수 있었다. 이곳이 그들의 마지막 안식처였다. 깔때기 사람들은 더 이상 쫓길 곳이 없었다. 몽둥이질 몇 번으로 쫓길 사람들이 아니었다. 깔때기가 피로 물들어야 가능한 일이었다. 섣부른 철거는 벌집을 걷어찬 꼴이 될 수 있었다. 한낮의 기습으로 속수무책으로 당했지만 아직 끝난 게 아니었다. 본격적인 싸움은 이제부터 시작일지 모른다. 어둠 속에서 빛나는 작은 불빛이 그들의 의지를 말해주는 듯했다. 영민은 개똥벌레 같은 불빛을 뒤로하고 언덕을 향해 올라갔다. 3층 건물이 나타났다. 길게 내려뜨린 현수막이 바람에 나풀거렸다. 모든 게 부서졌지만 이 건물만은 똥치 골목을 지키는 수호신인 양 굳건하게 자리를 지키고 있었다.

공구상가를 지나 포장 골목으로 들어갔다. 빗물에 쓸린 골판지가 도로 곳곳에 보였다. 골판지를 밟으면 오토바이가 전복된다. 속력을 줄이고 조심스럽게 피닉스를 몰았다. 골목을 지날 때마다 안쪽을 살펴보았다. 장바우가 G포인트는 담배자판기가 있는 골목이라고 했다. 다섯 번째 골목에서 파란 불빛이 새어나왔다. 안으로 들어가자, 검은 헬멧을 쓴 사내가 보였다. 피닉스가 오는 소리를 들었는지 사내의 오토바이가 영민을 향해 있었다. 영민이 골목에 들어서자마자 강력한 라이트 불빛이 쏟아졌다. 영민은 손을 들어 불빛을 막았다.

"영민이냐?"

상구가 라이트를 껐다.

"어쩐 일이야? 사장이 보냈어?"

다행히 헬멧이 엉망이 된 그의 얼굴을 가려주었다.

"응, 도와주라고 해서. 우리 사장 어디 있냐?"

상구가 언덕을 향해 고개를 치켜들었다. 성당은 어둠에 묻혀 보이지 않았다. 영민은 상구와 나란히 골목을 향해 섰다. 하늘에는 라이트 불빛이 춤추고 있었다.

"시동 끄고 구경이나 해."

"조배는 찾았어? 사장 말로는 약을 갖고 튄 지 꽤 됐다고 하던데."

조배한테 맞고 정신을 잃은 지 네 시간이 지났다. 지금쯤이면 인천을 벗어나고도 남을 시간이었다.

"걱정 마라. 약을 반값에 넘기겠다고 화양리에 전화를 건 모양이야. 백 사장이 물건 가지러 온다고 조배한테 쉴드쳐놓고 바로 우리 회장한테 전화 때렸어. 놈이 죽으려고 환장을 하신 거지."

"어디 있는지는 찾았대?"

"중국으로 튈 생각인지, 연안부두터미널로 오라고 했대. 형들이 갔으니까, 금방 잡아올 거야."

"이 바닥이 좁아서 금방 뽀록날 텐데, 조배 새끼가 왜 그랬을까?"

다해 때문일까? 다해가 거부하자 홧김에 약을 훔치고 다해에게 불을 질렀을까? 이유야 뭐든 간에 조배를 그냥 곱게 보낼 수는 없었다.

"뻔하지, 돈에 눈이 뒤집힌 거야. 사장이 조금만 참으면 영업권 넘긴다고 했는데도, 그새를 못 참고 육갑을 떤 거라니까. 하여간 양아치 새끼들은 이게 모자라서 안 돼."

상구가 자신의 헬멧을 두들겼다.

"진짜 영업권을 조배에게 넘길 생각이었대?"

"진짜인지 가짜인지 낸들 아냐, 형들이 그러니까 그런가 보다 하는 거지. 근데 우린 깡패잖아. 그걸 조배에게 그냥 주겠어? 내가 전에 말했지? 니네 사장이 오케이 해도 우리 회장이 안 된다고 하면 절대 안 된다고."

상구가 비웃으며 말했다. 사장은 조배에게 영업권을 넘겨주기 싫어 토끼몰이를 하는지도 몰랐다. 그러나 그는 아니었다. 조배가 영업권을 요구했든, 돈을 요구했든 그게 문제가 아니었다. 영민은 조배에게 복수해야 한다는 생각밖에 없었다. 자신의 손으로 그 새끼를 작살내기 전에는 절대 물러서지 않을 터였다.

치지직. 상구 어깨에 걸린 무전기에서 잡음이 흘러나왔다. 상구가 무전기를 뽑아 귀에 댔다.

"G포인트, 자리에 대기하고 있나? 먹이가 포착됐다. 토끼몰이를 시작할 거니까, 빠져나가지 않도록 단단히 지키고 있어."

"여기는 G포인트. 염려 마십시오. 개미 새끼 한 마리 빠져나가지 못하도록 지키겠습니다."

상구가 시동을 걸었다. 미라주 머플러에서 묵직한 저음이 터져나왔다.

"조배 새끼가 잡혔나 봐. 시팔, 여기서 보초 설 게 아니라 나도 가서 그 새끼 면상을 갈아놔야 하는데."

조배에게 당했던 일이 생각나는지 상구가 이를 갈았다. 영민 자신이야말로 그 새끼 대갈통을 부숴버린다 해도 속이 풀리지 않았다. 상구가 골목 한가운데를 막아섰다. 영민도 상구 옆에 나란히 섰다. 라이트를 꺼놔서 골목 안쪽의 상황을 전혀 짐작할 수 없었다. 멀리서 헤드라이트 불빛이 춤추고, 엔진 소리가 포효했다. 어디로 가야 조배를 만날 수 있을지 전혀 감이 잡히지 않았다.

"내가 가보면 안 될까?"

영민은 빗속을 뚫어지게 바라보며 말했다. 여기 멍하니 있다가 상황이 종료되면 다해를 볼 면목이 없어진다. 어떻게든 끼어들어 먼저 조배의 대갈통을 박살내야 한다.

"가봐야 할 일도 없어. 토끼몰이가 시작됐으니까, 곧 삽치기 골목으로 몰아넣을 거야. 뒷정리야 니네 사장이 할 거고. 이번 일은 사장의 책임이 크다며? 열쇠도 털리고, 사무실도 비워놓는 바람에 일이 커졌다며?"

"난 잘 모르겠어. 엄마가 아파서 음성에 내려갔다 왔거든."

"많이 아프시냐?"

"몸이 아니라 정혜 때문에 속을 썩고 있어."

"정혜가 왜? 무슨 사고 쳤어?"

"사고는, 카드빚 좀 썼는데, 연체가 된 모양이야. 은행에서 연락이 오니까, 걱정이 돼서 잠을 못 주무시는 거지."

"그래서 돈 빌려달라고 했던 거야?"

영민은 대답 대신 고개를 끄덕였다. 말을 많이 해서인지 왼쪽 턱이 시큰거렸다.

"정혜는 뭔 일 때문에 돈을 그리 썼다냐?"

"돈 쓸 일이 한두 가지냐. 사회 나왔으니 화장도 하고, 옷도 사고, 남들처럼 놀러도 다니고, 그러고 싶었겠지."

숫제 미친 듯이 쇼핑을 하고 놀다가 빚을 졌으면 억울하지나 않왔다. 장사한다고 죽도록 고생만 하고, 또 혼자서 얼마나 애를 태웠을까? 영민은 마음이 저려왔다. 어디서 밥이나 제대로 먹고 지내는지 모르겠다.

"걔 친구랑 청주에서 장사한다고 하지 않았어?"

새대가리가 정혜와 관련된 일만큼은 잘 기억했다.

"장사는, 지가 무슨 돈이 있어 장사야. 친구 가게에서 일 도와준 거지. 여기서 삽치기 골목까지는 머냐?"

"저기 전봇대 옆으로 빠져나가면 바로야."

상구가 골목 오른쪽에 있는 전봇대를 가리켰다. 삽치기 골목에 사장보다 먼저 가 있으면 기회가 올지도 모른다. 언제까지고 여기서 멍청히 기다리고 있을 수만은 없었다. 이대로 상황이 종료된다면 영민은 평생 죄인으로 지내야 한다. 그런 생각이 들자 점점 초조해졌다. 치지직. 무전기에서 잡음이 새어나왔다.

"이 새끼가 쇠파이프를 휘두르며 덤비고 있어. 씨팔, 누가 좀 와줘야겠어."

무전기에서 다급한 목소리가 흘러나왔다. 상구가 재빨리 라이트를 켰다. 불빛이 빗속을 뚫었다. 영민도 따라가기 위해 시동을 걸고 라이트를 켰다.

"오호, 내가 가봐야겠다. 그러잖아도 몸이 근질근질했는데. 영민아, 내 대신 여기 좀 맡아줘."

상구가 무전기를 떼서 영민에게 넘겼다.

"나도 같이 가자."

영민은 후카시를 매기며 상구 옆에 바싹 붙어섰다.

"안 돼, 한 사람은 반드시 여길 지켜야 해. 급한 것 같으니까 내가 가볼게."

상구가 액셀을 당기자 미라주의 빨간 미등이 어둠 속으로 빨려들어갔다. 미등은 순식간에 어둠 속으로 사라졌다. 영민은 아랫입술을 깨물며 어둠에 묻힌 골목을 노려보았다. 상구를 따라가고 싶은 마음이 굴뚝같았다. 장바우가 깔때기에서 벗어날 길은 G포인트밖에 없다고 했다. 여기를 포기할 수는 없었다.

영민은 상구가 준 무전기를 가죽조끼 고리에 매달았다. 비에 젖은 조끼가 어깨에 착 달라붙었다. 상구가 사라진 골목 안을 주시했다. 조배가 저 안 어딘가에 있었다. G포인트를 알고 있다면 이쪽으로 도망쳐 올 것이다. 제발 그러길 바랐다. 녀석이 나타나면 한 방에 박살낼 것이다. 어둠 속에서 조배가 튀어나올지 모른다고 생각하니 입이 말랐다. 담배 생각이 간절했지만 위치를 노출시킬 수 없었다. 영민은 마른침을 삼키며 어둠 속만 노려봤다. 갑자기 왼쪽 조끼 주머니가 부르르 떨렸다. 핸드폰을 꺼내 액정화면을 봤다. 어머니였다. 이 시간에 무슨 일일까?

투투투투투투. 오토바이 소리가 들려왔다. 멀리서 작은 불빛이 움직였다. 재빨리 핸드폰을 집어넣었다. 라이트를 끈 채 불빛을 주시했다. 무전기에서 잡음이 새어나왔다.

"먹이가 G포인트로 방향을 틀었다. G포인트에 누가 대기하고 있나?"

영민은 재빨리 무전기를 잡았다.

"네, 염려하지 마십시오. 개미 새끼 한 마리 빠져나가지 못하도록 하겠습니다."

무전기를 어깨 고리에 걸고 피닉스를 천천히 앞으로 몰았다. 불빛이 그를 향해 일직선으로 달려오고 있었다. 영민은 조배가 최대한 가까이 오길 기다렸다. 불빛이 점점 커져왔다. 숨을 삼키고 놈을 기다렸다. 기회는 한 번밖에 없다. 불빛이 점점 뚜렷해졌다. 놈이 사정거리 안에 들어왔다. 영민은 헤드라이트와 캡 라이트를 동시에 켰다. 불빛이 서치라이트처럼 놈을 향해 뻗어나갔다. 날카로운 브레이크 소리와 함께 조배가 팔을 들어 올리는 게 보였다. 갑작스러운 일격에 놀란 조배가 멈춰 섰다. 조배의 시야를 확보했다. 영민은 피닉스를 믿고 액셀을 당겼다. 피닉스가 총알처럼 앞으로 튀어나갔다. 아직 상황 파악을 하지 못한 조배가 그대로 서 있었다. 눈앞에 조배의 얼굴이 보였다. 영민은 자신의 상체를 앞바퀴에 실었다. 몸을 좌측으로 틀면서 앞바퀴를 축으로 턴을 시도했다. 휠 스핀을 먹은 피닉스가 빠르게 회전했다. 뒷바퀴가 조배의 오토바이를 강타했다. 고무 타는 냄새가 났다. 피닉스가 심하게 요동쳤다. 노면이 젖어 있어 회전이 생각보다 빨랐다. 그 때문에 충격 또한 컸다. 영민은 피닉스가 전도되지 않도록 양쪽 발을 아스팔트 위로 힘껏 내디뎠다. 순간 우두둑 소리가 났다. 왼쪽 발목이 꺾이면서 피닉스가 옆으로 넘어졌다. 그의 머리가 아스팔트 바닥에 부딪히면서 둔탁한 소리가 났다. 충격이 고스란히 몸으로 전해왔다. 영민은 바닥에 누워 하늘을 봤다. 빗줄기가 헬멧 위로 쉴 새 없이 떨어졌다. 몸을 일으켜 아스팔트 위에 앉았다. 머리를 흔들어보았다. 어지럽거나 울렁거리지 않았다. 괜찮은 것 같았다. 눈앞에서 바이저가 덜렁댔다. 손으로 뜯어내자 얼굴에 차가운 빗줄기가 쏟아졌다. 영민은 정신을 가다듬고 조배를 찾았다. 조배의 오토바이가 가로수에 걸린 채 바퀴가 헛돌고 있었다. 철제문을 치는 소리가 들렸다. 30미터쯤 떨어진 곳에서 조배가 상가 철제 셔터를 잡고 힘겹게 걸어가는 모습이 보였다. 어깨에 매단 무전기를 들어 올렸다.

"여기는 G포인트. 먹이를 잡았다. 삽치기 골목으로 몰아주기 바란다."

영민은 무전기를 끄고 고개를 들었다. 조배는 어둠 속으로 사라지고 없었다. 가로수까지 기어가서 나무를 잡고 일어섰다. 한 걸음 내딛자, 왼쪽 발목에 심한 통증이 밀려왔다. 걷기가 쉽지 않았다. 영민은 바닥에 떨어진 쇠파이프를 집어 들었다. 그걸 의지해 삽치기 골목을 향해 걸음을 옮겼다.

23

축대 위의 주홍색 백열등이 골목 입구를 비추고 있었다. 골목은 경사가 졌는지 빗물이 바다를 향해 빠르게 흘러갔다. 골목 입구에 목제로 지은 낡은 창고가 보였다. 검은 콜타르가 잔뜩 묻은 창고는 문틈이 약간 벌어져 있었다. 영민은 조심스럽게 문을 잡아당겼다. 삐거덕, 경첩 소리와 함께 문이 열렸다. 내부는 사람 한 명이 겨우 통과할 정도로 길고 좁았다. 못이 박힌 나무 벽에 삽이 나란히 걸려 있었다. 영민은 그중 제일 앞에 있는 놈을 잡았다. 일반 삽과 달리 묵직했다. 삽자루에 커다란 납덩어리가 박혀 있었다. 삽날을 만져보았다. 날카롭게 벼려진 날 끝이 손가락을 부드럽게 긁어주었다. 수장하는 놈의 부장품으로 손색없었다.

영민은 삽을 팔에 끼고 문 앞에 주저앉았다. 왼쪽 발목이 불에 덴 듯 화끈거렸다. 사장이 건네준 약이 생각났다. 주머니에서 약을 꺼냈다. 다행히 갈색 병은 깨지지 않았다. 뚜껑을 따서 검은 액체를 마셨다. 쓴맛이 입안 가득 퍼졌다. 약은 쓴 만큼 효과가 확실했다. 영민은 바지를 걷어올렸다. 발목이 퉁퉁 부어 있었다. 제대로 삔 것 같았다. 사장의 이태리제 시디부츠를 신었어야 했다. 보호 장비를 착용했다면 부상은 피할 수 있었을 것이다. 머리를 심하게 부딪혔지만 헬멧 덕분에 무사했다. 영민은 헬멧을 쓰다듬었다. 아스팔트에 부딪혔던 부분이 거칠게 흠이 났다. 머리가 욱신거렸지만 어지럽거나 구토가 나지 않았다. 헬멧이 없었다면 뇌진탕으로 죽었을 것이다. 헬멧은 꼭 써야 했다. 익수도 헬멧을 썼더라면 살았을지 모른다.

상구가 오토바이를 샀으므로 개조는 나머지 아이들이 하기로 했다. 태후, 중석, 익수 그리고 영민까지 네 명이 제비뽑기를 했다. 태후가 머플러, 중석이 바퀴, 익수가 쇼바, 영민이 헬멧에 당첨됐다. 개조를 끝낸 오토바이는 쌈박했다. 아이들은 타고 싶어 안달이 났다. 헬멧이 없다는 건 이유가 되지 못했다. 영민에겐 헬멧을 살 돈이 없었다.

장례식장에 갔다가 문상도 못 하고 익수 할머니에게 쫓겨났다. 화장터에도 따라갔지만 한쪽 구석에 숨어 있어야 했다. 대기실 모니터로 익수가 불가마에 들어가는 것을 지켜봤다. 한 줌 뼈로 나오는 것도 모니터를 통해 봤다. 장례 버스가 떠나고 화장터에는 아이들만 남았다. 뮤지 가운데 있는 검은 돌핀에 둘러서서 술을 마셨다. 영민은 자신이 헬멧을 샀다면 익수가 죽지 않았을 거란 생각에 돌판에 엎드려 오열했다. 아무도 그의 탓이라 말하지 않았다.

익수를 생각하자, 영민은 가슴이 미어졌다. 익수의 뼛가루는 바다로 빠져나가지 못하고 깔때기 포구를 떠돌고 있을 것이다. 인어 공주가 있다 해도 저렇게 더러운 바다에는 오지 않을 것이다. 깔때기에서 흘려보낸 오물과 함께 포구를 떠돌며 자신을 원망하고 있을 것이다.

쿵, 소리에 영민은 정신이 번쩍 들었다. 머리를 흔들다가 나무판자에 부딪히고 말았다. 사장이 근처에 있을지 모른다. 사장이 온다 해도 결코 삽은 양보하지 않을 것이다. 조배는 반드시 자신의 손으로 끝장낼 것이다. 다해를 생각하면 놈의 골통을 박살내 뇌수를 시멘트 바닥에 패대기쳐도 시원치 않았다. 영민은 삽을 꼭 잡고 이를 악물었다.

배기통에서 터져 나오는 오토바이 시동 소리가 요란하게 들려왔다. 라이트 불빛이 창고 바닥을 스치고 지나갔다. 영민은 삽을 움켜쥐고 판자 틈으로 밖을 내다봤다. 불빛이 서서히 모이기 시작했다. 마른침을 삼키며 먹이가 오기만을 기다렸다. 불규칙하게 들리던 머플러 소음이 북소리처럼 일정한 간격으로 울리기 시작했다. 불빛이 나란히 골목을 향해 뻗어왔다. 불빛 가운데를 사내가 비틀거리며 걷고 있었다. 오토바이가 번갈아가며 핸들을 털었다. 그럴 때마다 사내는 앞으로 고꾸라졌다. 오토바이 한 대가 지나가며 사내 등짝을 걷어찼다. 사내가 바닥에 꾹 박혔다. 잠시 후 사내가 안전봉을 잡고 힘겹게 일어섰다. 조배였다. 만신창이가 된 조배가 골목 안으로 구르다시피 해서 들어왔다. 검정 헬멧에 검정 라이더 재킷을 걸친 사내 여섯이 노란 안전봉 앞에 오토바이를 정렬시켰다. 정렬이 끝나자 축대에 기댄 조배를 향해 일제히 라이트를 쏘았다. 조배가 손을 들어 눈앞을 가렸다. 제일 오른쪽에 있는 사내가 손을 들었다. 오토바이가 차례차례 유턴해 어둠 속으로 사라졌다. 기다렸다는 듯 축대 위에 전구가 꺼졌다. 어둠이 골목을 집어삼켰다.

이젠 영민의 차례였다. 영민은 헬멧을 쓰고 삽을 움켜쥐었다. 단전에서 뜨거운 기운이 솟구쳐 올라왔다. 온몸이 후끈거렸다. 왼쪽 발목을 털어보았다. 통증이 가셨다. 모르핀이 들었다더니 사장이 준 약은 효과가 정말 좋았다. 지금 기분이라면 뭐든지 할 수 있을 것 같았다. 아드레날린이 분출되는지 기분은 최고조에 달했다. 영민은 문을 활짝 열고 하늘을 올려다보았다. 그리고 속으로 외쳤다. '익수야! 갑빠 있게 사는 게 뭔지 보여줄게.' 이를 악물고 거리로 나섰다. 굵은 빗방울이 수직으로 내리꽂히고 있었다. 거센 바람이 그의 몸을 후려치고 골목 안으로 빨려 들어갔다. 빗물이 바닥에 난 골을 따라 골목 안으로 빠르게 흘러갔다. 바람을 등지고 천천히 안으로 걸어 들어갔다. 안쪽에서 가쁜 숨소리가 들렸다. 축대에 기댄 조배의 형체가 어슴푸레 보였다.

스르렁, 스르렁. 삽날이 시멘트 바닥을 긁었다. 조배가 겁을 먹고 슬금슬금 뒷걸음질 쳤다. 영민은 삽을 들어 벽을 한 번 내리쳤다. 단단한 화강암에 부딪힌 삽날에서 불꽃이 튀었다. 조배가 후닥닥 두 걸음 물러섰다. 후후후. 영민은 음침한 웃음을 흘렸다. 삽날로 시멘트 바닥을 긁으며 조배와의 간격을 좁혀갔다. 접시한 날 끝에서 기분 나쁜 소리가 났다. 밖으로 빠져나가지 못한 소리는 골목 안에 울려 퍼졌다. 조배가 겁먹기에 충분한 사운드였다. 단번에 요절내긴 아까웠다. 천천히 공포를 느껴야 한다. 다해를 위해 무릎을 꿇고 참

회의 눈물을 흘려야 한다. 그때까지 자신은 인내할 것이다. 골목의 폭이 점점 좁아졌다. 화강암 벽은 단단한 근육처럼 조배를 조여왔다. 조배가 걸음을 멈추고 뒤를 돌아봤다. 거센 파도가 골목 끝을 타고 넘어왔다. 막장에 다다랐다. 조배가 멈춰 섰다. 겁먹은 조배의 얼굴이 보였다. 영민은 헬멧을 벗을지 망설였다. 이제 저런 양아치 새끼한테 겁먹을 이유가 없었다. 당당하게 모습을 보이고 다해의 복수를 할 것이다. 영민은 헬멧을 벗어 바닥에 던지고 조배 앞에 우뚝 섰다.

"영민이?"

조배의 눈이 커졌다. 조배의 목소리를 듣자, 처참하게 누워 있던 다해의 모습이 떠올랐다. 단전에서 열기가 솟구쳐 올랐다. 몸이 뜨거워졌다. 불 속에서 몸부림치는 다해의 모습이 그려졌다. 영민은 금방이라도 폭발할 것만 같았다. 조배를 향한 분노에 미칠 것만 같았다. 삽을 머리 위로 치켜 올렸다. 다시는 이 새끼한테 놀아나지 않을 것이다. 말이 필요 없었다. 단숨에 골통을 박살내야 한다.

"야, 이 시발놈아, 이러지 마. 너까지 이럴 필요는 없잖아. 니가 왜 이러는 건데? 내가 때린 것 때문에 그래? 그건 정말 미안하게 됐어. 잠깐, 삽 치우고 내 말 좀 들어. 약은 사장이 가져가라고 준 거야. 가방에 열쇠까지 넣어놨단 말야. 돈 대신 사장이 나한테 준 거라고. 이제 그만하자."

조배가 그에게 한 걸음 다가왔다. 조금 전까지만 해도 겁에 질렸던 표정은 사라지고 없었다. 삽을 든 사람이 나라는 걸 알고 안심이 된 걸까? 조배, 이 개새끼가 끝까지 사람을 우습게 알았다. 시발놈의 새끼, 영민은 이를 악물고 조배를 향해 삽을 휘둘렀다. 허공을 가른 삽날이 화강암 벽에 부딪히면서 불꽃이 튀었다. 삽자루를 잡은 두 손이 저려왔다. 힘이 너무 들어간 탓에 중심을 잡지 못하고 휘청거렸다. 다행히 넘어지지 않았다. 영민은 삽에 의지해 간신히 몸을 버티고 숨을 돌렸다. 조배가 바닥에 주저앉아 있었다. 그러지 않았다면 놈의 머리통은 박살났을 것이다.

"조배야. 너 불꽃놀이 좋아하지? 비만 오지 않았다면 너도 불기둥을 만들어주는 건데. 염려 마라. 대신 바닷속에 수장시켜줄게, 뒤가 니 무덤이 될 거야."

영민은 준비한 대사를 읊듯 조용히 말했다. 조배가 하얗게 질린 얼굴로 뒤를 돌아봤다. 시커먼 바다가 요동치며 아가리를 벌리고 있었다.

"영민아, 무슨 소리를 하는 거야. 그만하자, 그만하자고. 미안하다. 진짜 미안하다. 내가 잘못했다. 너를 때린 건 질투가 나서 그런 거야. 나도 다해를 진짜 좋아했단 말이야. 제발 그만하자."

조배가 눈물을 흘렸다. 야비했던 눈에서 굵은 눈물이 흘러나왔다. 조금 전 당당했던 모습은 없어지고 비루한 개처럼 꼬리를 내렸다. 영민이 내리친 한 방에 완전히 겁을 먹었다. 이제야 장난이 아니라는 걸 깨달은 모양이다. 조배의 눈동자에 떠오른 공포를 보자 영민은 웃음이 나왔다. 훗 훗 훗.

"그만하자고? 이거 미안해서 어쩌나, 그만두지 못하겠는데. 조배야, 이 삽날을 봐봐. 칼날보다 날카롭고 도끼보다 묵직해. 이걸로 니 머리통을 내리치면 두개골이 빠개지는 거야. 아니면 배를 쑤셔줄까? 삽날이 니놈 뱃가죽을 통과하면 여기에 내장이 주르르 쏟아질 거야. 물론 니 더러운 뱃속을 보고 싶지는 않지만 말이야. 자, 이제 죽는다는 게 실감나니? 좋아했다고, 좋아했다고, 씨발 새끼야. 그래서 다해한테 불을 질렀냐. 사람을 불기둥으로 만들어놓고 미안하다면 다야, 이 개새끼야!"

또다시 뜨거운 기운이 명치끝을 타고 올라왔다. 열기가 몸을 감쌌다. 처참한 다해 모습이 떠오르며 격렬한 분노가 솟아올랐다. 분노는 모든 걸 삼켜버렸다. 저 새끼를 박살내겠다는 것 이외에 아무것도 생각나지 않았다. 영민은 실수를 반복하지 않기 위해 삽을 고쳐 쥐었다.

"불? 무슨 소리야. 난 약만 갖고 갔어. 사장이 깔때기 몰래 약을 가져가라고 했어. 화양리에 연락하면 돈을 준다고 했어. 이건 음모야. 사장이 꾸민 짓이 분명해. 삽 치워. 난 모르는 일이라고. 야, 영민아, 이러지 마."

조배가 벽을 짚고 일어서며 횡설수설했다.

"아, 알겠다. 황철배 때문이야? 사장한테 말해. 난 절대로 불지 않을 거라고. 그냥 해본 소리였어. 돈이 필요해서 그냥 해본 소리라고. 니가 이럴 필요는 없잖아. 다해 때문에 그러는 거야? 그건 미안하다. 하지만 걘 이미 나하고……."

더 이상 들을 필요가 없었다. 영민은 힘껏 삽을 휘둘렀다. 팍, 소리가 났다. 조배가 앞으로 고꾸라졌다. 머리에서 피가 흘러나왔다. 바닥이 피로 물들었다. 그걸 보자 영민은 다리의 힘이 쫙 빠지는 걸 느꼈다. 축대에 기댔다. 몸이 저절로 바닥으로 미끄러졌다. 손에 쥐고 있던 삽을 내동댕이쳤다. 영민은 손을 들어 눈앞으로 가져왔다. 삽날이 조배 머리를 파고들 때 손에 전해지던 느낌이 생생했다. 팍, 비켜갔다. 마지막 순간 힘이 빠져버렸다. 시팔, 쫀 건가. 영민은 주먹을 꽉 움켜쥐었다. 숨을 들이마시고 시멘트 바닥에 고개를 박고 있는 조배를 내려다봤다. 바닥에 쓰러진 조배가 꿈틀거렸다. 벗겨진 두피 사이로 피가 흘러나왔다. 피는 골을 따라 바다로 흘러들어 갔다. 빗물 속에서 비릿한 피 냄새가 풍겼다. 이제 마무리만 하면 된다. 발로 밀치기만 하면 놈은 바닷속으로 사라질 것이다. 다해에게 불을 지른 놈은 조배가 분명했다. 사장이 그랬다. 그러나 영민은 몸을 쉽게 움직이지 못했다. 그를 열기 속으로 몰아넣었던 뜨거운 기운이 안개처럼 사라져버렸다. 팽팽했던 긴장감도, 뜨거웠던 열기도 모두 꺼져버리고 허탈감만 남았다. 머릿속에서 조배의 마지막 말이 자꾸 맴돌았다.

발소리가 들렸다. 골목 어귀에 작은 불빛이 나타났다. 누군가가 이쪽으로 걸어오고 있었다. 심장이 쿵쾅거렸다. 불빛이 거침없이 그를 향해 다가왔다. 불빛 뒤로는 어둠이 깊어 누군지 알 수 없었다. 불빛이 멈추더니 영민의 얼굴을 정면으로 비쳤다. 영민은 눈을 가늘게 뜨고 불빛에 익숙해지려고 노력했다. 불빛이 아래로 내려가자 판초를 뒤집어쓴 사내가 보였다. 사내가 주머니에서 무언가를 꺼냈다. 라이터에 불이 켜지자 사장의 얼굴이 드러났다. 사장은 담배에 불을 붙여 그에게 건네주었다. 영민은 비에 젖지 않도록 담배를 손차양 안에 집어넣고 한 모금 빨았다. 담배연기가 폐 속 깊숙이 빨려들어 왔다. 폐 속에 가두었던 연기를 길게 내뿜었다. 하얀 연기가 랜턴 불빛 사이로 퍼져 나갔다. 두근대던 가슴이 서서히 안정을 찾았다.

사장이 허리를 숙였다. 사장의 손에는 그가 던진 삽이 들려 있었다. 랜턴 불빛이 조배를 향했다. 조배가 바닥에서 떨고 있었다. 사장이 조배 앞으로 걸어갔다. 조배의 손가락이 꿈틀거리며 사장의 구두를 향해 다가갔다. 구둣발이 천천히 들리더니 손가락 위로 올라갔다. 우두둑, 뼈가 잘게 부서지는 소리가 났다. 조배 입에서 굵은 신음이 새어나왔다. 삽날이 조배 머리를 일으켜 세웠다. 기울어져 있던 조배 머리가 바닥에 바로 섰다. 사장의 손이 서서히 위로 올라갔다. 머리 꼭대기까지 올라간 삽날이 단숨에 내려왔다. 퍽, 삽날이 두피를 찢고 두개골 속으로 파고들어가는 소리가 났다. 욱 하는 소리와 함께 조배의 신음이 멈췄다. 사장이 발로 조배를 두어 번 건드려보았다. 조배는 꼼짝하지 않았다. 조배가 죽었다. 매일 술 마시고 오토바이를 타도 사고 한 번 나지 않던 운 좋은 조배가 죽었다. 이제 사무실이 내 차지가 되었다. 그의 머릿속에 가장 먼저 떠오른 생각이었다. 안도감에 영민은 숨을 크게 내쉬었다.

사장이 판초를 벗었다. 검정 조끼가 보였다. 사장은 클립을 풀어 납주머니가 달린 조끼를 벗었다. 조배 몸에 조끼가 채워졌다. 조배의 가슴은 방탄복을 두른 것처럼 부풀었다. 사장이 자신의 작품을 감상하듯 천천히 조배를 훑어보았다. 만족한 듯 고개를 끄덕이고는 조배 옆구리를 발로 힘껏 밀쳤다. 한 바퀴 구른 조배가 바닷속으로 떨어졌다. 바다는 기다렸다는 듯 조배를 집어삼켰다. 사장이 잠시 물속을 지켜보다가 영민에게 다가왔다.

"나머지는 빗물이 정리할 거야. 넌 이거나 처리하고 와."

사장이 영민의 손가락 사이에 끼여 있던 담배를 빼내가고 대신 삽을 쥐여줬다.

"넌 아무것도 모르는 거야. 시골에 내려가 있었던 거지. 안 그래?"

사장이 사람 좋아 보이는 미소를 짓고는 골목 밖으로 걸어갔다. 영민은 어둠 속으로 사라져가는 사장의 뒷모습을 멍하니 바라봤다. 사장이 완전히 사라지고 나서 손에 쥔 삽을 쳐다봤다. 빗물에 희석된 핏물이 삽자루를 타고 내려와 손등을 적셨다. 삽날에 묻은 회백색 물질이 시선을 붙잡았다. 그게 뇌수 조각이라는 걸 깨닫는 데 오랜 시간이 걸리지 않았다. 바로 신물이 넘어왔다. 삽을 바다에 힘껏 던져버렸다. 그러고는 핏물이 묻은 손등을 시멘트 바닥에 대고 박박 문질러댔다.

축대에 기대 한숨 돌리던 영민은 갑자기 생각난 듯, 껍질이 까져 핏물이 밴 손으로 핸드폰을 꺼냈다. 숨을 가다듬고 단축키를 터치했다. 신호가 가자마자 어머니가 바로 전화를 받았다.

"주무시는데, 깨운 거 아냐?"

영민은 조금씩 가늘어지고 있는 빗줄기를 바라보며 말했다.

"아냐, 나도 깨어 있었어."

어머니가 힘없는 목소리로 말했다.

"전화했었어? 오줌 마려워 일어났는데, 핸드폰을 보니까, 전화가 와 있어서."

"응, 내가 그냥, 너 밖이니?"

"아니, 방이야."

"빗소리가 들리는 것 같은데."

"위층에서 또 물 내리나 봐. 무슨 일 있어?"

영민은 목소리가 떨리는 걸 꾹 참으려 했다. 참으려고, 참으려고 했지만 어머니의 목소리를 듣자 참았던 설움이 한꺼번에 복받쳐 올라왔다.

"무슨 일은, 그냥 정혜 때문에 잠이 안 와서. 근데 너 울고 있니? 무슨 일 있어?"

영민은 손바닥으로 핸드폰을 가린 채 울음을 삼켰다. 숨을 들이마시고 마음을 진정시켰다.

"아니, 내가 왜 울어. 감기가 왔는지, 목소리가 잠겨서 그래."

"조심하지 그랬어. 약은 먹었고?"

"낮에 병원 가서 약 받아왔어."

"그래, 잊지 말고 꼭 챙겨 먹어라. 돈은 어떻게, 마련했니?"

어머니가 조심스럽게 물었다.

"응, 사장한테 말하니까 내일 준대. 아, 지금 새벽이니까 오늘 줄 거야."

"정말이니? 그 많은 돈을 사장이 선뜻 준대?"

"그냥 주는 게 아니고, 빌리는 거야. 월급에서 매달 제할 거야. 우리 사장 좋은 사람이야."

"잘됐다. 정말 잘됐어. 어젯밤 뉴스에 사채업자한테 돈 빌렸다가 술집에 팔려간 여자가 울면서 인터뷰하는 걸 봤어. 그걸 보고 얼마나 놀랐는지 밤새도록 한잠도 못 잤어. 정혜는 정말 괜찮은 거지?"

"걱정 말래도. 정혜랑 통화도 했어. 빚만 갚아주면 당장 집으로 들어오겠다고 했어. 집에 오면 너무 야단치지 마."

"그래, 내 아무 소리 안 하련다. 대학을 보내줬어야 하는 건데. 그랬으면 쟤가 저렇게 방황하지 않았을 텐데. 이게 다 내 잘못이야, 내 죄가 커. 어린것들을 그 고생 시켜놓고."

어머니가 울먹였다. 깔때기에서도 꿋꿋했던 어머니가 울고 있었다.

"엄마, 괜찮아?"

"으응, 나도 감기가 오려는지 콧물이 자꾸 나오네."

핸드폰 너머로 훌쩍이는 소리가 들렸다.

"엄마도 내일 병원 가봐. 요즘 감기가 무섭대."

둘은 서로 이렇게 거짓말을 하며 살아왔다. 서로가 뻔히 아는 거짓말을 아무렇지 않게 하면서 살아왔다. 앞으로도 두 사람은 서로에게 거짓말을 하며 살아가야만 할 것이다.

"그래, 알았어. 내 걱정 말고 조금 더 자라, 피곤하겠다."

"엄마도 더 주무셔. 돈은 마련되는 대로 바로 연락할게."

영민은 핸드폰을 내려놓고 축대에 머리를 기댔다. 2천만 원. 현금 금고에 있던 돈다발이 생각났다. 2천만 원 정도는 빌려줄 수 있지 않을까? 아니다. 협박한다고 생각할 수도 있었다. 자칫하면 자신도 조배처럼 깔때기 앞바다에 수장될 수 있었다. 영민은 눈을 감았다. 자신의 삶이 너무 끔찍하게 흘러가고 있었다. 좀 더 가벼운 삶을 살고 싶었다. 지금 삶은 너무 버거웠다. 다해도 나만큼 사는 게 힘들었을까?

'자기도 여동생 있다고 했지? 나처럼 되지 않게 잘해줘. 나도 내 동생이 자기처럼 힘들게 대학 다니지 않게 돈 많이 벌 거야.'

영민은 눈을 떴다. 수장이 되는 한이 있더라도 사장한테 돈을 빌려야 한다. 그것 말고 달리 방법이 없었다. 상구 할머니 말이 맞았다. 보상은 필요했다. 명예는 돈 많은 사람들에게나 필요한 것이다. 우리 같은 사람들에게는 위령탑보다 손에 쥘 수 있는 보상금이 더 중요했다.

영민은 하늘을 올려다보았다. 태풍이 인천 앞바다를 빠져나갔는지 비가 그치고 바람도 약해졌다. 멀리서 빨간 불빛이 보였다. 불빛은 간격을 두고 세기가 변하고 있었다. 누가 이 시간에 잠도 자지 않고 담배를 피우고 있는 걸까? 불빛이 보이는 언덕을 바라보고 있자니 몸이 서서히 떨려왔다. 어디선가 검정 헬멧을 쓴 놈이 나타나 자신에게도 불을 지를 것만 같았다. 등줄기가 오싹해졌다. 영민은 바닥에 있는 헬멧을 주워 머리에 썼다. 헬멧만 있으면 안전했다. 익수에게도 헬멧이 있었다면……. 눈물이 나왔다. 날이 밝아오는지 어두웠던 하늘이 회색빛으로 변했다. 윤곽만 보이던 성당의 하얀 종탑도 서서히 모습을 드러내기 시작했다.

에필로그

"그런데, 그년이 모텔 방까지 따라와서는 안 된다고 버티는 겁니다."

인항 갈빗집에서 경호 환영회가 있었다. 모두 소주를 거나하게 마시고 이차로 환희에 들렀다.

"어이가 없었죠. 그럴 거면 애당초 따라오지 말든지. 벽에 기댄 채 고개만 죽어라 흔드는 거예요. 시팔, 억지로 할 수도 없고. 나중에 강간으로 몰리면 골치 아프거든요."

혁수가 맥주를 한 모금 들이켜고 영민을 힐끗 쳐다봤다. 영민이 계속 인상을 쓰고 있었지만 혁수는 입을 다물 생각이 없어 보였다.

"그래서 할 수 없이 호두를 꺼냈죠. 그걸 그년 등 뒤에 슬쩍 넣고 위에서 그냥 눌러댔죠."

혁수의 오른손 검지가 탁자를 두들겼다. 진짜 재미있는 부분이니, 집중하라는 암시였다.

"그러면 보통 그러거든요. '오빠 아파, 이거 빼고 해.' 그럼 호두를 빼고 하면 되거든요. 지가 빼고 하랬으니까, 강간은 아니죠. 그런데 그년은 뭐라고 한 줄 아세요?"

혁수가 잠시 말을 멈추고 시선을 한 바퀴 돌렸다. 주목받기 좋아하는 놈이었다. 영민은 문득 조배 생각이 났다. 이 자식도 조배만큼 허세가 심한 놈이었다.

"이게 뭐꼬? 알았다 마, 빼고 하자. 오빠야, 그리 하고 싶나?"

혁수가 미친 듯이 웃어댔다.

"지금도 그 생각만 하면 웃음이 나와요. 그년이 부산 년인 줄은 꿈에도 몰랐거든요. 갑자기 사투리가 튀어나와서 얼마나 웃었는지. 이게 그때부터 가지고 다니던 호둡니다. 제 보물 1호죠."

혁수가 반질반질한 호두 두 알을 꺼내 테이블 위에 놓았다.

"진짜 호두 맞아요?"

땅콩 껍질을 골라내고 있던 수빈이 호기심 어린 눈으로 호두를 만지작거렸다. 손때가 타서인지 표면이 검게 변색되어 쇠구슬처럼 보였다. 수빈은 연약해 보이는 이름과 달리 얼굴이 통통하고, 몸집 또한 얼굴에 맞추느라 부피가 있었다. 머리도 조금 모자라 보이는 게 백치미가 있다고 할까? 살결이 눈처럼 희다는 게 유일한 장점인 아이였다. 변두리 술집에서 일하려면 좀 더 영악해질 필요가 있었다. 영민은 혁수 옆에 앉아 있는 경호를 봤다. 이런 상황에 적응이 안 되는지 맥주만 들이켜며 조용히 자리를 지키고 있었다.

"왜, 너도 한번 써보고 싶니?"

혁수가 능글맞게 웃으며 수빈의 손에서 호두를 빼앗아갔다.

"이걸 주머니에 넣고 뺑뺑이 돌다가 가랑이 사이로 슬쩍 밀어주면 아줌마들이 오줌을 질질 쌌다니까."

혁수가 호두를 움켜쥐고 가랑이 사이를 툭 치는 시늉을 했다. 사방으로 뻗친 머리카락 때문에 불량기를 숨길 수 없었다. 깔때기에서 내려왔을 때도 머리가 밤송이처럼 뻗쳐 있었다. 손님에게 위화감을 줄 수 있어 억지로 깎게 했다. 툴툴거리며 깎더니 그다음부터 관리를 하지 않아 제멋대로 자랐다. 지금 상태도 손님에게 위화감을 주기는 마찬가지였다. 혁수는 이런 식으로 자신에게 대들고 있었다. 사장이 자신을 감시하라고 보낸 놈이라는 건 짐작했다. 기회가 오면 기어오르지 못하도록 제대로 손을 봐줄 생각이다.

"이리 줘봐."

영민은 호두를 받아 손 안에서 굴려보았다. 호두가 부딪치는 소리가 귀에 거슬렸다. 혁수가 흡족한 표정으로 그를 바라봤다. 사장은 왜 이런 새끼를 내려보낸 걸까? 좀 더 진중한 놈을 보냈으면 좋았을 텐데. 갈빗집에서부터 나대는 통에 정신이 하나도 없었다. 영민이 인상을 썼지만 혁수는 아랑곳하지 않고 떠들어댔다. 아직 위아래도 제대로 구별하지 못하는 놈이었다. 잘 돌아가던 호두가 서로 맞물렸는지 꼼짝하지 않았다. 영민이 손에 힘을 주자 우지직 하고 깨지는 소리가 났다.

"어어."

혁수의 눈이 커졌다. 경호도 놀란 듯 맥주잔에서 손을 떼고 그를 쳐다봤다. 영민은 부서진 호두를 테이블 위에 쏟아버렸다.

"이걸로 몇 년이나 따 먹었는지 모르지만 맛이나 좀 볼까?"

영민이 미소를 지으며 호두 알맹이를 입에 넣었다.

"니들도 먹어봐. 음기가 뱄는지 제법 짭짤하네."

영민은 알맹이 몇 개를 손바닥에 올려 수빈과 경호에게 내밀었다. 혁수의 얼굴이 심하게 일그러졌지만 모른 체했다. 수빈이 호기심 어린 눈으로 한 조각 입에 넣었다. 경호도 혁수 눈치를 보며 제일 작은 놈을 골라 입에 넣었다. 영민은 손바닥을 혁수 쪽으로 돌렸다.

"인상 펴고, 너도 먹어봐."

영민이 웃으며 말했지만 혁수의 인상은 펴지지 않았다.

"인상 펴라고 시발놈아, 왜 기분 나빠?"

영민은 정색을 하고 혁수를 노려봤다. 이 새끼한테는 세게 나갈 필요가 있었다. 처음엔 고분고분하더니 이제는 슬슬 기어오르려고 했다. 조배처럼 되지 않도록 초장에 확실히 잡아둬야 했다. 혁수가 고개를 숙였다.

"아이고, 분위기가 왜 이리 살벌해."

마담이 맥주를 가지고 테이블로 왔다.

"이모도 이거 한번 먹어봐. 대추보다 더 좋대."

영민은 부서진 호두를 마담 쪽으로 밀었다.

"아이고, 그 얌전하던 총각이 이리 변할 줄이야. 세상 참, 무섭다, 무서워. 경호야, 너는 본받지 마라."

마담이 영민의 잔에 맥주를 가득 채웠다.

"경호가 마담 아들이야? 왜 이리 챙겨."

혁수가 못마땅한 표정을 지었다.

"그래, 내 아들이다. 이렇게 잘생긴 놈이 내 아들이면 좋겠다."

마담이 대견한 듯 경호의 등을 두들겼다. 그 모습을 바라보는 수빈의 얼굴이 환해졌다. 경호는 계면쩍은 듯 머리를 긁적였다.

영민은 작년 가을에 경호를 납골당에서 봤다. 지하 납골당에서 올라오던 경호와 중간 계단에서 엇갈렸다. 병원에서 봤기에 한눈에 다해 동생이라는 걸 알았다. 경호도 그를 알아봤는지 멈칫했다. 모르는 척 내려가자 경호도 그냥 위로 올라갔다. 마담이 경호를 소개해주었을 때 두 사람은 처음 만나는 사이처럼 인사했다. 경호가 다해와의 관계를 어디까지 알고 있는지 궁금했다. 둘의 관계를 알고 있던 사람은 조배만이 아니었다. 내색만 하지 않았지 많은 사람이 알고 있었다. 다해 시신은 인천가족공원에서 화장한 후 새로 지어진 금마총 안에 납골했다. 장례식 비용을 걱정하는 마담에게 영민이 통장에 남아 있던 돈을 건넸다. 대신 바다에 뿌린다는 다해 분골을 납골당으로 모셔야 한다는 조건을 달았다. 조배가 수장된 더러운 바닷속에 다해 뼛가루를 뿌릴 수는 없었다.

일차에서 마신 소주가 과했는지 속이 좋지 않았다. 영민은 머리를 식힐 겸 밖으로 나왔다. 회양목 울타리를 넘어 공원 놀이터 안으로 들어갔다. 3년 전 깨끗했던 놀이터가 흉물스럽게 변해버렸다. 그네는 한쪽 줄이 끊어진 채 흙바닥에 뒹굴고 있었다. 하늘색 시소도 녹물로 얼룩진 채 기울어져 있었다. 다해와 앉았던 타이어를 찾아 모래밭으로 갔다. 모래가 많이 없어져 맨땅이 그대로 드러났다. 반질반질해진 타이어에 엉덩이를 걸치고 담배를 꺼냈다.

갈채가 '환희'로 바뀐 것은 올봄이었다. 다해가 죽고 나서 갈채 쪽으로 발길도 두지 않았다. 담배도 다른 편의점으로 사러 다녔다. 갈채는 오랫동안 비어 있었다. 끔찍한 사건이 있어서인지 들어오려는 사람이 없었다. 어느 날 마담한테서 개업했다며 놀러 오라는 메시지가 왔다. 궁금해서 가보니 깨끗이 수리된 가게에 '환희'라는 간판이 붙어 있었다. 검게 그을렸던 창틀은 알루미늄 새시로 산뜻하게 바뀌었다. 내부도 깔끔해졌다. 초콜릿색 원목 책상과 의자가 세트로 놓였고, 붉은 사이키가 돌던 천장에는 심플한 펜던트 조명이 달려 있었다. 갈채보다 한 단계 업그레이드 됐다.

"이 나이에 인형 눈깔이나 박고 살 순 없잖아. 배운 게 도둑질이라고 물장사 말고 내가 뭘 하겠어. 어때, 괜찮지? 내 전 재산 털어 넣었으니까, 자주 와서 팔아줘야 해."

화장이 전보다 두꺼워진 마담이 호들갑을 떨며 반갑게 맞아주었다. 그 뒤로 환희에 가끔 드나들었다.

영민은 핸드폰을 꺼내 앨범을 터치했다. 다해와 찍은 사진은 월미도에서 찍은 게 유일했다. 몰디브에서 나오기 전에 한 번 더 섹스를 했다. '인증샷은 남겨야지.' 침대에서 빠져나오기 전 다해가 스마트폰을 들어 올렸다. 두 사람은 시트로 상반신을 가린 채 인증샷을 찍었다. 영민은 그 사진을 부적처럼 간직한 채 살았다.

"어이, 친구."

상구가 거짓말처럼 회양목 뒤에서 얼굴을 내밀었다. 영민은 얼른 핸드폰을 내리고 손을 들어주었다. 상구는 흰 와이셔츠에 검은 양복 차림이었다. 길게 자란 머리카락은 왁스를 발라 올백으로 넘겼다. 목에는 금빛으로 번쩍이는 체인 목걸이까지 차고 있었다. 반쯤

접은 와이셔츠 소매 밑으로 뱀이 꼬리를 물고 있는 문신이 보였다. 몰디브라도 한잔 마시러 갈 기세였다.

"환희에 없기에 여기 있을 거라 생각했지."

상구가 영민의 옆에 앉으려다 잘 다려진 양복바지가 구겨질까 염려되는지 잠시 망설였다.

"그냥 앉아, 새끼야. 양아치 티 내기는."

영민은 손바닥으로 타이어 위를 쓸어주었다. 상구가 실실 웃으면서 타이어에 엉덩이를 걸쳤다.

"어떠냐? 깔때기는? 아파트가 다 올라간 것 같던데."

한영건설 본사 앞에는 아직도 깔때기 사람들이 천막을 치고 농성 중에 있었다. 월미도 문제가 그랬듯 이 또한 고질적 시위로 치부되어 사회로부터 외면당하고 있었다.

"이제 다 지었다고 보면 돼. 다음 달이면 입주가 시작될 거야. 그것 때문에 내가 요즘 엄청 바빠졌어."

"지랄한다. 니가 바쁠 일이 뭐냐? 나처럼 비즈니스 하는 것도 아니고."

"짜잔."

상구가 지갑에서 금박으로 번쩍이는 명함을 꺼냈다. '판촉부 마케팅 영업팀장 백상구.' '해룡컨설팅, 북성지구 상가·아파트·토지 전문.'

"아이쿠, 지랄도 풍년이다. 깡패가 된다더니 부동산 회사에 취직한 거냐?"

"새끼가, 형님이 잘나가고 있으면 축하 먼저 해줘야지. 우리가 업종 전환했잖아. 우리 회사 이름이 해룡컨설팅이야. 어때, 이름 죽이지 않냐?"

"촌스럽기는, 근데 조폭의 위대한 꿈은 어디로 가시고, 월급쟁이가 되신 거냐? 꿈, 참 소박해졌다."

"시발놈, 까칠하기는. 하긴 내가 부동산에 대해 뭘 알겠냐. 부동산 돌아다니며 상가나 아파트 가격 떨어지지 않도록 조절이나 해주고 있어. 니네 사장 머리 좋더라. 이게 다 니네 사장 머리에서 나온 거야. 우리 회장님은 새시 공사나 챙기려고 했는데, 건물 관리하고 세 받아주고 귀찮은 일 생기면 해결해주는 토탈 서비스가 가능한 회사를 만들자고 해서 우리 회장님이 하나 세운 거야. 앞으로도 이런 회사를 몇 개 더 세울 계획이래. 이제 우리가 진정한 조폭으로 거듭나는 거지."

"양아치의 창조적 진화네. 그래서 요즘 우리 사장이 코빼기도 안 보이는구나."

"니네 사장이 우리 회장님보다 더 바빠. 관공서나 건설 회사에서 생긴 복잡한 일은 니네 사장이 다 해결하고 있어. 그런 구멍가게에 신경 쓸 틈이 없을 거야."

"여기야 내가 있으니까 안심이 되는 거겠지. 이젠 내가 여기 넘버 투 아니냐, 넘버 투."

영민은 손가락으로 브이를 그리며 자랑스럽게 말했다. 사장이 자신을 신뢰한다고 했지만 혁수를 내려보낸 걸 보면 꼭 그런 것만은 아니었다. 이제 사장과 얼굴을 마주 보며 이야기할 기회가 거의 없었다. 수금 내역만 매일 이메일로 보고했다.

"그러게, 너도 출세했다. 이 형님 말대로 학교 때려치우길 잘했지."

"그래, 니 덕분에 내가 산다. 고맙다, 시발놈아."

영민은 상구 어깨를 감싸고 격하게 흔들어댔다.

"아, 이 새끼가, 이거 새로 산 양복인데."

어깨를 감싸기 전에 모래를 한 줌 집었기 때문에 상구가 일어서서 어깨에 묻은 모래를 털어냈다.

"근데 환희에 있는 기집애, 오늘 처음 봤는데 완전 백돼지더라. 얼굴만 하얗지, 몸은 가로 세로가 구분이 안 가던데."

"그 정도는 아냐. 잘 보면 나름 참하게 생겼어."

"오호, 니 취향이 그렇게 독특한 줄 몰랐네. 옛날 갈채에 있던 똥갈보가 딱 내 취향인데."

모래를 다 털어냈는지 상구가 다시 타이어에 앉았다.

"그러지 마라. 죽은 사람 욕하면 벌 받는다. 불쌍하게 죽은 애다."

예전 같으면 시팔 소리가 먼저 튀어나왔겠지만 이제 시간이 지나서인지 무덤덤해졌다.

"니미, 불쌍하기는. 그년이 뒤에서 조배를 조종했기 때문에 일이 커진 거 아냐. 지가 뿌린 씨를 지가 거둔 거지. 그런 걸 자업자득이라고 하는 거야."

상구가 의기양양한 얼굴로 영민을 쳐다봤다. 사장과 붙어 다니더니 문자가 입에 달라붙는 모양이다. 다해 사건은 조배가 실연당해 홧김에 불 지르고 도망간 것으로 경찰이 공식 발표함으로써 일단락됐다. 마담의 진술이 결정적이었다. 검은 헬멧을 쓴 사람이 조배가 틀림없다고 진술했다. 그 덕분인지 갈채를 수리해 다시 술집을 낼 수 있었다. 경찰은 조배에 대해 지명수배를 내렸지만 적극적으로 찾으려 하지 않았다. 3년이 지난 지금은 아무도 관심을 갖지 않았다. 그러나 비밀은 무거운 수은과 같아서 작은 틈만 있으면 흘러나와 도시 뒷골목을 떠돌아다녔다. 다해가 장바우 애인이었는데, 조배가 손을 대는 바람에 제거됐다는 소문이나, 황철배에게 누명을 씌운 게 발각돼서 항만노조원들에게 끌려가 바다에 수장되었다는 소문이나, 조배와 다해가 작당해서 장바우의 금고에 손을 댔다가 험한 꼴을 당했다는 소문이 그러했다. 사람들은 경찰의 공식적인 발표보다 뒷골목의 소문을 더 신뢰했다. 상구의 말도 그런 소문 중 하나일 것이다. 진실은 소문 안에 침전돼 있지만 누구도 알지 못했다.

"조배하고 다해가 작당했다는 소문 말이냐?"

"소문이 아니라니까, 내가 믿을 만한 애들한테 들은 정확한 정보야. 우리 회장하고 니네 사장하고 짜고 황철배에게 누명을 씌웠잖아. 조배에게 돈 상자를 트렁크에 넣게 해서."

황철배는 뇌물수수죄로 5년 형을 선고받고 복역 중이었다. 황철배가 누명을 썼다는 사실은 깔때기 사람이라면 모두 아는 이야기였다. 뒤에 한영건설과 장바우가 있다는 사실도 공공연한 비밀이었다.

"그 대가로 조배에게 약 배달 영업권을 넘겨주기로 하고. 그런데 조배가 갑자기 영업권 외에 3억을 더 요구한 거야. 돈을 주지 않으면 황철배에게 누명 씌운 걸 폭로하겠다고 우리 회장한테 직접 협박했대. 그 이야기를 하는 순간 그 자식은 죽은 거나 마찬가지였지. 우리 쪽에서 조사해봤더니 다해, 그년이 조배를 부추겨서 3억을 더 뜯어내라고 한 모양이야. 깔때기가 재개발되면 거기에 카페를 차릴 계획이었대. 3억만 해주면 같이 산다고 하니까, 조배 이 새끼가 눈이 확 돌아버린 거지. 어쩐지 그때 월미도에서 둘이 같이 걸어가더라."

상구의 말이 사실이라면 영민은 조배와 한동안 다해 몸을 공유했을 것이다. 다해는 사랑과 돈 사이에서 갈등하는 드라마의 여주인공 같은 심정이었을 것이다. 그에게 이별을 통보했으니, 돈이 이겼다고 보는 게 맞았다. 설령 상구 말이 진실이고, 다해가 눈물방울 목걸이를 걸고 다녔다고 해도 영민은 깔때기 출신이니까, 다해를 이해할 수 있었다.

"상구야, 너 아무한테도 말하지 마."

"뭘?"

"G포인트에서 우리가 만났던 날 말이야."

상구는 아무 말도 하지 않았다. 그건 금기시된 이야기였다. 소문은 떠돌아다녀도 문제될 게 없지만, 진실은 누구도 알아서는 안 된다.

"그날 내가 G포인트에서 조배를 막다가 다쳐서 사무실로 돌아갔다고 했잖아."

상구가 고개를 끄덕였다.

"실은 사무실로 간 게 아니라 삽치기 골목으로 갔어. 내가 사장한테 조배를 정리하겠다고 했거든."

"사장이 정리한 게 아니고?"

300

상구가 놀란 표정으로 영민을 쳐다봤다.

"그래, 내가 정리했어."

영민은 손등을 내려다봤다. 거기에 묻은 조배의 피는 평생 지워지지 않을 것이다.

"니가 왜?"

그 똥갈보를 사랑했기 때문에, 라고 말하고 싶었지만 그도 이제 양아치가 되었기 때문에 그러지 못했다.

"너, 비즈니스에서 가장 중요한 게 뭔지 알아?"

상구가 무슨 뜬금없는 소리냐는 듯 영민을 쳐다봤다.

"그건 바로 때야, 때. 나도 이 세계에 들어오려고 기회를 엿보고 있었는데, 마침 찬스가 온 거지. 그래서 사장한테 내가 정리하겠다고 했어."

"그럼?"

상구의 눈이 커졌다.

"그래, 조배 그 개새끼는 내가 깔때기 앞바다에 수장시켰어."

그 새끼는 뒈져도 싼 놈이었다. 비열한 웃음으로 사람을 무시하고, 돈으로 사랑을 가로채려 한 새끼는 골통이 박살나 죽어도 쌌다. 사무실에서 조배에게 당한 생각을 하니 화가 났다. 다해 몸을 그런 쓰레기 같은 놈과 공유했다는 사실이 역겨웠다. 자신의 숭고한 사랑이 조배의 더러운 돈에 밀렸다고 생각하니 화가 나고 분노가 치밀어 견딜 수가 없었다.

"어쩐지 니가 나보다 잘나간다 싶었다."

"그러니까, 때가 중요한 거야. 오죽하면 밥때를 놓치지 말라는 말이 있겠어. 사장이 돈도 좀 줬어."

다음날 사장에게 돈이 필요하다고 하자 군말 없이 2천만 원을 빌려줬다. 월급을 타면 그 자리에서 백만 원을 떼어 갚았다. 이자는 주지 않았다. 비밀을 공유하는 사이라면 이자는 갚지 않아도 된다고 생각했다.

"돈이 좀 필요했거든. 그때 정혜가 카드빚을 쓰는 바람에 골치가 아팠거든."

"맞아, 그때 니가 나한테 돈 얘긴 했지."

"그 덕분에 모든 게 잘 해결됐어. 정혜 빚도 갚고, 나도 학교 대신 여기에 자릴 잡고. 그때 빚내서 계속 학교 다녔으면 골머리 좀 썩었을 거야. 동기들 중에 졸업하고 취직한 놈이 절반도 안 돼. 내가 무슨 생각으로 빚까지 내서 그딴 델 다녔는지 몰라."

"넌 새끼야, 그날 북성사거리에서 날 만나서 용 된 거야. 니 생각은 미처 못 했거든. 중석이한테 넘길까 했는데, 운명적으로 우리가 거기서 만난 거야. 아, 위대한 운명이시여!"

상구가 일어서서 하늘을 향해 두 손을 번쩍 치켜들었다. 그게 행운인지 불행인지는 좀 더 살아봐야 안다. 서른도 안 된 나이에 인생의 성공을 논하기는 일렀다. 영민은 자리에서 일어나 엉덩이에 묻은 먼지를 털어냈다.

"들어가자, 애들 기다리겠다."

"오케이, 근데 예쁘장하게 생긴 놈은 누구냐? 난 처음 보는데."

"새로 뽑은 알바생인데, 대학생이야. 올해 군대 제대해서 내년에 복학할 거래. 그동안 내가 데리고 일 좀 시켜보려고. 깔때기도 다 개

302

발됐으니 우리도 사업 확장 좀 해야지. 참 거기가 니네 나와바리지. 형님 자알 좀 부탁드리겠습니다."

영민은 90도로 몸을 굽혀 상구에게 정중히 인사했다.

"그래, 이 형님만 믿어라. 내가 팍팍 밀어줄게. 대신 새로 나온 약 있으면 하나만 줘봐. 기집애 환장하는 걸로. 저 백돼지 먹여보게."

상구가 턱으로 환희를 가리켰다. 영민은 상구의 목을 감싸 안고 회양목 쪽으로 끌고 갔다.

"그새 취향이 바뀌셨어?"

"취향이라는 게 기분에 따라 바뀌는 거지, 별거 있냐. 잠깐 오줌 좀 누고 가자."

상구가 그를 밀어내고 구석으로 가더니 소나무 밑에 몸을 밀착시켰다.

"시발놈, 들어가서 싸지 꼭 여기서 싸야겠냐?"

급했는지 시원하게 내갈기는 상구의 오줌발 소리가 폭포수처럼 들려왔다.

"많이도 갈긴다. 빨리 털고 와. 들어가게."

"미안해, 깔때기 조질 때 허리가 삐끗했나 봐. 병원에 갔더니 의사 선생님이 무거운 거 들 때는 조심하라고 해서."

상구는 자신의 물건을 감싸쥐고 영민을 돌아보며 능글맞게 웃었다.

"그래, 다마를 몇 개 더 박아라."

영민은 상구의 목을 잡아끌고 공원 밖으로 나왔다. 안으로 들어가자 혁수와 경호가 일어섰다. 혁수가 경호를 잡고 있었는지 분위기가 썰렁했다. 영민을 보자 수빈이 다행이라는 듯 안도의 한숨을 내쉬었다. 아직 이런 어린놈들에게는 인생 강의가 더 필요했다.

"수빈아, 너 대추 한번 팔아보지 않을래?"

영민이 자리에 앉으며 수빈을 보고 말했다. 상구가 낄낄거리며 웃기 시작했다. 혁수와 경호는 무슨 말이냐는 듯 수빈의 넓적한 얼굴을 쳐다보았다. 영문을 모르는 수빈이 배시시 웃으며 고개를 끄덕였다.

작가의 말

　오래전에 미장원에 잡지를 배달하는 아르바이트를 한 적이 있다. 별것 아닌 것 같았는데 막상 해보니 생각보다 힘들었다. 그래서인지 배달 중 있었던 에피소드가 기억에 많이 남았다. 그걸 뼈대로 단편소설을 써서 문학 모임에서 발표했다. 문우들이 신랄한 비판과 함께 새로운 길을 모색해주었다. 잡지 배달보다 좀 더 자극적이고 위험한 배달을 찾아봐라. 인천 부둣가 같은 누아르 분위기가 나면 좋겠다. 이런 소설은 러브라인이 빠져서는 안 된다. 문우들이 격하게 쏟아낸 충고를 가슴에 담고 고난의 길로 들어갔다. 창조적 변형을 시작한 것이다. 인천 지역 공부를 많이 했다. 덕분에 '깔때기 포트'라는 공간을 만들 수 있었고, 월미도 원주민들의 아픔을 알게 되었다. 이것저것 집어넣다 보니 단편에서 중편으로, 다시 장편까지 늘어났다. 시간이 흘러 소설이 완성되었지만 어쩌다 소설가가 된 처지라 출간이 쉽지 않았다. 주야장천 문학상에 응모해서 출판사 관계자의 눈에 띄기만 기다렸다. 다행히 세계문학상 본선에 올라가면서 안목 높은 편집자께서 전화를 주셨고, 출간으로 이어지는 행운을 잡았다. 감사드린다. 늘 신랄한 문학적 비판을 가해준 문우들과 방향을 잡아주신 조동선 선생님께도 감사드린다. 그리고 무엇보다 사랑하는 가족에게 감사드린다.

2018년 2월
김이수

깔때기 포트

초판 1쇄 인쇄 2018년 2월 26일
초판 1쇄 발행 2018년 3월 5일

지은이 김이수
펴낸이 이수철
주 간 하지순
디자인 이다은
마케팅 정범용 인혜수
관 리 전수연

펴낸곳 나무옆의자
출판등록 제396-2013-000037호
주소 서울시 마포구 성미산로1길 67 다산빌딩 301호
전화 02) 790-6630 팩스 02) 718-5752

페이스북 www.facebook.com/namubench9
인쇄 제본 현문자현 종이 월드페이퍼

ISBN 979-11-6157-028-0 03810